目 录

解开语文阅读的"金钥匙"

张亚凌作品阅读训练

提分策略　答题技巧

张亚凌　著

非卖品

流泻在后院的时光

（1）我常常忆及儿时的后院，后院是奶奶的辖区，更是我的天堂。

（2）一进后院，先是一块不小的空地，奶奶将它打理成菜园：中间是一畦一畦的菜，四周用长长的枯树枝围成高高的篱笆。

（3）**A 鲜嫩的韭菜先探头探脑，觉得暖和了，能适应了，就伸胳膊蹬腿地舒展开了。**辣子纤细的小苗儿挥舞着手臂，日渐粗壮，小辣椒就爬上了枝丫。

（4）**B 西红柿的苗儿最没正形，不搀扶一把就赖着不周周正正地长。**奶奶常常在它们的近旁边插树枝儿边唠叨：娃娃都像你们就糟糕了，走没走相，站没站姿。

（5）茄子苗儿长得自有个性，宽大的叶儿随心舒展，整个身子长得无拘无束。茄子们呢，憋足劲地长，倒像个没体没形的臃肿女人。不久，茄子的不可一世就被南瓜吞没了。南瓜才是真正的一发不可收——蓬蓬勃勃声势浩大的推进式生长。记忆里，我家的南瓜王抱得年幼的我都喘不过气来。

呵呵，是我年幼体弱，还是南瓜大？

（6）其实我最最喜欢的，是最里面那一畦黄花菜。看着是花，状如修长点的喇叭，吃起却是很软和的菜。在妈妈准备切菜前，我还会拿一朵怒放的黄花踮着脚尖在她的头顶比画着玩。

（7）菜们是竭力长得漂亮，篱笆则是被奶奶打扮得漂亮。

（8）一开春，牵牛花的绿藤恣意蔓延近乎疯狂，四季豆的藤儿也是你追我赶迅速占领更广阔的空间和高度。这些绿啊，穿过浓夏，来到秋末，直到满园开始荒芜、沉寂，篱笆才不情不愿地脱了外衣。

（9）过了菜园，靠近后墙的，是一排鸡舍。鸡舍旁边是一堆用来点灶火的麦秸垛。<u>C 我最喜欢的是鸡舍，不，是母鸡。也不对，是母鸡下的蛋。</u>

（10）一听到有母鸡"咯咯咯"的叫声，我就飞也似的奔向后院。准会有一只母鸡从鸡舍里钻出来，高傲地伸长脖子昂着头。我弯腰，贴近鸡舍，侧着身子摸进去，圆圆的，暖暖的。

（11）那时，我最喜欢躺在草垛上，先皱着鼻子使劲地闻鸡蛋，而后用两个手指捏着鸡蛋对着太阳举起来，似乎隐隐约约能看到蛋黄呢。

（12）其实除了看病人或是来了金贵的客人，鸡蛋多被妈妈换成钱补贴家用。不能吃到鸡蛋，却丝毫不能削弱我捡拾鸡蛋的快乐！

（13）一天，我竟然捡到两个鸡蛋，一手握一个，欢呼雀跃般奔向前院给奶奶报喜。结果过门槛时绊了一跤，摔倒了。是的，鸡蛋破了，一下子还是两个！我"哇——"一下大哭起来，任奶奶怎么哄都不停。奶奶喊来妈妈，妈妈都保证不骂我也不打我，可我还是失控般狠哭！

（14）如今想来，那时的我怕是心疼家里失去了俩鸡蛋吧！那时的我，也算个懂事的孩子吧！

（15）常常忆及后院，每每那时，就沉浸在童年暖暖的时光里。

阅读训练：

1. 读完文章，写出你感受最强烈的词语。

2. 简单对题目作以分析。

3. 从画线句子中任选一句，谈谈语言的精妙。

4. 结合文章，想象"我"是怎样的孩子？

5. 每个人都有温暖的记忆，动的事情静的画面，都是珍藏着的美好。150字以内，写出你最美的记忆。

抱抱曾经的自己

（1）突然滋生出一个很奇怪的念头：抱抱曾经的自己。

（2）如果可以，我想回到 7 岁时的那个夏日。

（3）我不想说天有多热，经常跟在我屁股后面蹦来跳去的虎子，它只是趴在地上不停地吐着舌头，任我怎么拉怎么扯就是装作赖皮般一动不动。7 岁的我拎着镰刀，跟着母亲去收麦子。

（4）母亲的胳膊一划拉，就揽住了四行麦子，一镰下去，都放倒了，脚一挑，就是一堆，割得很快。我只割两行，也只是一行一行、一小把一小把地割。

（5）很快，我就被母亲远远地甩在了后面。想赶上母亲，心里一着急，手底下就出错了。一镰下去，没割到麦子倒割破了自己的鞋面，还有脚背，疼得龇牙咧嘴。脱了鞋袜，一道血口子。我没有喊没有叫，就像母亲平常处理伤口那样，抓了一点土，在手里捻得绵绵的，而后撒在直流血的伤口上。

（6）看着母亲不直腰一直割着，我将那只袜子塞进兜里，忍着疼，继续往前赶，只是比刚进地时割得更慢了。

（7）母亲性急，她似乎已经听到了"噼里啪啦"麦粒炸裂的声音，头也不回地催促着我"快点，快点"。她打了个来回，到了我的跟前，见我绷着脸慢吞吞的，就踹了一脚，骂了句"没听见麦子都炸开了"，而后继续弯腰猛割。

（8）母亲知道天很热，热得人直流汗，却不晓得汗水流过伤口的疼。

（9）那天临近傍晚，母亲照例拉我到池塘边冲洗，我死活不下去，她才瞅见了我没穿袜子的那只脚，还有脚背上的伤。"没事，都结痂了，两天就好了。"母亲说时语气很轻松，就像受伤的是别人家的孩子。

（10）她或许不知道，一个7岁的小孩子，自己受伤了很疼很想休息却不忍心丢下母亲独自割麦子的矛盾心理吧。

（11）如果可以，我想回到过去，抱抱那个小孩。我的脸颊会轻轻地贴在她的小脸蛋上，说，好样的，你真是个乖孩子。

（12）如果可以，我想回到10岁那年。

（13）那时我上三年级，考试没考好，很伤心，老师表扬别的孩子就像在批评我。母亲从没问过我的成绩。农活多得她都没时间直起腰来，哪会关心这些闲事情？可我却不敢直视母亲的目光，似乎她什么都知道。

（14）那时，如果没记错，应该是一块橡皮2分钱，一支铅笔5分钱，一个本子8分钱。家里是不会经常给我钱买学习用具的，可努力是必须的。贫穷出智慧吧，我想到了电池里的碳棒。

（15）那时电池也是稀罕的东西，不是开玩笑，家里带电的就一手电筒，还舍不得经常用，怕费电。还是在亲戚家找到了一节废电池，砸开，取出碳棒，我拥有了一支可以长久使用的"笔"。

（16）学校的操场是我的练习本，碳棒是笔，反反复复写，边写边背。起先，一些孩子像看怪物一样看着我：学习不好，还显摆着学习？我才不在乎别人的目光，只知道自己该好好写，好好背，边写边背。背了，会了，继续写，就当练字吧。后来呀，就有人开始学我了，用瓦片，用木棒……谁在乎用啥呢，反正学习就是了。

（17）就那样，脑子并不灵光的我，渐渐地靠拢了优秀生。

（18）如果可以，我想回到过去，抱抱那个小姑娘。我会在她耳边轻声告诉她：想自己的办法拉自己一把，谁都会像你一样走向优秀。

（19）如果可以，我想回到 14 岁那年。

（20）那时我已经上初中二年级了，也养成了写日记的习惯，作文写得挺不错。只是，我不是一个长得清爽且伶牙俐齿讨人喜欢的孩子，或者说，总是绷着原本很黑的脸很少露出笑容。

（21）那一年的语文老师很是奇怪，每次讲评作文，都会先说一句"这次作文写得好的有某某、某某等"，而后将点到名的学生的作文当范文读，最后总说一句，"时间有限，其他人的就不读了"。我从来没被点名表扬过，作文自然也没被读过。而翻开作文本，评语、分数往往还差不多。我一直在"等"里面，这让我欣慰又窝火。而在初一，我的作文总被前一任语文老师当范文读。

（22）那一年每次上作文课，对我都是一场折磨，恨不得将头深深地埋进课桌兜里。而握起笔，又告诉自己要认认真真写出自己最好的作文。

（23）记得是 3 月，全县举办了一次中学生作文比赛，我是全县唯一的一等奖，也是我们学校唯一获奖的。颁奖回来，学校又召开了一次师生大会，让我在大会上读自己的获奖作文。读着读着，我的声音哽咽了。下面的掌声响了起来，他们一定认为我是声情并茂。那一刻，我终于将自己从作文讲评课上的那个沉重的"等"里面解救出来了。

（24）如果可以，我想回到过去，抱抱那个少年。我会揽着她的肩膀说，<u>你真棒，陪自己走过了泥泞与黑暗！</u>

（25）如果可以，我想回到 18 岁那年，抱抱那个在别人都已酣然入梦依旧点着蜡烛勤奋学习的少女，没有那股刻苦劲，她怎么会在千军万马过独木桥的高考中顺利跨进大学的校门！

（26）回望走过的路，点点滴滴都是付出、都是努力。如果可以，我真的想回到过去，抱抱每一阶段里从没懈怠过的自己，感谢她们一路扶持，才让今天的我站在这里，至少没有让自己失望。

阅读训练：

1. 简要概括文中详写的三件事的大意。

第一件：

第二件：

第三件：

2. 联系上下文，分析下面加点词或句子。

（1）"抱抱曾经的自己"中的"抱抱"的意思是什么？

（2）"母亲说时语气很轻松，就像受伤的是别人家的孩子"，你觉得"轻松"吗？为什么？

（3）"你真棒，陪自己走过了泥泞与黑暗"，"泥泞与黑暗"在文中指的是什么？

3. 简要分析这篇文章在写作上的一个主要特点，并说说它的好处。

4. 作者在文章结尾说："回望走过的路，点点滴滴都是付出、都是努力。如果可以，我真的想回到过去，抱抱每一阶段里从没懈怠过的自己。"你读了之后，会有怎样的感触？请用一句话表达出来。

那些年不能喊出的疼

（1）回首往事，很多疼，都不曾喊出来，即使疼得呲牙咧嘴，也强忍着不出声，——羞于被人察觉。

（2）八岁那年，独自一人在家。突然嘴馋得厉害，就是想吃好东西，"扑腾扑腾"按捺不住的那种想。翻箱倒柜，找到了一瓶罐头。那一刻还胆大得出奇，不管不顾就是想吃，哪怕被娘发现后打得皮开肉绽也在所不惜。

（3）罐头盖拧不开，就想到用娘切菜的刀从上面划开。毕竟是铁皮，可着劲划拉着，终于在罐头盖上划了个"十"字。而后竟鬼使神差，想用手把划开的"十"字揭开。于是上手，铁皮直接就划破了手指，血流如注。

（4）想到大人们常撕火柴盒上擦火柴头的那里来止血，就找来火柴盒，慌乱之中弄扯了盒子，火柴棒散落一地，依然血流不止，无法贴上。最后还是用墙角的绵绵土撒在伤口上，才慢慢止了血。那天不管干啥，我都藏着受伤的手指头，害怕被娘察觉到。

（5）九岁那年，哥哥跟我偷了娘准备过年才摆出来让客人吃的核桃。拿到核桃后，他一拳头锤下去，核桃破了，哥哥满脸得意简直是肆无忌惮。哼——，有啥了不起的，我也会。攥起拳头，犹豫了几下，再看着哥哥嘲讽的目光，眼一闭心一横，捶了下去。结果咯破了手，核桃依然是核桃，完整的核桃。

（6）钻心的疼，却没有蹦着跳着大喊大叫，很有经验地给自己的伤口撒了些绵绵土，等着结痂。洗手时特别小心，唯恐沾了水感染。

（7）十岁那年的暑假，跟哥哥翻墙进果园偷生产队的苹果。我说行了行了，可哥哥就是贪婪，非要把袋子装满不可。结果袋子没有装满就被看园子的老头发现了。我们爬树，溜到墙上，顾不得找离地近的地方，直接跳了下来。我付出了惨痛的代价：崴了脚。

（8）一跛一跛地挪回家，偷偷躲进房子里，爬上炕，疼痛难忍也得忍着。还记得那天娘让我陪她去姑姑家。搁在往常，我是欢呼雀跃的：姑姑家后院有棵梨树，酥梨，甜得满嘴流汁。可那天，我说我不去，肚子疼。娘马上紧张地问要不要去卫生所看看。我又故作轻松说，睡睡就好了，不厉害，没事的。

（9）还是十岁那年，跟同学追着撵着打着闹着，结果绊了一跤，蹊跷的是磕了牙，——活络了。疼得不能吃饭，还不能给大人说，更害怕那牙掉了再长不上来该多难看。我才不要镶大金牙呢，——电影里的坏蛋都镶着大金牙。

（10）好在有惊无险，后来那牙也不活络了，又坚固起来。

……

（11）回首往昔，一直因为贪心而受到不同的疼，却都清醒地知道自己不能喊，更不能让人知道，只能默默忍受：源于见不得人的自私自利，哪有脸面让人知晓？

（12）而今，到处都是因为私欲没有满足的喊疼声，喊疼者理直气壮毫无羞愧，似乎上至天下到地都辜负了他。

（13）现在的人啊，莫非都不及小孩子明白事理？

阅读训练：

1. 概括出"那些年不能喊出的疼"。

2. 读完选文，为什么"我"对那些年的疼都不敢喊出？而现在的人大多因为什么喊疼？

3. "我"是怎样一个孩子？

4. 结合本文，说一说你心里不能喊出的疼。（150字左右）

你让我成为最好的自己

（1）直到今天，我依旧最喜欢一个姓，高；最喜欢一个字，翔；超喜欢一个词儿，高翔。

（2）抬头：天蓝云白，鸟儿高翔，再没有比这更美的意境了。

（3）回眸，凝视，三十年前清晰如昨。

（4）记得是个午自习，我们刚升入初三的第二周。正在做作业，突然听见几声响亮的击掌——用脚指头想想都是老班。

（5）抬头，果真。连续响亮击掌是老班训话前的招牌动作，现在想起都会咧开嘴巴笑出声来，相当于古时官吏升堂前众衙役用棍棒敲击地面喊"威武——"，却见老班旁边站着一男生：高而瘦，是瘦才显得高，还是高才显得瘦？洁净、整齐到让人觉得失真，我们班那些傻小子呀，裤带耷拉下来当潇洒，拖着鞋走路以为成熟。可是从那目光里，我只看到一个词，冷傲。老班指着他介绍了一句"高翔，从北京转回来的"，而后给安排了个座位就离开了。

（6）每每下课，我们像终于盼到了放风时间的囚犯，推着搡着冲向教室外面，尽情尽兴似乎又很无聊地蹦着喊着。而高翔，总是静静地坐在靠窗的座位上，看着窗外。阳光透过玻璃刚好落在他的脸上，细碎的阳光也化不开他一脸的沉郁。

（7）马上有好事者就打听出来了：高翔的爸妈都是搞什么研究的，爸爸因为辐射太大，病故了。妈妈要改嫁，只有一个儿子的奶奶硬将高翔从北京带了回来。

（8）高翔的作文总被语文老师当范文。也记得语文老师的评价总是一成不变，什么"语言、思想深度远远超出你们"，什么"那种好是你可以读出，可以捕捉到，就是说不出"。

（9）倒是我自己，每每老师读高翔的作文时，就闭了眼，游走在高翔的文字里：牵挂着我的衣衫不能快步前行的，是字里行间泛滥着的淡淡的哀伤；羁绊着我的脚步不能匆匆而过的，是排山倒海般席卷而来的无助无奈；偶尔让我的心儿舒展一下的，是间或蹦出的小小的欢喜——小小的欢喜也显得很是寂寞。

（10）我喜欢用那种方式去感受，我甚至跟着那些文字熟悉了高翔难以割舍的过去。

（11）他的奶奶又来学校看他了，我突然觉得，她真的很像很像老巫婆——将一个高贵的王子抹去了一切光环后残忍地丢弃在悲苦人间的老巫婆！我开始讨厌起那个佝偻着身子的老人，高翔原本可以跟着妈妈在北京继续好好生活，而不是在这里，在这里，他连文字中的悲苦也走不出。

（12）高翔的各门功课都是无可挑剔的好，好到让我们所有人只能望尘莫及——他每一次的总成绩都比第二名高出几十分！第二名是固定的一个男生，他的勤奋几乎可以说"废寝忘食"加"悬梁刺股"了。

（13）我开始写日记，日记里似乎也笼上了一层忧伤，处处都是高翔作文的影子。每晚，在舍友都睡着了时，我点着蜡烛，趴在床上涂写着自己的心情：

（14）看一眼他的背影与侧影，都觉得是一幅很美很美的画；听他回答问题，比老师还标准的普通话很有磁性；他皱一下眉头，也是忧伤的美……

（15）每一句每一段每一页，都是高翔的点点滴滴。

（16）是早恋吧？可谁有资格去爱他呢？或许，我只是希望自己的名字跟他的名字一起被老师表扬。这个念头都有些贪婪，我只是希望自己也能写出那么美那么好的作文罢了。

（17）如果我没记错的话，我们班的那些大大咧咧的女汉子都是在高翔出现后迅速收敛回归女孩，并开始用功的。

（18）那时，一个班级一个宿舍。在女生宿舍里，每天晚上永恒的话题就是高翔，只是从不说出他的名字。是否与老班每晚在外面查宿舍有关？

（19）"男生穿着花格子衬衫也挺好看的。"准备睡觉了，一个慨叹道，"我还以为花色布只有女娃能穿。"

（20）"他穿啥都好看。"一个接了句。

（21）"算题咋能那快，想都不想答案就出来了，神了!"有人又蹦出了一句。

（22）"只有他才能那么跩那么神!"

（23）……

（24）记得那时中考，竞争也很是惨烈，一个班七十多学生能考上十几个。八个班里似乎不怎么被看好的我们班，成绩倒出奇得好。用老班的话说，"真是奇了怪了，边沿上的好几个女生，都没啥希望，却幸运地考上了"。呵呵，是幸运吗？没看见她们为了向某个人看齐铆足劲地你追我赶？

（25）多年后，最铁的姐们芳告诉我，她一直暗恋着高翔。说那话时的她已是大律师了。

（26）1998年，闺蜜婷将去英国进行为期三年的学术交流，她羞涩地告诉我，她曾很喜欢高翔，只是害怕自己没资格喜欢他，才拼命地学习。她一直觉得，只有更加努力成为最好的自己，才配喜欢他。

（27）而我，从初三开始发表第一篇习作就再也没有停下来，直到今天，成为各种大刊的签约作家或专栏作家。

（28）回首，天高云淡，而我们，都已高翔。

阅读训练

1. "你让我成为最好的自己"中，"你"是指什么？

2. 高翔是怎样一个男生？请结合文章内容概括。

3. 作品后面写"最铁的姐们芳""闺蜜婷"以及"我"现在的发展状况有什么作用？请简要分析。

4. 结尾"而我们，都已高翔"，用了哪两种修辞？有怎样的表达效果？

5. 对于作品中的"我"，有人认为是线索人物，有人认为是主要人物，你认为呢，说说你的理由。

中学伙食

（1）30 多年前小镇上的初中，学校里只开有教师灶，还没有学生灶。学生们都是自带干粮，学校免费用大蒸笼为我们加热蒸熟。还有一口很大的铁锅，提供开水。

（2）只有个别家境特别好的学生，她们有时会去教师灶买份饭菜改善一下，那也只是偶尔为之。五分钱一份菜，我看过，不外乎是炒土豆丝、白菜炖粉条、凉拌红白萝卜片、凉拌花白，也只是漂几个油星星而已。也没什么了不起的。即便那样，那几个去教师灶的学生骄傲得俨然已经成了老师，好像高出了我们许多，趾高气扬的。不过总有些没出息的，眼巴巴地目送人家走出宿舍又迎接人家推门进来。

（3）我们带的干粮，杂粮居多：玉米糕、糜面窝窝头、红薯馍，带麦面馍的很少。我不羡慕她们的麦面馍，我家也有。那是专门蒸给姥姥吃的。姥姥八十多了，牙齿都掉光了。当我们兄妹流着口水咂吧着嘴巴贪婪地盯着刚出锅的那几个麦面馍时，感觉眼睛里都伸出无数只手来，似乎看着看着，那麦面馍就会飞到我们的小嘴边。看着我们那傻样，母亲就摇着头叹口气："你们姥姥年纪大了，受了一辈子的苦，有今日没明日，得吃好点。娃娃的好日子在后头哩，乖，不要惦记老人的东西。"

（4）哼——我才不稀罕她们带的麦面馍馍，我家又不是没有。

（5）不过，是否在大蒸笼里蒸热自己的干粮常常需要斗争很久。因为有些人想换换口味，可自己带的干粮很固定，没法换呀，就不跟你商量地换走你的。你放进大笼里的原本是玉米糕，可找不到了，不嫌弃的话，只好拿走没人要的红薯或红薯馍馍。更有甚者，拿走自己的干粮再顺手拿走你的，那就不是换的问题，而是抢劫了。你就只能啃冷馍馍了。那时带的干粮都是提前算好了的，两次下来，自己就得饿肚子了。觉得自己的馍馍放进蒸笼里不保险，就选择冷啃或泡馍。

（6）泡馍也不是想泡就能泡的，一口大锅，全校一千多学生，得排队舀开水。前面是滚烫的开水，后面就成了温水，再后面就成了凉开水了。到了最后，总有人无奈地去旁边的大水缸里舀真正的凉水。

（7）想想，凉水泡馍啥感觉。只是想想都瘆得慌。不泡，硬得啃不动啊。我现在的胃口极好，吃啥都香，以至于孩子怀疑我是否有味觉，他哪里知道我经历过凉水泡馍？

（8）有的母亲还会给孩子带些"熟面"：面粉蒸熟放凉，加进各种调料甚至一小撮芝麻，切碎的花生，而后在热锅里

018

反复翻炒，熟面就做好了。带到学校，吃饭时舀一勺子，用开水一冲，使劲搅拌，沫糊状，喝起来焦香焦香的。只要有一个学生喝熟面，整个宿舍都飘着那特有的香味儿。就着这种香味儿啃着自己的冷馒头，也不错。

（9）更多的学生还是以开水泡馍为主，也有带着盐巴、酱油的。家境好点再加上母亲心细，还会用很小很小的瓶子给孩子带点熟油，馍泡好了，滴两滴熟油，油香也会在整个宿舍里飘散开来。吃着自己寡味的纯开水泡馍，闻着别人的油香，也不错。如此说来，不觉中我也沾过别人很多光。

（10）有的母亲还会炒点豌豆给孩子带上解解馋。豌豆那时还是饲养室里专门给牲畜喂的硬料。豌豆咋来的不知道，反正那时流行一句话，"牛在哭，猪在笑，饲养员在偷料"。所以总觉得那些一粒一粒炫耀般吃着炒豌豆的学生很可笑：吃牲畜的料，还来路不正，竟然还那样得意。

（11）我们不羡慕，只有不屑。或许是阿Q精神在作祟！

（12）也有母亲在蒸馍的时候，将面团两边的面头儿省下来，揉进各种调料后用手搓成长条状，直接放在灶膛里的明火边烧烤，不停翻，烤得焦黄，就是棒棒馍了。带到学校里打牙祭也是很好的吃食。

（13）这些，只是我看到的，我的母亲从来没有给我做过。我也从来没有怪怨过她。家里人多，家务活就多，特别是要啥没啥母亲还得费尽心思把日子一天天过下去，她根本就没有多余的精力考虑到如何让我更舒服点。不管怎么说，在宿舍里，我见识过了也闻到了那些学生的母亲做的各种吃食，也不错。

（14）干粮还是以红薯为主的，不管男生还是女生，每顿都会蒸一两个红薯，再加个杂粮或麦面馍馍。最不好的家庭就是吃一两个红薯还得吃个红薯馍馍。得感谢我的父母，我还不至于过那样的光景。其实他们在家里却常常是喝着红薯稀饭，吃着红薯馍馍或红薯叉叉。用母亲的话说：老人年纪大了，日子不多了，得吃好点；娃们上学，用脑子，得吃好点。她哪有多余的心思放在自家身上！

（15）干粮是这样，菜呢？

（16）每个周三下午有个较长的活动时间，我们才能回家取后半周的干粮，所以带的菜也得放三天。

（17）很多菜不能久放，也只能吃一两顿，而咸菜，放的时间长，吃饭时夹一点就行了，也耐吃，绝大多数学生带的都是咸菜。有炒青辣子的，刺激，也提味，干粮实在吃不下去就靠着辣味硬吃下去。也有阔绰的，带两瓶菜，一瓶炒洋芋丝或别的什么菜，一瓶咸菜。

（18）最可怜的学生带的菜是炒红薯丝。想想，蒸俩红薯跟红薯馍馍，就着红薯丝吃着红薯馍馍，要多恓惶有多恓惶。这应该是家境最最差的学生的吃食了。我们宿舍就有，看着我都觉得心疼。可我也没有多余的帮助她，便觉得自己吃好点都是残忍。

（19）那时的干粮袋子都挂在宿舍的墙壁上。而那时的老鼠个个都武艺高强，飞檐走壁，无孔也能入，总能将挂在墙壁上的干粮咬得面目全非。于是我们就想办法将干粮袋子吊在空中，不挨墙壁。

（20）还是无济于事，老鼠照咬不误，难不成它们真的会在空中飞行？

（21）可恶的是，你吃的是我们的干粮啊，却总吃得自己撑撑的以至于饱得拉出一堆屎来，而后潇洒而去。每个人恨不得将老鼠碎尸万段以解心头之恨。

（22）可有什么办法呢？只好用小刀将老鼠咬过的部分切掉，照吃不误。可老鼠屎难闻的气味，无论如何是去不掉的。如今想想都恶心，而那时竟然吃得那么坦然那么无畏。

（23）不过细想起来，条件再恶劣，每个孩子带到学校的，都应该是家里最好的。

阅读训练：

1. 以第（2）段中词语句子为例，分析当时生活状况。

2. 《中学伙食》写的都是"我"的伙食吗？举例说说。又表现了"我"的什么思想？

3. 文章中画线句子表现了"我"怎样的心理？

4. 第（21）段，"你"指的是什么？这样说有什么好处？

《流泻在后院的时光》阅读答案：

1. 类似"幸福、温馨、自由、快乐"即可。

2. "后院"锁定了抒写范围，"时光"给读者以暖暖的回忆之感，"流泻"则赋予了题目动感及柔情。

3. A"探头探脑"写出了韭菜刚冒出地面时的声势小，"伸胳膊蹬腿"写出了韭菜生长起来的迅猛，以拟人手法，刻画了韭菜生长时的心情。

B"最没正性""赖着"似贬实褒，借助拟人的修辞写出了对西红柿苗的疼爱。

C从"鸡舍"到"母鸡"最后落到"鸡蛋"上，形象地刻画了小孩子急切又兴奋的心理，情态逼真。

4. "我"观察很仔细，能感受到美好，且极为懂事。

5. 抓住美好有画面感即可。

《抱抱曾经的自己》阅读答案：

1. 第一件：写自己7岁时跟母亲去割麦伤了脚仍不忍心丢下母亲而坚持陪着母亲。

第二件：写自己10岁时因家境困难取废电池碳棒当"笔"，把学校操场当"练习本"，反复写、背，成绩渐渐靠拢优秀生。

第三件：写自己14岁读初二时作文成绩好但被老师忽略的"折磨"，直到后来作文竞赛获县一等奖，在学校大会上朗读获奖文章后才走出沉重的"等"字。

2.（1）题目中"抱抱"，有回忆、感激和赞美的意思。（意对即可）

（2）表面上写母亲的轻松，其实母亲并不轻松，深层次里表达了母亲教育孩子要轻松面对眼前的困难和挫折的良苦用心。（意对即可）

（3）"泥泞与黑暗"指的是"我"沉湎于作文讲评课上的那个沉重的"等"里面。（意对即可）

3. 例（1）：本文的主要写作特点是记叙和抒情议论相结合，例如叙写自己7岁时跟母亲去割麦脚受伤的事仍坚持陪母亲的事后，作者发出"如果可以，真想去抱抱那个瘦弱的小姑娘。我的脸颊会轻轻地贴在她的小脸蛋上，说，好样的，你真是个乖孩子"感慨。这样写，就做到了一事一抒情，让读者更快更好地把握作者叙事的意图。（意对即可）

例（2）：本文的另一个写作特点是取材典型，详略得当。文章可以叙写的往事很多，可是作者仅仅选择7岁、10岁、14岁时的三件事来详细写，而18岁时的事却一笔带过。这样，选取了典型，避免了烦琐，使文章重点更加突出。（意对即可）

4. 开放性试题，扣题而感即可。（略）

《那些年不敢喊出的疼》阅读答案：

1. A 七岁，为了弄开罐头盖，被铁皮划破了手指。

B 九岁，偷吃核桃，硌破了手。

C 十岁，偷苹果翻墙崴了脚。

D 十岁，跟同学打闹磕了牙。

2. "我"知道那些疼都源于见不得人的自私自利，没有脸面让人知晓，羞于被人察觉。因私欲没有满足而喊疼。

3. 虽然总在犯错，还是知道对错的。

4. 自圆其说即可。

《你让我成为最好的自己》阅读答案：

1. "你"既指"我"的同学"高翔"，也指令人向往的优秀美好的人、事（物）或这种优秀美好的标准。

2. 遭遇家庭变故，父亲病故，母亲改嫁，奶奶硬将他从北京接回。他各方面优秀美好，高瘦沉静，穿着整洁，各科成绩遥遥领先，文章思想有深度，发音标准有磁性。

3. （1）照应题目，前文，因为高翔，我们三个女孩如今都"成为最好的自己"照应前文，高翔的出现使一些女生"迅速收敛""开始用功"。（2）烘托人物形象，从"芳""婷"们坦承少时心事，再次印证和凸显高翔的优秀及对大家的促发作用。（3）突出作品主题，与优秀美好人物同行，会受到他"潜在的积极影响"，自己也会加倍奋发努力。

4. 用了比喻、双关。将"我们"比作小鸟，"都已高翔"一语双关，形象而含蓄地表达了"现在我们都已成为像高翔那样优秀的人，正在属于各自的长空翱翔"的丰富意蕴。

5"我"是线索人物：从行文来看，是用"我"的所见所闻所感来贯穿全文的，"我"见证了"高翔"的优秀和老师、同学的表现。从结构上看，"我"使作品结构完整，情感脉络清晰，利于主题的表达。

"我"是主要人物：从篇幅上来看，作品主要写了"我"三十年前朦胧的少女心事，塑造了"我"因向往美好，优秀而奋发努力的女孩形象。从典型性来看，作品中"我"的心曲和成长往事，实际上代表了班里的众多女孩子，从一个"我"可以看见一个群体，从而表达主题。

"我"既是线索人物还是主要人物。（略）

《中学伙食》阅读答案：

1. "个别个别家境特别特别好的学生"中"个别""特别"重复，显示出了那样的学生极为稀少，普遍没钱。"不外乎是炒土豆丝，白菜炖粉条，凉拌红白萝卜片，凉拌花白，也只是飘着几个油星星而已。"对教师灶饭菜的描述，反应了教师的伙食也好不到哪里，经济整体不发达。最后，从有些同学对从教师灶买菜同学的美慕里，再次表现当时生活状态之差。

2. 《中学伙食》写得更多的，却不是真正的属于"我"的伙食：有的母亲还会给孩子带些"熟面"，家境好点的再加上母亲心细还会用很小很小的瓶子给孩子带点熟油，有的母亲还会炒点豌豆给孩子带上解解馋，也有母亲在蒸馍的时候给孩子留面头做了棒棒馍，也有阔绰的带两瓶菜。以"乐观"为主，嘲笑炒豌豆有点阿 Q 精神。

3. 表现了"我"对那个同学深深同情，却又无力帮助。

4. 老鼠。将"老鼠"变成"你"，如同"我"直接与老鼠对话，可以增强语势，便于更强烈更真切地抒情。

为你摇响一串风铃

张亚凌 著

凌翔阅读丛书

中国社会出版社

国家一级出版社·全国百佳图书出版单位

图书在版编目（CIP）数据

为你摇响一串风铃 / 张亚凌著 . —北京：中国社
会出版社，2018.4
（凌翔阅读丛书 / 凌翔主编）
ISBN 978-7-5087-5945-6

Ⅰ.①为…　Ⅱ.①张…　Ⅲ.①散文集—中国—当代
Ⅳ.①I267

中国版本图书馆 CIP 数据核字（2018）第 077582 号

丛 书 名：凌翔阅读丛书
丛书主编：凌　翔
书　　名：为你摇响一串风铃
著　　者：张亚凌

出 版 人：浦善新
终 审 人：王　前
责任编辑：张　迟

出版发行：中国社会出版社　　邮政编码：100032
通联方式：北京市西城区二龙路甲 33 号
电　　话：编辑室：（010）58124856
　　　　　销售部：（010）58124850
网　　址：www.shcbs.com.cn
　　　　　shcbs.mca.gov.cn
经　　销：各地新华书店

中国社会出版社天猫旗舰店

印刷装订：北京楠萍印刷有限公司
开　　本：147mm×210mm　1/32
印　　张：10.5
字　　数：220 千字
版　　次：2018 年 8 月第 1 版
印　　次：2018 年 8 月第 1 次印刷
定　　价：49.80 元

中国社会出版社微信公众号

目 录
Contents

花是种子的思念

逃学记

女儿上幼儿园的第二天，我拉着女儿送她去幼儿园。对，是拉，我在前面使劲拽，她撅着屁股拼命地往后拖。可能是第一天的不良影响，让她对去幼儿园有了强烈的抵触情绪，满脸惊恐伴随着歇斯底里的哭喊。

瞧着她那副模样，我笑了，松开了手，想起了自己儿时逃学的情形。

那时母亲在村里小学教数学，幼儿园就在距离小学不远处的大队部里。在幼儿园的第一天，哭着闹着也没人送我回家。幼儿园里到处都是哭闹着的小孩子。老师们一点儿都不像家里人，不会因为我的一点儿不适而露出惊恐。兴许老师们想的是，每个娃娃来幼儿园都得大哭几天才会安宁下来。

哭累了，想上厕所了，厕所在大队部的西南角。刚蹲下，就瞧见一个缺口，忘了尿急拎起裤子就跑了过去。也不知道那一刻小贼胆有多大，竟然敢试探着钻，竟然直接就过去了，结果掉了下去，外面就是村里的大池塘。

是池塘边洗衣服的人惊恐万分地将吓晕了的我拉出池塘并抱回了幼儿园。惊魂未定的我听见母亲对着幼儿园老师嚷嚷"天哪，赶紧看看，还有哪些地方不安全。"就是那一天，厕所里的那个缺口被堵住了。

那天母亲接我回到家，把事情说给姥姥听，吓得姥姥拉过我就上下瞅，看受伤没。母亲却用手指戳着我的小脑门骂我"贼胆大"。第二天一大早我就赖在姥姥怀里，母亲好说歹说我就是死活不上幼儿园。姥姥也打着圆场，说娃失了一惊不想上学就不要勉强了，在家多待几天吧。

母亲语气很坚决，说不行，越待越不想去，必须坚持去，习惯了就好了。听着这话，感觉这时的母亲跟幼儿园老师对我的漠视是一模一样的。

母亲硬从姥姥怀里把我拽了出来，我几乎是被揪着送往幼儿园的。

幼儿园真的不如家里，家里想赖皮了，往姥姥怀里一倒，她就摇着晃着给我讲故事。必须离开这里！他们讨厌我兴许就会将我送回家。我试着狠哭，撕破嗓子般干号着。结果发现，干号、抽泣、打闹，怎样折腾老师都不管。娃娃太多了，老师忙得根本管不过来！

看来，我得自己逃离这里了。厕所那个缺口已经堵住了，不堵也不是逃跑的路。不过即便再有缺口，我也不会贸然去钻了。

还是得想其他办法逃出这个鬼地方。我溜到接近大门的墙边，为避免被发现揪回来，就顺着墙根爬到了门口。嘿，过了，撒腿就跑回了家。姥姥才不问放学没，抱着我就亲起她的宝贝疙瘩。

母亲照例放学到幼儿园接我，没有接到，老师们也没留意到我的失踪。不过那次以后，老师总将我拉到她身边，说着"把李老师的闺女再弄丢就出洋相了"。在老师视线之内玩儿消失，难度太大了，可我还是不想上幼儿园。既然出不了幼儿园干吗要进去？

于是我开始了装病生涯。记得最拿手的就是装肚子疼，我说肚子疼，别人怎么知道真假呢。两次得逞后，母亲发话了：肚子疼也是病，是病就得看，喝药打针都行。肚子疼也就不能多吃，还不能动，得静养……面对母亲那一套无缝可钻的铁律，我结束了装病。

只好继续去幼儿园。不过再次去，老师对我管得不那么严了。

只要心里有想法，只要执着去做，终究会实现。这就是我在逃学生涯的最高阶段悟出的道理。别笑，显然也影响了我以后的人生道路。

我就在幼儿园里转着看，寻找突破口。

转了两三天，就有了思路。

有棵树几乎是紧挨着墙，爬上树，从树上到墙头，在墙头上慢慢爬着溜到墙的尽头，那堵墙越来越矮，最矮处的外面是可爱的大土堆。我观察了，跳下去一定不会有问题，眼一闭就行。

不过好几天，总有几个比我还黏人的家伙拉我一起玩儿。那一套想法在心里已经顺利排演了很多遍，就是不能马上操作，得防备他们给老师打小报告。

终于来机会了，我开始实施想象了几十遍的"越园计划"。

上树，比较顺利，转到了墙上，胆战心惊地溜过了墙，顺利下降到矮墙，尽头，转过去，眼一闭，心就欢喜地飞了起来。

而后，而后我的哭声响彻了整个村庄的上空。

那堆土被运走了，我却想当然地闭了眼跳，不出事才怪。

骨折，姥姥心疼地直抹泪，说"伤筋动骨一百天"。当"一百天"传入我的耳膜时，我顿时觉得值了。

有姥姥陪着，有好吃的。可时间长了，竟然浑身不舒服，躺在床上就像把人放在热烫烫的平底锅里，翻来覆去都是难受都是不舒服。

有一天终于憋不住了，悄悄给姥姥说，想去幼儿园了。

至此，我的逃学生涯画上了句号。

看着女儿满是泪的倔强的小脸蛋，我蹲下来，揽她入怀，轻轻地拍了起来……

舌尖上的记忆

我是个简单的人，一直固执地觉得舌头的记忆远比大脑具体而深刻。已经快走过中年的我，依旧无法摆脱舌头对我的影响与掌控。

在任何地方任何时候，一看到青辣椒，很多沉睡的画面就被激活了，哗啦啦在眼前铺排开来——

一群小屁孩，急着去玩去闹，等不得家人把饭做熟。咬一口青辣椒，啃一口冷馍馍，辣得刺溜吃得蛮香。大致哄了一下肚子，就凑成堆疯玩起来。不知过了多久，等到巷子里、麦场上、沟埝边响起"狗蛋""黑丑""栓柱""花儿"的乳名，才从各个地方冒了出来。那时，青辣椒跟冷馍，就是一顿香喷喷的饭啊。

那个年代，当你说"没味道""吃不下"时，大人们多半会疼惜地瞅着你，告诉你就着青辣椒吃就有味道了。是的，几个青辣椒常常就替父母将难以下咽的东西刺激进了我们的肚子。在那个炒菜也多变成水煮的年代，味蕾极端清寡，辣似乎就等同于香。

说是去地里割猪草，两三个铁姐们儿，被父母"严刑拷打"都不会彼此出卖的那种，坐在沟沿上会心一笑，就知道该干什么了：各自从兜里掏出一包纸，是撒了盐的红辣椒面。有人拿出一个馍馍，掰成三块，馍馍直接蘸着辣椒面吃。

那种感觉，酣畅淋漓，刺激够味：越吃越辣，越辣越香，越香越想吃，越吃越辣……边吃边说着只有我们能听懂的笑话。吃时，辣得刺溜溜。说时，笑得像打雷。

时候不早了，割点猪草就应付了爹妈，难过的是各家的猪们。

那时不知借着割猪草的名义，干了多少"伤猪害理"的事情。依旧是铁姐们儿，爬到西瓜地，学着大人挑拣西瓜的样子，敲敲听听，鬼知道听什么，其实只是挑一个大的罢了。扭断瓜蔓，后退着爬出去。一拳是砸不开的，几拳砸开，几只小脏手直接挖着西瓜瓤吃。（迄今为止，我依然觉得最香甜的吃西瓜的方法就是砸破，用手挖着吃。也悄悄地在没人时尝试过几次，却又吃不出那个味儿了。缺的是简单纯粹到心里只装着吃的伙伴？或许吧。）时间浪费得差不多了，又勉强割点草将就一下猪。借着割猪草不是还偷过苹果吗？借着割猪草不是还玩得天翻地覆吗？借着割猪草做了很多或许让猪都脸红的事。

多年后，每每觉得日子平淡得让人乏味时，就想像儿时那样吃一次辣椒。这种感觉越来越强烈时，也就真的那么做了，奇怪的是，真的能将自己从浑浑噩噩中扯出来。

有时顺风顺水，似乎时时处处都很幸运，以至于我有点儿怀疑是不是哪里出问题了。我这个人有点儿贱，从小就不是幸运儿，坏事来了习以为常，好事来了倍感不安。这或许是受姥姥影响吧。小时候，一得到莫名其妙的好处，她就惶恐不安，就得弄出去点啥求得心安。深受她老人家影响，我也总担心消受不起福分。

敦厚的舌头就提醒我，吃点儿过去你觉得好吃的。于是就吃几天白萝卜疙瘩，只有盐与花椒面，就是觉得香。吃着白萝卜疙瘩，我就会想：这样简单的饭也可以吃下，还贪婪吗，还想得到更多吗？

那时，一年吃不了两次肉，肚子里总缺油水。母亲就割点板油，在热锅里炼成猪油。热烫烫的猪油泼在红辣面上，油翻滚着浇开了红的花。油静下来了，凝固起来了，中间是从红到淡到乳白，这就是如今早已绝迹的猪油辣子。

印象最深的是用猪油辣子夹热乎乎的馍，把馍掰开，用勺子刮薄薄的一片夹在馍馍中，手一按，似乎能感觉到油向两边渗。再分开馍，真的能看见渗进去很厚的油，再撒点盐巴，绝对香。有猪油辣子的日子，是最滋润的日子。不管吃啥，放点猪油辣子都奇香无比。

到吃饭时间了，若忙得没时间做饭，母亲会说："去，自己馏个馍馍，不是有猪油辣子吗？"那神情，就是张扬着的骄傲，以至于我也会悄悄地给好朋友说，我家有猪油辣子。

一碗猪油辣子，吃两个多月呢，哪怕是盛夏，那时似乎没人关心变质问题。

而今，在很多时候，我们无所不能却少了激动，我们可以随意享受一切却没了兴奋。今天的我们，是不是都不及那时的一根青辣椒、一块板油幸福？

胖丫，我现在过得很好

胖丫在我的散文里出现的频率最高，高到"胖丫"这俩字一出现在我的笔下，我的眼睛就湿湿的，鼻子就酸酸的。

记忆里胖丫一直很胖，胖得有点儿说不过去。吃不饱饭的日子，大家长得多像豆芽菜，屡屡弱弱可怜吧唧，唯有胖丫，像棵大白菜，圆圆胖胖，胖到你都不敢磕碰她，害怕一磕碰就会炸裂。

一条小巷子里的小孩子们也是有"圈"的：艳丽圈里的都是家境好，人又娇贵的；春草圈里的妈都像母老虎，娃们自然也都不是省油的灯；梅香圈里的不固定，在于梅香一闹矛盾就"清除异己"，一高兴就拉人入伙。

善良的胖丫想将所有人都划入自己的圈，也就注定了她被所有圈排斥在外。而我，是个被所有圈都冷漠拒绝的小可怜——我的腿走起路颠簸得厉害，活动很不方便。很多时候，胖丫就跟我待在一起——多半是因为同情。胖丫话少，我也不喜欢说话，我们多是沉默。偶尔对视一下，笑从嘴角一晃而过。

我妈说，你这是"小儿麻痹"，"小儿"，知道不？你长大了它肯定就好了。

这是胖丫经常说给我的话，也是我儿时听到的最好听的一句话。

我三天两头有病，经常请假，又有几天没去学校了。在麦场，胖丫用树枝在地上画着给我教新学的字。

艳丽带着她的圈里人过来了，嘲笑道："反正又考不了第一，学不学都一样。"

艳丽常考第一，她妈就是我们的老师。

"你不能那样说话，她还考过第五哩。"胖丫站了起来。

"一个大胖子，一个小瘸子，还能学好啥？"艳丽撇下这句话就想离开。

胖丫一把扯住她的衣襟："你那是骂人的话。你妈是老师你还说脏话？"

"就骂了就骂了，你想咋？"艳丽撇着嘴扭着脖子，"'死胖子小瘸子'，就骂了，你能咋？"

艳丽声音一大，她的人就凑了过来，都羞辱起胖丫。胖丫一跺脚，蹲在地上哭了。

小孩子的恶毒像刺，看起来不大，却扎得你心疼。

是我害得胖丫让人欺负。我拉她时，胖丫却狠狠地用树枝戳着地说，不怪你，要是我厉害了就不怕她们了。

我知道，其实胖丫原本属于艳丽的圈子。胖丫家境好，就是因为她想将所有人都当作自己的朋友，不愿意只属于艳丽的圈子，才落到跟我一样的孤家寡人。

我得到的第一个珍贵的礼物就是胖丫给的，一支带橡皮的铅笔，还是她舅舅从天津回来时带给她的。在我高兴得摸着神奇的铅笔时，胖丫却并不开心："你说，我给你个啥东西，你的腿就能跟我一样了？"胖丫见我的脸上笼上了一层阴冷，立马噤了声。

我的腿，给我耻辱的腿。我经常捶打着它，它却不会愤怒到踹我一脚，没血性的家伙！

那时我们都帮着大人干活。七八岁的孩子，拎个大笼，割起草来一个比一个利索。似乎是约定俗成的，到了地里，谁先占到的那一小块别人都不会随便凑过去，除非关系特别好的。

我先占到的那块地，都是猪爱吃的草。"胖丫，过来，这里草好。"我喊道。

我俩正喜滋滋地割着，觉得不离那块地笼都会满的。

春草过来了，手底下"唰唰唰"很利索。"你不能割，这是我先占到的。"我停了下来阻止她。

"这地写着你的名字还是草写着你的名字?"春草一开口就把我噎住了。

"这就是我先占到的!"我很固执，"我叫胖丫割没叫你割。"

"你还腿瘸嘴不瘸。"春草一把推过来，我仰面倒在地上。

"你，咋打人?"胖丫质问间就用胖胖的身体扛了过去，两人就扭在了一块儿。春草圈里的人就过来了，我看见她们拉起偏架，让春草更欢地挥动着手臂噼里啪啦地落到胖丫身上。

太过分了，实在太过分了！我爬了起来，瞪着眼睛，逮着谁都狠狠咬，把她们疼得"吱里哇啦"地叫。几口下去，春草的人都退后了。我揪着春草的头发死活不放手，春草疼得也跺脚大叫。

"再欺负人，把你揪成秃子!"谁被逼急了都会邪恶起来的，所以我相信受伤的兔子会咬人。

那天，春草那母老虎的妈来到我家大吵大闹，还将我拉到我妈跟前推搡着。我冲过去，取下墙上挂的镰刀，瞪着眼咬着牙说："你再动我，看我敢不敢把你娃砍死?"

春草妈立马闭了嘴巴，灰溜溜地离开了。

好像从那以后，艳丽的圈子春草的圈子梅香的圈子，所有圈里的人，见我都皮笑肉不笑地嘴巴咧开，再也没人招惹我了。胖丫说，她们私底下都说我是"二百五"。

二百五就二百五，我只有胖丫一个朋友，不能让胖丫为了我总受欺负。我当时就是这么想的。

胖丫，我现在过得很好。多少年了，在那边，你还好吧?

后记：胖丫的胖是一种病，她用她的病一直保护着我，直到我成了可以保护自己的"二百五"，直到她去了那边。那年，她十三岁。

儿时的年味儿

记忆里，过年并不是从大年初一开始的。

"小孩小孩你别馋，过了腊八就是年。腊八粥，过几天，哩哩啦啦二十三。"也就是说，从腊八开始，我们这些小屁孩就已经嗅到了年味儿，而后在越来越强烈的期盼中，越来越激动的神色里，越来越麻利的奔波里，看到了年大步流星地向我们走来……

腊月二十三最重要，姥姥掌管了一切，她得恭恭敬敬地送灶王爷去天上。姥姥让母亲和点浓浓的糖水。姥姥满脸是笑地把糖水反反复复地涂在灶王爷的嘴巴上。记得有一次我问姥姥，你都舍不得让我们喝糖水，咋那样糟蹋？姥姥说，吃人嘴软，他上了天就不说咱的坏话了。我是个倔孩子，总是打破砂锅问到底，又拽着姥姥的衣襟问，要是他喝了咱的糖水还说咱的坏话咋办？姥姥笑了，说，那咱就不要做坏事，就不怕他说了。

也对呀，不做坏事就不怕他说。从那以后，在灶房，我再也不曾糟蹋过啥，即使一根面条掉在地上，也会捡起来在水里一涮吃掉。更不曾顶撞过大人，表现得很是乖巧，不能让灶王爷看见我做坏事。

接下来家家户户就开始打扫卫生了。农村人平日里事多活忙，就等着过年前全家齐动手彻头彻尾地大清扫。房子里所有的东西都会被搬到院子里，每间房子的顶棚，每间房子的每一面墙壁，每间房子地上的每一条砖缝，都会被打扫得干干净净。前院后院，每一个犄角旮旯儿，都不会放过。后院的柴火堆，都会被父亲打理得整整齐齐。打扫完卫生后，心里膨胀着满满的成就感，阔步走在院子里，进出房间，有种检阅的感觉。

再下来就是洗衣物了，床单被罩门帘衣服，我们姐妹会陪着母亲美美洗上一天，咋从来没有累得胳膊酸疼的感觉？洗着玩着闲聊着，劳动不就成了放松或享受！

很喜欢同哥哥们去沟里砍柏树枝。大年初一的早晨，天还没有亮就得烧柏树枝。那沟在七八里外，我们会带上吃的喝的，用一天的时间一路拖回来几枝柏树枝。其实是借口砍柏树枝，尽情尽兴地疯玩儿一天，回来后个个都成了泥猴子。听奶奶说，有种叫"年"的怪物，一点柏树枝，就把它熏得不敢来捣乱了，而柏树枝的清香味我倒蛮喜欢的。

记忆最深的是熬年夜。房子中间生个大火炉，整个房子暖烘烘的，似乎到处都弥散着将要过年的味道。我趴在母亲准备好的新衣服上，皱着鼻子使劲儿闻，明天就不用穿过滤嘴似的接了一截又一截的袄跟裤子了，新鞋子套在手上，欢喜地张牙舞爪，过年的味儿就藏在我的新衣服里！

火炉上的铁锅里炖着肉。我趴在炕沿上，眼睛死死地盯着火炉上的那口锅。热气出来了，水翻滚起来了，"咕咚，咕咚"的声音比任何话语都有魅力。我瞅着那口锅，似乎一眼没盯住它就会飞走似的。肉香味儿跟着飘出来了，不用皱鼻子都香到了心里头。可我还是贪婪地皱着鼻子使劲吸。想想吧，美美地吸气，而后张开嘴巴，很陶醉地"啊——"，反反复复，可谓"百吸不厌",宛如大口大口地吃肉般香甜。好像总是一个晚上地煮肉,我终于熬不住了,就迷迷糊糊地睡了。

可常常天不亮,就蹦将起来,迫不及待地穿好新衣服,从窗子往外看去,还黑乎乎一片呢。心却再也不能安生了,就穿着新鞋,在炕上走来走去,搅和得大人们也睡不成了。母亲就起来了,去院里点柏树枝,收拾房子,准备开水,装好果盘。忙活完后,将我拽进她的怀里,开始叮咛起来:不管到谁家,都不能贪嘴,不要手贱,人家笑话哩。人家放鞭炮,你就跑远点儿,不要让火星星溅到新衣服上,全成了窟窿眼就穿不成了……

直到我跟着小伙伴们冲出门外,母亲的叮咛还在身后撒落一地,年味儿就在鞭炮的噼里啪啦声中炸裂开来……

坏孩子也会想外婆

"不要再麻烦地叫我'外婆',叫'婆'就行了。"外婆不止一次提醒我。"外婆外婆,都推到'外'面了还能心近?越叫越远了。"

"不行,叫你'婆',那把我婆叫啥?就分不清了。"我也不止一次这样一字一句地断然拒绝并反问外婆,临了还强调一句,"我姓合阳的张,又不姓大荔的李。"

在我们合阳,习俗就是将爸的妈叫"婆",妈的妈叫"外婆"。外婆家在几百里外的大荔,却没这个讲究。

"你这是在大荔,就得按大荔的来。"外婆总会不甘心地补充一句。我常常瞪着牛眼扔过去一句"我是合阳人,就得按照合阳的来。"外婆就摇着头笑了,说你这个小家伙还是一根筋。

其实我叫婆的——爸的妈,从来没有照顾过我,她对我们兄妹一直很疏远。记得一次妈去县里开会了,我们没地方吃饭,哥就拉着我去了后巷的婆家。到了吃饭的时间,我都闻到了婆灶房里飘出来的饭香。婆说,你俩咋还不回去?赶紧回去吃饭去。我张开嘴正要解释,哥拽了我一下,而后,我就抿着嘴唇跟着哥离开了。长大后,我也曾无数次说服自己,那时粮食少,家家都少,婆家也少。可眼前总晃悠着几个叔家的堂妹堂哥在婆家吃饭的情形。说真的,婆对我来说只是一个没有温度的名词。童年里所有的快乐，都来自外婆，来自在外婆家的日子。可我，就是固执地不改口喊外婆"婆"。那固执也许只是对婆的幽怨的另一种形式罢了：我一直将你摆在最重要的位置，你却一直对我不作为，让我失望让我伤心。

记得有次外婆看着我开玩笑道："外孙是个狗，吃了顺墙走。"

我就生气了，拔腿就出了外婆家，要回合阳。一个小孩子，几百里路，想都不想就闹情绪？况且四十年前交通也不便利，一天一趟车，票都未必能买到，真是可笑。外公赶紧追出来，再拉我都不回头。直到外婆也赶过来了，给我服软，我才歪着脑袋噘着嘴巴跟着回去了。或许，正因为在老家没得到婆的疼爱，才如此在乎外婆的话吧？

是不是外婆脾性太好了，我才变本加厉地坏，跟在合阳时可怜吧唧的我截然不同？变得那么不听话，还老跟外婆闹别扭，以至于外婆事事都依着我顺着我，喊我"小祖宗"。

外婆爱花，院子里养了好多花。我也爱花，是摘下来到处扔的那种爱。外婆说，摘下来爱一时，在枝头爱一世，花开花落就是花的一辈子啊。我才不理会什么一时一世，继续随心所欲地摘了扔，扔了摘，乐此不疲。那时的我，坏得有点冒泡。

外婆说，你爱，不一定要拿在手里。你爱晒冬天的暖阳，能不能把太阳抱在怀里？我撇嘴道，能抱到怀里早就抱了。外婆又说，太阳挂在天上，暖和了大家；花开在枝上，别人见了能爱你也能天天爱……

外婆不厌其烦地给我打比方讲道理，我却表现得混账十足，拒绝接受。

如今忆起，我自己都想伸手扇那个小犟驴一耳光，可我分明又看到了外婆就站在我对面，她冲我摇头又摆手，满脸疼惜地看着那个小混账说："小孩子嘛，就是想检验检验，谁有多纵容她就是多爱她。她想感觉到爱，也没错。"

有一年寒假，大家都在忙着准备过年，不知怎的我突然想合阳了。大荔再舒服，毕竟远离了爸妈。外婆再惯着我，也会想妈的训斥。这个想法在我心里翻滚着，像一锅沸腾的开水，我就是死死地按住锅盖不让它溢出来。端了小板凳，我坐在院子的台阶上，冷风嗖嗖地刮着。

"凌，赶紧进来，外面冷得很!"外婆透过窗子，向我喊着。我没有应声，小小的我，已经完全沉浸在自己想象中的悲苦里了。

外婆出来了，她摸了摸我的头，问我没事吧，而后拉了拉我，我没动。外婆说，起来，婆抱着我娃。我就乖乖地起来了，外婆就坐在小板凳上将我揽在怀里。立马暖和起来，我将头缩进外婆胳肢窝里，没有说话，却哗啦啦地流泪了。外婆或许感觉到了异样，低头一看，慌了。忙问，是谁欺负我娃了，叫婆收拾去，——看把我娃憋屈的。

"你不是我婆，是外婆。"说罢，我又笑了。曾塞满心里的种种莫名的悲伤，一下子消失了。外婆又逗我道，可哭哩可笑哩，俩眼挤尿哩。我边挥舞着小胳膊捶打着外婆边故意将"外"字拉得好长地喊"外——婆，外——婆，外——婆……"

而后，我们手拉手欢笑着回到了温暖的房子。此后，外婆也不曾问过我，其实压根什么事也不曾发生。小孩子没来由的小情绪也需要排放，外婆懂得。

也记得一次，外婆正在给我做过年的花衣服，她突然停了下来，看着我说："我能不能享上我凌娃的福？"我一歪头，很利索地说道："不能。你是外婆，你享你婉丽的福。"

我这样说是有原因的：大舅家的表妹婉丽，一跟我有矛盾，就会说，那是我婆，不是你婆，你婆在合阳。我就将不舒坦记住了，就发泄给外婆。小孩子小肚鸡肠，最容易记仇的。

一九八六年吧，外婆中风后偏瘫了。我一直期盼着外婆好好活着，我一定会把挣到的第一份工资孝敬她，她想买啥都行，她以极大的宽容给了童年的我所有的快乐！可是一毕业，我被分配到了乡下一所中学任教，工资拖欠，真的是半年发一次。当我在过年前领到第一份工资时，外婆已经去世两个月了。这是迄今为止我最大的遗憾，还与钱有关。钱未必能代表什么，可我就是想让婆享我的福！是的，在心里，外婆一直就是我的婆，唯一的婆。

坏孩子也会想外婆的，外婆也是婆，还是更亲最近的婆。

大　弟

每每想起大弟，总让我负疚。

大弟木讷少言，善良敦厚。我倚仗大他三岁又伶牙俐齿，拨得他像小陀螺般围着我团团转。我偷牛他拔桩，我贪嘴他挨骂，我做坏事他背黑锅。

快过年了，母亲让我跟大弟到河边洗茶具。那是一套父亲从西安买回来的茶具，只有过年那几天才取出来用，平日里被父亲当宝贝般收藏在柜子里。

大弟跟我说了几句，惹得我很不高兴，就用小石头扔了过去，他嬉笑着一躲，没砸中他倒砸中了我的愤怒。我恨恨地一跺脚，不留神，一个茶杯从手里滑了出去，摔破了。

回到家里，当母亲得知摔破了一个茶杯，举起手要打我时，我牛眼一瞪："大弟弄破的。你问，跟他有关系没？"大弟就跟在我的身后，没接话茬，也不解释，只是低下了头。母亲就认定是他弄破的，劈手就打了过去。

大弟挨打从不躲闪。

真傻，搁我身上，母亲刚有打的姿势，我撒腿就跑。常常是我在前面跑，母亲拎着扫帚在后面气急败坏地追，边追边骂，有时会从巷子里跑出来绕着池塘跑几圈。巷子里的人常常看西洋景般打趣我们母女。

我曾问过大弟，挨打咋不跑啊。他的回答真滑稽，说叫大人生气了就不能躲，一躲大人更生气。而母亲因为这一点更生气，说你真是长了实心实肠子了，大人动起手来没轻没重，傻得都不知道躲闪。

事后，我等着大弟质问我。没有。依旧像小跟班，与我如影相随。

久而久之，我似乎也习惯了栽赃给他，并心安理得。

我上初中了，食宿都在学校，只是学校要求住宿生得给学生灶交柴火，一学期三架子车，还得是树枝树根那样的硬柴火而不是玉米秆棉花秆之类的软柴火。一天正上晚自习，班主任老师说有人找我。我出去一看，一架子车硬柴火，后面露出半张脸，大弟的，满脸汗水。跟我一对视，欢喜就在那张小脸上荡漾开来，汗水让大弟的脸庞灿烂无比。

大弟说他在山里捡了两天，就攒够了一车柴火，赶紧送过来。

我把柴火交晚没？影响姐吃饭没？大弟一边擦着汗一边问我，满眼都是歉意。我拍了一下他说，你姐谁啊，你就是不交也不会影响我吃饭的。

多年后，每每想起大弟这两句问话，我都眼角发涩。那时他才11岁，一个11岁的小男孩，独自拉着一车柴火，走了十多里路。至今，想起柴火后的那张脸庞，都是满满的感动与心疼。

那天镇上有集会，母亲顺道给我带了些干粮。临走，她掏出一个鼓鼓的小塑料袋子递给我："你大弟让我带给你的，还人小鬼大，偷偷地，见了就攒下，猫给老鼠攒食哩。"

里面装着晒干的南瓜籽。没有零食的年代，晒干的南瓜籽也是我们争抢的对象。

每周从镇上的中学回来，大弟总在村口接我，好奇地问东问西。我能理解他，我们村子小，一个年级两三个孩子，没办法只能复式教学，一二三年级一个教室，四五年级一个教室。上四年级的大弟把五年级的课都听会了，实在无聊，就等着我回来看我的书。

好不容易周末在家，农活也不长眼色，拥着挤着在眼前排溜溜。

母亲一喊"婷儿，峰"，我就立马捂住耳朵摇着头，拒绝接收其他信号。她紧接着的话一定是"赶紧点，下地去"。大弟就会很同情地看着我说，姐，你在家学习，我去。

不一会儿，屋外就会传来大弟给母亲解释的声音，自然也少不了母亲的抱怨声，"死女子，馋嘴懒身子"。此话一出，我就可以继续放心学习了。倘若大弟解释半天，母亲不接话茬，我就知道不妙。她会气汹汹地冲进来，轻则骂我几声，重则揪起我的耳朵，我就必须下地干活了。

这时候的大弟，满脸抱歉，一路上没话找话，好像他才是罪魁祸首般。

直到今天，我一直觉得挺奇怪的：从小，大弟心胸何以那么宽广，处处迁就我护着我？有时我甚至猜想，兴许上辈子他是哥哥我是妹妹吧，他才那么迁就我纵容我。

半块馒头

30 多年前的关中农村，大伙的日子都不好过，做母亲最愁的，就是哄饱那些总也填不饱总在找东西吃的肚子。

在我家，馒头是麦面做成的，只让 80 岁的姥姥吃。我们吃的，是用玉米面糜子面拍的糕饼，也只有在吃完三块那样的糕饼后，才会得到半块馒头，这是母亲宣布父亲点头的铁的规定。有好几次，四岁的小妹将手伸向姥姥的馒头，不是手被母亲狠狠打了一下，就是头被父亲重重地敲了几筷子。

那时，姐妹中最年长的我，吃不完两块糕饼就已经很饱很饱了。可我们真的很想吃姥姥的馒头，麦面的味儿闻起来好香好香！

终于，我想出了个办法——

那天正在吃饭，我边说有点事边拿着第二块糕饼走出房子。到了后院，扬手一抛，糕饼便飞过了院墙。我又在后院转悠了一会儿，才装作完事的样子进了屋，拿起了第三块糕饼……

终于有机会吃馒头了，拿起那半块馒头，我竟然舍不得送进嘴里。妹妹们看着我，一脸羡慕。

"你家的糕饼还会飞呀？"邻居柱子叔说话间掀起门帘就进来了，手里捏着一块糕饼。

母亲当时就变了脸，劈手夺过我手里的半块馒头，骂道："死女子，造孽哩！吃不下去都往外扔了，撑成那样了还吃啥？"

为此，母亲罚我那天不准吃任何东西。

——我第一次明白，弄虚作假是解决不了实际问题的。

不弄虚作假就只有使劲吃完第三块糕饼了。一次，才吃了两块，我的肚子已经滚圆滚圆的了。为了吃到那半块馒头，我在心里给自己加油。好不容易吃完了，在我的手伸向馒头时，母亲疑惑地看着我。

"我还没吃够。"我理直气壮地回答了她的目光。

半块馒头是吃到了。可没过多久，我肚子疼得满地打滚。撑得实在受不了，直折腾了一夜。

我真正懂得了，人要经得起诱惑，正确认识自己才不至于在得到的同时失去更多。

我11岁了，沟里崖畔，爬上爬下，放羊割猪草。晃悠悠的，从池塘里就把水挑回来了。能劳动，身体舒展开了，胃口也开了，在我轻轻松松地吃完三块糕饼拿起半块馒头时，看着妹妹们的馋样，宛如看见了当年的自己。

我心里亮堂起来：付出多少就会得到多少。属于你自己的，不用追不用逐，自然会飘然而至。

在几乎可以随心所欲的今天，我常常想起一些陈芝麻烂谷子的往事，像半块馒头。想起这些，我就踩稳了脚下的每一步。

怀念乡村

我的记忆，总停留在多少年前的乡村。

我背着书包跑到地头，大喊一声，正在地中间弯腰锄地的母亲就抬起了头，也是扯着嗓子回应：钥匙就在门槛墩子上，馍在锅里馏着，菜在案板上。

我又撒腿往回跑。不多一会儿，我会用厨房里白生生的抹布包裹着夹好菜的馍，拎着一罐子水再次站在地头。我会再次喊道：歇一下，赶紧过来吃，我去学校了。

又是撒腿跑。

乡下的孩子，几乎都像我那般，学校、地里、家里地跑，到学校前顺便割半笼猪草也是常事。他们跑起来像一阵风，从不拖泥带水。

那时，家家户户大门的钥匙放的地方既固定又不固定。固定的是都放在大门附近。不固定的是，有的挂在门里面，须从门缝里伸手进去摘下来；有的直接放在门里面的墩子上，弯腰取出；有的放在大门口的砖缝里，上面再压块砖……毫不夸张地说，只要你有时间，只要你愿意，你一定可以挨家挨户找到各家的钥匙。

"李婶，借你两把锄头用用。"那边有人喊话了。

正在别人家门口聊天的李婶不挪腿只动嘴："你自家到屋里取去，啥在啥地方你比我还清。"

借锄头的人不接话也不分辩，就走了，不一会儿就扛着两把锄头过来了。

母亲的面条擀好了，才发现没葱。少了葱花可不行，清汤寡水的吃起来就没味了。

在地里还记得牢牢的，回家时就忘得净净的。母亲话音刚落，我就跑出了厨房，身后跟着母亲多余的叮咛：到巷口你明亮叔地头拔几根。

明亮叔总栽葱，可很少成捆成捆地收获。明亮叔的那块地就在巷子口，全巷子的人家，正做着饭，没葱了，就喊孩子拔几根。大人们急匆匆想去地里干活，手里还捏着半个馍馍，走到巷子口，弯腰，拔根葱，皮一扯，衣服上一蹭，馍馍就着葱也是很好吃的。

明亮叔正在地里打理着，来人了。跟他有一句没一句地瞎扯着，那人起身，就是一地的葱皮，青椒蒂儿。明亮叔笑嘻嘻地冲着那背影响响亮亮地骂一句：你这狗日的，想吃就吃，哪来那么多花花肠子？

被骂的人很洒脱地回头扔一句：吃你是看得起你。

笑声浪起。

那时候好像没有"偷"这么一说吧？或者说，淳朴的乡民们有意避开了这个刺耳的字儿。

割猪草时，和几个伙伴攀上巷子东头张大妈家的果树，倒没吃几个，只是浪费了不少。

记得母亲当时揪着我的耳朵把我拎到张大妈家。老婶，我给你把这双贱爪子拉过来了，你收拾收拾，看再作践人不？

张大妈冲着母亲嗔怒道，看娃细皮嫩肉的，招架得住你拧？就分开了母亲的手，我的耳朵恢复了自由。

张大妈弯下腰边抚平我的衣领边对我说，好娃哩，你吃就吃，吃多少大妈都不嫌。糟蹋了，就可惜了。老天爷瞅见人糟蹋东西，就不高兴了，就不叫地里好好产东西了。

也记得黑子嘴馋了，自家地里没种玉米却想吃鲜嫩的玉米棒子，就从临畔的栓柱伯地里掰了几个。眼尖的我发现后就跑去告诉栓柱伯，栓柱伯倒是一脸平静：碎娃娃家，嘴馋了，想吃了，掰就掰了。

更戏剧性的是，黑子妈还拿着两个熟玉米棒子到栓柱伯家串门子。一进门就高喉咙大嗓门地说，他伯，你的生的，我给你煮熟了，吃吧。不吃白不吃，反正是你地里的。

生活在钢筋混凝土的城市里，我总是怀念乡村。只是，我怀念的，不是年轻人都已外出打工地里一片荒芜的今天的乡村。我的乡村永远地存活在我的记忆里，那些点点滴滴的记忆，随着岁月的推移，越来越生动。

那沟，那河

当儿子摇醒我时，我还在咧着嘴巴傻笑。梦里，又回到了那沟里那河边！

四十多年前，记忆里，几乎很少吃到麦面，玉米糕、荞麦面、糜子馍都算稀罕饭。最多的，就是红薯面、红薯馍、红薯饸饹，要么就是煮红薯、蒸红薯、熬红薯、烤红薯，以至于一看到红薯胃里就泛酸。更重要的是，红薯吃多了总是控制不住地放屁，既不雅观也没面子。

寻找能吃的东西，变成了贯穿我的童年乃至少年最大的行动指南。村边那条什么都长的长长的沟，便牢牢地吸引了我，成了我的快乐之源。

是饥饿所致吧，儿时的我，胆子特大，带几个伙伴，就在沟边沟底，摘呀，拔呀，挖呀，找到什么都敢往嘴里送。先是慢慢嚼，尝味儿，只要不是很苦很特别，就可以一大把一大把地往嘴里送了。

被我们叫作"葡萄"的，就不少：纯粹甜味的"野葡萄"、几乎无味只有水分的"紫葡萄"、强酸微甜的"红葡萄"、酸酸涩涩的"单串葡萄"，都是我们根据颜色和形样命名的。

好吃的是"驴奶奶"，稍微一咬，流出的是白白的乳汁，从舌尖一直甜到心里头。顾名思义，"驴奶奶"就是长得像毛驴的奶头，有圆圆鼓鼓的，也有两头尖肚子鼓的，还有像镰刀样的。找到驴奶奶就是幸运的：一则它是一堆一堆的，找到后径直坐在地上，保你吃个够；二则不管哪种模样，都很甜很甜，很有嚼头。

挖到"甜甜秆"就是中了大彩头：挖的本身就是极大的快乐，你是无法想象它会延伸多远，会七绕八拐延伸到哪个方向，心里自然就充满好奇与兴奋。极小心极小心的，轻轻地扒拉上面覆盖的土，"甜甜秆"极脆，唯恐弄伤弄断。它如莲藕般是圆圆鼓鼓一节一节连在一起的，提溜着它向小伙伴炫耀时，一个个眼睛瞪得老大，不用看就知道，口水能流到肚脐眼。

吃得满脸深深浅浅的紫色红色，流得到处都是白乳汁，掐呀拨呀常常是一手绿汁汁，这时就"呼啦"如风般奔下沟去，河就成了我们眼里的香饽饽，洗手抹脸准备回家。

时间不急的话，就有的玩了。

女孩子坐在河两边的大石头上，光脚丫踢着打水仗，哗啦啦的水声咯咯的笑声，在河面上激起层层涟漪。而男孩子呢，自然不会闲待着傻坐着，早已如鱼儿般游了起来。如今想来，男孩子们都是无师自通的水里高手：看谁仰面向上手臂划动游得快，看谁在水里闷得时间长，看谁跳水时激起的浪花小……

只要有时间，男孩子们就可以花样翻新地在水里使着性子玩，我们女孩子就成了啦啦队。

当然，除了自己吃饱玩好，找"马齿苋""灰灰菜""荠荠菜"就是肚子打饱嗝后的大公行为了，找一篮子在河里洗干净拎回去，蒸成菜卷全家吃。

而今，面对满桌子美味佳肴却常常觉得吃着没味不香，许是少了情趣吧？常常就想到儿时的我们在那沟里那河边为了填饱肚子而作的种种努力，不觉间笑意就漫上脸颊，如吃了珍馐饮了琼浆般酣畅淋漓。那沟那河，也就成了回忆中永远的财富！

奶奶是条河

奶奶是条河，有温情的爱抚，亦有严厉的磨洗。

——题记

奶奶已仙逝四十年了，可我至今依然觉得自己还在奶奶的那条河里游弋着，只要我呼吸着，就能感觉到河水的奔涌！

母亲是位中学教师，一位很优秀的教师，优秀得在学校热情百倍地将爱洒向自己的学生，以致回到家中就疲惫不堪，懒得搭理一下自己的孩子！要她理也行呀，"一打二骂三拔毛"，脾气很是暴躁。父亲也忙呀，记忆里，都找不到他坐在家里静静地喝杯茶的情景。

只有奶奶，她似乎对大门外的世界一点儿兴趣也没有，瘦小的身影，总是匆匆忙忙地奔走在小院里，忙活在针线筐边，焦虑地徘徊在厨房里。那是段吃大锅却填不饱小肚子的岁月，她几乎将所有的智慧和耐心都用在如何应付我们天天喊饿的嘴巴上。

记忆里，一抬头，就是奶奶柔和的目光，闭了眼，尽是奶奶折叠的身影。事实上，真正伴随我们兄妹成长的，是奶奶！

奶奶是条河，有温情的爱抚，亦有严厉的磨洗！

"哄人造孽，鼻子流血；骗人作害，两眼稀烂"。说这话时，奶奶紧绷着脸，我则被惩罚站在南墙根，鼻尖还顶着墙。

那全是因为该死的"贫协主席"刘驼子。他神气地背着手踹开我家的门，高喉咙大嗓门地冲着奶奶喊："你家黑妮打着割草的幌子，偷生产队的玉米棒烤着吃。"奶奶一个劲地赔着笑脸给他说尽好话，求他别在大喇叭上张扬，奶奶说，"要让她妈知道了非把那贱爪子打断不可"，临了，还塞给刘驼子俩鸡蛋。

刘驼子一转身还没出门，奶奶就变了脸。她只是盯着我看，一言不发，好长一会儿，直盯得我低下了高昂着的死不认账的头。

也许是害怕"鼻子流血、两眼稀烂"的因果报应吧，那以后，我再也没有"瞪着眼睛说瞎话"了。

连爷爷都说奶奶是老糊涂了，谁家把葡萄树栽到大门外？

奶奶迈着小脚天天从巷子西头的池塘里用脸盆端水一棵一棵地浇灌，葡萄长势不错。后来呀，那几棵葡萄全都姓了"公"，连流浪汉渴了饿了也可以随手摘一串。我们一家人倒吃不到几串，真可气！我就跟奶奶闹，怪怨她把葡萄栽在大门外。再后来呀，东家送仨梨，西家给俩苹果，对门端来一碟子杏……只要巷子里有的水果，我们都尝到了。

分享才会带来快乐与幸福！和小伙伴在一起时，想起奶奶的葡萄，我就不再小气，玩得更开心了。

上小学了，有了好多好多的小同学，在别人的目光和议论中，我才开始认识自己：因为黑，我小名叫"黑妮"，它却让我蒙羞，"黑炭""黑瓷楞娃"……一时间，我都无力招架！

我自卑极了，哭诉给母亲。"你就那么黑，能怪谁?"母亲说的是大实话，可在我听来，不过是砸向我的一块更大的"石头"。

"黑咋啦?"奶奶放下手里的针线活，走了过来，将我揽到怀里，拍着我的肩像在哄小娃娃般，把我牵到炕边。她打开碎布包，翻了一会儿，拿出黑白两块布。"黑妮，你看：这白纱布能照见星星，烂糟烂糟的，拿不到人前头，只能当烂袄里子；这黑缎子，多拽实多耐看，谁都想剪成花儿贴在胸前。"奶奶搂着我说，"听奶奶的话，咱黑缎子就要赛过那些白绫子!"

时至今日，我耳畔还常常响起"黑缎子赛过白绫子"这句话，听到它，我浑身是劲！

奶奶没文化，不会给我讲什么大道理，可她却总能成功地拨一下我前进的舵，使我这艘小船航行得更稳更快！

我学习很认真，成绩自然也很突出，很快就赢得了老师的赞赏同学的认可。我也知道，有一双眼睛在不屑中很挑剔地盯着我的一举一动，那是个极漂亮嫉妒心也极强的女孩。连我也在心里视她为立于鸡群的"鹤"，以致从未直视过那双高傲的眼睛，总是慌忙躲开。

"呆子，书呆子，可怜的书呆子!"在老师又一次毫不吝啬地向我泼洒称赞的话语后，一下课，她就走到我身边，抛下硬邦邦的这句话扬长而去。

我连头也没敢抬起来，更别说反唇相讥。

我委屈又无奈地说给奶奶，希望得到奶奶的安慰。

"总是你先趴下，人家才会骑到你头上。"奶奶自顾自眯缝着眼睛穿针引线，似乎根本不理会我的感受，"你腰板挺硬，谁能把你咋的？谁敢把你咋样？"奶奶边做活边自言自语，"这人哪，就怕自个儿瞧不起自个儿，人家才会骑到你头上拉屎拉尿，那你就不要嫌臭了。"

后来，当她再一次向我展示高傲时，我强迫自己硬挤出笑容，然后站起来，直视着她的眼睛，说："学习好，是我自己努力的，不是爸妈给的漂亮脸蛋。不服气？赶呀！"

奶奶说得对，迎上去，才会击败对方！除非你弯下腰，没有人能骑在你脖子上！

奶奶坐在老藤椅上眯缝着眼睛晒太阳，说："人呀，你摆出啥样子，人家就按啥样子对你。"

我就想着是否要调整自己的姿态了。

刚收拾完厨房，面对一大堆衣服，奶奶唠叨着挽起袖："这人哪，得自个儿给自个儿鼓心劲，老婆子，接着好好干吧！"

奶奶尚且如此，我又怎敢懈怠？

奶奶是开着玩笑驾鹤仙去："活了一辈子，平平淡淡的，临了，想不到和毛主席赶上了一趟车！"奶奶是笑着走的，她连自己最后的表情都调整得那么让人心疼！

1976 年的 9 月 9 日晚，奶奶去了自己的天堂。

那天，跟爱人怄气，我没带儿子独自回到娘家，瞥见奶奶的相片，"你的舌头和你的牙还磕碰，有啥想不通？"奶奶的眼睛透过老花镜盯着我，"人家咋知道你心里咋想？"

又记起奶奶 40 多年前教训我的话，不觉脸红……

奶奶在天堂里还盯着她的孙女看呢，怎敢马虎？

生命最美的底色

与众不同

母亲一直是个与众不同的人，自我一开始认识世界，她就给了我这样的感觉。这种感觉，令小时候的我很不舒服。

四十多年前，谁家有红白事，左邻右舍的女人们都会去帮忙。孩子们就兴奋得不得了，母亲们会见缝插针地跑回家里给自己孩子送个夹着豆腐或肉片的白面馍馍，那是过年才会吃到的好吃食。自己母亲去别人家帮忙，在很多孩子眼里如同过年般欢喜，充满期待。更有一些孩子就站在人家门口，母亲像有心电感应般，会跑出来塞俩白面馍馍。胆大的，直接跑进家里，明目张胆地往出拿。

我的母亲从来不会自己悄悄拿啥回来，更不允许我站在人家门口乞讨般丢人现眼。

多少次，别人家有红白事，年幼的我远远地坐在自家门口的石墩子上，看着巷子里同龄孩子拿着白面馍馍欢快地穿梭，心里羡慕又伤心。有时路过的大妈婶子也会招呼我："找你妈去，给你夹个香馍馍。"我会摇摇头，而后双腿前后踢着，踢的是满心的委屈。

记得有次正在帮忙的母亲也匆匆走回家里，坐在门口的我扭着小屁股赶紧跟进去，母亲会不会也带好吃的回来？结果母亲翻箱倒柜，找出来一截布料，又要匆匆离开。就在她前脚跨出门槛的一刹那，我"哇"地哭了，好像那一刻再不哭，我就会被活活憋死。母亲似乎什么都知道，她回头看了我一眼，说："妈哪天也给我娃做好吃的"，就离开了。

我不能吃到别的孩子都炫耀的"白面馍馍"，其实所有在母亲眼里不应该吃的，我都吃不到。

一些孩子有时吃炒豌豆，一粒一粒往嘴里抛，焦香焦香的味儿霸道得铺天盖地，好像走到哪里都躲不开，走多远都可以闻到。别人家的母亲是从饲养员那里讨要的。都是一条巷子，给母亲一把我能高兴好多天，那么大的牛，那么多的一群，哪会在乎这一把？

我给母亲说，饲养室的憨叔特别好说话，说了好些小伙伴的名字，说他们妈妈要豆子憨叔都给。母亲看着我，沉默了，我以为她在想怎样去讨要，满脸热切地看着她。"就那点德行，连牛的料都不放过？队上那么多地，豆子都让你们嘴馋吃了，牛能犁动地？"

我是吃不到炒豆子的。哼，不吃就不吃，又死不了。她不拿别人家的东西，不意味着我不会偷，身边的孩子都在偷，看一看就学会了。

别的孩子到生产队的打麦场，在麦堆里走几圈，鞋里就都是麦粒了，回家一倒，再来。看管的大人也睁只眼闭只眼，不是很过分就不言语。我终于壮着胆子学着偷了一次，回到家里时，脚心都让麦子垫得很不舒服。可是心里舒服呀，我也像别家的孩子一样，会把东西给自己家弄回来了。等货郎来了，就可以换东西了。"这是我自己弄回家的，与你没有关系。"我骄傲又有点挑衅地让母亲看时，她拎起我的鞋就砸到我身上，骂道："是不是为了馋嘴就啥都不顾了？"

那天，我们家的鸡幸福得像过年。

从此，我不再看别家孩子的样子：我的母亲跟人家的母亲不一样，人家母亲会因为孩子能干而夸奖，我的母亲只会自己生气顺带惩戒我。我恨我的母亲，死板、一根筋，我多么希望一觉睡醒，换了母亲。

刚进入八十年代，农村父母对孩子上学的意愿似乎不像现在这么强烈。我们巷子的孩子，一个接一个地辍学了。大人们觉得，老天给一条命就会给一碗饭，干吗非得上学？一棵树吊死？连死的形式都那么枯燥？那时已经包产到户改革开放了，不上学活路多的是。母亲不行，全村我就读的那一级，从六十多个孩子到只剩下三个时，她坚持不让我辍学，尽管我上得很吃力，可怜分分，偏科极严重。第一年落榜，她说服父亲让我补习。

别人取笑母亲，说人家收了彩礼钱还多了长工，你家凌娃，上得越多越赔钱。母亲说，养娃不是养猪，我就没想挣钱，只要娃将来好就行。

我很无奈，好像一生注定要被一个固执的母亲毁掉。艰难地跋涉在自己并不怎么喜欢的求学路上，直到考上大学，上了自己喜欢的中文系。

多年后的今天，回望自己走过的路，那么笨拙的一个傻丫头，穿过那么漫长的贫苦的岁月，过上了一种不错的生活。

我看见，母亲在天上笑着……

我到底亏欠你多少

　　我不想有一天跪在您的遗像前涕泪纵横地忏悔，我请假登上了回家的班车。

　　为了让愧疚释放，让自己做女儿的心踏实一点，我回家来了，母亲。

　　是塞缪尔感召我回来的。

　　他跨越百年万里的时空对我诉说了"子欲养而亲不待"的无奈，看着他倍加自虐也难从良心上得以解脱的痛苦，愧疚之鞭狠狠地抽打着女儿，我回来了，母亲。

　　我正坐在回家的班车上，母亲。我很少和您交流的，总觉得没有多少文化的您对文学一无所知。今天，母亲，我就给您说说塞缪尔这个让女儿对您产生愧疚的人吧。

　　想想吧，一个老人，步履蹒跚，不停地剧烈咳嗽，时不时地要腾出一只手捂着腰才能稍微缓解一点痛苦。

　　门外，大雨滂沱……

　　"塞缪尔！"老人喊了声在角落里读书的年轻人，沉浸在书中的年轻人没有反应。"塞缪尔！"老人又喊了一声，年轻人抬起了头。"塞缪尔，我感到今天身体很糟糕，你能替我出去一趟吗？"只见塞缪尔又低头看起了书。老人吃力地拎起篮子，走到门口，"塞缪尔，你是不是真的不愿意替我跑一趟？"老人一边咳嗽一边充满期待地问，没有回声。最终，老人走进了大雨中。

母亲，我再给您讲四十年后的事，触动女儿心灵的就是四十年后的这件事。

六十多岁的塞缪尔，已经是世界级的文学巨匠。患有严重的哮喘病身体极为虚弱的塞缪尔，脱下礼帽，丢掉拐杖，在大雨中呆立着，一个钟头，两个钟头……在父亲曾经去的地方忏悔着。别人认为他是疯子、神经病，而他，只是呆立着，泪流不止……

母亲，大雨中痛不欲生进行自虐的塞缪尔让我刹那间明白了千万不要像他那样直等到"爱"成为永远的遗憾再去忏悔，我回来看您来了，母亲。

我到底亏欠您多少，母亲。回首走过的路，我才感觉到自己的自私与您无尽的宽容。

"凌儿，"这是二十多年前您喊我的声音，您喊我时我正在背诵英语课文，第二天要测验。"马上下雨了，赶紧和妈到场里收玉米!"我身体晃了晃，却没离开板凳，"去不去呀?"您看着变黑的天又焦急地问，我还是没有动，看着课本。您就自己拉起架子车，临出门，"凌儿，你要是想来就赶紧来。"你满眼的期盼，"回来要上坡，妈一个人……"

那次，母亲，您和玉米都淋湿了。您还摔了一跤，裤子上尽是泥。二十多年后的今天，我早已忘了那次测验成绩的高低，雨中的塞缪尔让我又想起被雨水浇透了的您。

我已经参加工作了。"凌儿，今晚先不回城里了，陪妈说说话。"这是十年前您的声音，您很少对我有什么要求的。"有啥事?"我心不在焉地问，我只想着从家里拿些需要的东西，尽快赶回城里静静地看书。

"没啥事，妈就是想和你说说话。"您看出了我的心思，"你忙就走吧。妈是闲人，没啥事。"我看着您，犹豫了一下，还是下了决心："你闷得慌就看看电视，电视比说话热闹多了。"

母亲呀，只要是儿女们提出来的，就没有您不能接受的！您没给电视生命，更没有含辛茹苦抚养它呀，母亲。对您，我何以薄情至此？我是热爱读书，也常常感动于书中浓浓的亲情并为之而泪流满面，可却伤害着至亲的您，我的母亲。

就在上次，您来我这儿小住时，让我给您捶捶背。我正在电脑前敲击着键盘，想象中排列着我那似乎满含感情的文字，却打发儿子给您捶背。只有 6 岁的小家伙，与其说是给您捶背，不如说在您背上闹着玩。我明明白白地知道他是在敷衍您呀，却想着"捶背"这个过程有人替我做就可以了，依旧心安理得地写着无病呻吟的文字。

母亲，如今想起，一件件一桩桩，都是女儿欠您的债。您就是这么不停地放着您的债，宁愿委屈自己，也不向儿女提要求，您是不是在等着我自己幡然悔悟？

"不要拿啥回来，人回来就好。"您总这么说，母亲。我今天真的没带什么礼物回来，——直奔向车站，跳上回家的车。往日总买好多礼物，如搬运工般，礼物一放，任务似乎也完成了，少留片刻，就匆匆告别。

今天，母亲，我是专门回来看您的，一个流泪的儿子塞缪尔陪着您的女儿回来的。

卑微的母亲

我断言，即便给母亲怀里揣上万元支票，她依旧不敢正眼瞧瞧上点档次的服饰，依旧会小心地问上几样饭的价格而后再决定哪种最实惠。

母亲真的不缺钱花，可给人的感觉总是可怜吧唧没钱的样子，这一切源于她卑微的心。

和母亲进服装店，她总是先通过简单的判断确定谁是店主，而后冲人家点头哈腰地问候，"你在啊，我想看你的衣服"，举止小心神情卑微，好像是她不小心冒犯了别人似的。

我总笑母亲多此一举，咱掏钱买衣服，哪有必要看别人的脸色？态度不好立马走人，——送钱还愁没地方？也曾专门给母亲讲了这样的道理，意在提醒她，顾客就是上帝，别怯声怯气的。

"看你这娃，说的啥话？"母亲很不以为然，"人家开的服装店，你想买人家的东西能不打声招呼？就像谁进了咱屋不搭理咱一样的。人会笑话的，六月的萝卜——欠'窖养'。"

瞧瞧，她还通俗易懂地给你打比方讲道理呢。

我说，妈，你一辈子也不容易，嫌戴项链麻烦给你买个金戒指戴戴，咱又不缺那点钱。

母亲笑了，你忘了，我有戒指，都戴了多少年了。母亲伸出手来，那枚发亮的顶针顽皮地冲我挤眉弄眼，似乎在炫耀着它的地位是多么重要。

我不好意思地低下了头，这的确是枚很独特的"戒指"，做工精细别致，背面像戒指，里面却是顶针，还是我多年前去外地旅游时给母亲买的礼物。

唉，我给母亲买了顶针、围裙做礼物，父亲从外地归来不也是买了个纳鞋底的锥子回来的吗？连舅舅也给母亲带了个结实的马头笼，说"拾豆子摘棉干活方便"。我们何曾考虑到母亲作为一个女人的需要而送她东西？我们送给她的，不外乎是将她更牢固地塞到农活家务的忙碌中。

如此说来，母亲之所以卑微到那种让人无法忍受的地步，都是我们推波助澜的结果，我们不是总力图让她为我们忙碌以致模糊了自己？

我越来越怕家里来人了，家里好歹来个人，都会被母亲视为贵客而为之忙碌地准备饭食，越来越老了的母亲干起活来常常力不从心。

记忆里，家里一来人，母亲就忙活开了。用母亲的话说，菜最少四样，来到家里都是客，要敬视客人，我们方言里的"敬视"就是"金贵"。每次，她都会大汗淋漓地做搅团让客人吃。"搅团要好，七十二搅"，你肯定能想象出它的麻烦。"慢火焖，顺茬搅，用劲匀称"，母亲常常边做边给我讲要领，她一直希望女儿也像她一样做起活来样样拿得出手，只不过我常常让她失望罢了。

我觉得贫寒的往昔或者富裕的今天，对母亲来说，影响的仅仅是饭菜的简约或者丰盛，对任何人在任何时候，母亲待人的热情，向来不打折扣。

我说，不是来人就非得留住吃饭的，非得留下吃饭也不一定得您亲自做，也可以去饭店，您就不要太忙活了。

"到饭店就是不敬视人家，你们嫌麻烦我拾掇。"母亲似乎听不懂我的话。

在母亲眼里，只要踏进我家门槛，都是客人，都要敬视，不能厚此薄彼的。

不辨身份对所有人都那么敬视，难道不是深入骨髓的那种卑微吗？

后来，家里请了个阿姨打点家务间或帮忙处理生意上的一些事情。而母亲，竟然和阿姨认了个"干姊妹"，不是她帮着阿姨干活，而是阿姨给她打下手。她根本就不会做牛哄哄地等着别人伺候的"东家"，唉，这是卑微到了极致吧？

我曾很无奈地告诉母亲，想把你打扮成"洋老太"，你偏爱土得掉渣。

母亲笑了，说披金戴银，到头还不成了土？土，就好着哩。

昨天，是母亲去世"百日"，我回家跪在母亲的坟头烧了自己的牵挂。我不知道，在那个世界里，母亲是否卑微依旧？

母亲是个老迷信

不是那次生病，我还从来不知道身为教师的母亲竟会如此迷信，迷信起来还是九头牛都拉不回来的固执，固执得可怕。

突然有一段时间，我腿发软发酸，走了不少地方看了好多医生，药是吃了不少，就是不见好转。

母亲逢人就打听秘方偏方。从墙角砖缝里找来簸箕虫、西瓜虫，竟拿到水龙头下悉心地翻来覆去的冲洗，她原本是个很胆小的人呀，那些东西，丑陋的，软软的，想想都可怕，而母亲竟洗得那么从容。又找来人家说的草药，搅和在一起捣着砸着，硬是往我腿上贴。

"人都说'偏方气死名医'，没效果就是还没有找对，肯定有偏方能治好，我得继续打听。现在有些癌症都能看好，你这还叫病？"三番五次五次三番的折腾，没有丝毫效果，母亲竟一点儿都不气馁，边打听边实践，我被折腾得够呛。

她不知从哪里打听到，说邻县有个药到病除的活神仙，就搭车去了邻县。一天后，带回来一个老太婆，说是神婆。对她，母亲毕恭毕敬，唯恐有一点不到之处。

母亲按神婆的指点，在院子里奔来跑去地忙活着，说得先挖长宽高各二尺的一个坑，她就拿着尺子量。哪里该贴张字符，她就先用抹布蘸水擦洗干净，然后再按要求极细心地张贴。最可笑的是，神婆说院子中间的枣树伸向东南方的那枝太长了，伤害到经常回来照看我们的某个老先人，应该锯掉。六十多岁的母亲竟然颤巍巍地拿着小锯攀梯子，她不让任何人插手，唯恐不灵验！

我冷冷地看着母亲忙活的身影，人一旦愚昧起来就没了底线。

说来也怪，我喝了神婆几服中草药后不久就痊愈了。母亲得意地说："迷信那东西，玄乎，不可全信不可不信。"

记得去年冬天，母亲打来电话问候我和孩子时，我顺口说句"昨晚做的梦很不好"，正准备细说什么梦时，有人敲门，就匆匆放下了电话。

下午，哥打来电话，说母亲摔骨折了，就在堆满杂物的南墙下。我赶回去一问，哭笑不得：母亲惦记着我说的梦，下了一夜积雪近尺，她准备给我画符"消灾"，自己却"栽"了。

"夜梦不祥，画在南墙，太阳出来，化作吉祥。"母亲又开始叨唠，"你要自己记下，梦不好就要消灾。妈老了，给你帮不了忙光添乱子。"

有了孩子，小家伙一有病我就烦躁不安，到处找医生诊断、开药，又不完全相信任何一位。母亲竟写了好些字符，"天皇皇，地皇皇，我家有个夜哭郎，过往的君子看一眼，一觉睡到大天亮"，拿出去张贴。

母亲是明显的老了，老到遗忘了知识远离了科学，老到如同个一无所知的村妇，老到心里只装得下自己的孩子！

浪漫的母亲

我一直觉得，母亲从骨子里是个很浪漫很浪漫的人。

记得小时候，切面条时，母亲总会把我喊到案板前，问，凌娃，想吃啥样子的面条？我呢，歪着脖子仰着脸蛋，边瞎想边瞎说，母亲就按我说的样子来切：三角形，菱形，正方形，长方形……我说啥她就切成啥样的。父亲总责怪母亲，说大人没大人样，你就跟着娃贪玩吧，吃一顿饭都吃得乱七八糟。

父亲不知道的是，就是因了我的参与我的瞎想瞎说，我才嬉戏般吃完没油水没菜的杂粮面条，还吃得有滋有味。

用糜子面玉米面红薯面蒸馍馍时，母亲更民主。只要我们兄妹没事，就可以趴到案板上参与。洗干净的各种豆子就放在旁边。馍馍的形样随便捏，可以在里面放进自己喜欢的豆子。母亲只是强调说，自己捏的馍馍蒸熟后就是自己的了，得吃完，不许耍赖的。

已经说好了，我们就没有抱怨地吃着其实并不喜欢吃的各种馍馍。不过就因为有几粒豆子包在里面，且是自己包进去的，吃时的感觉就好多了。

想想看，几个箅子上，东倒西歪着不同形样的馍馍，谁家会这么开明？只有浪漫的母亲才会想到用种种方式刺激孩子们的味蕾，唤起孩子们的食欲。

母亲的浪漫，当然不止这些。

想想，在那些吃个苹果都像过年一样隆重的年月，院子里的苹果树上结了多少苹果，都在母亲的反反复复中数得清清楚楚，我们绝对没有机会偷吃的。

摘苹果是母亲亲自做的事情。高处，母亲会站在梯子上小心地摘下来，绝不会不小心撞掉一个苹果的。不过，母亲每次都会留一个苹果在树上，说是给鸟雀的。

树上是结了好些苹果，可一条巷子好歹也二十几户人家，每家送两个，留不下几个让我们吃。但我们自然也不会空手回来的，我们用苹果一种味儿，换来了很多味儿。

呵呵，人都吃不饱，还给鸟雀留。一棵苹果树让我们吃到了许多味儿。这都是母亲的浪漫啊。

记得那年我要外出求学了，母亲把我和父亲送到村口。我们准备走了，母亲又喊住了我问，你把啥忘了？我想了一会儿，没想起什么。母亲从兜里掏出一把钥匙，后面还挂着一个小绒球。母亲说，把家里大门的钥匙带上，我娃走得再远，都会觉得像在自家屋里一样舒坦。

父亲嘴角一撇，不屑道，凌儿都上大学了还和娃玩呀，我俩还得赶路呢。

"想家了就看看钥匙，家门就推开了。"我和父亲已经走了老远，母亲还在叮咛。

还别说，想家了，我就掏出钥匙。看着看着，恍惚间就进了家，就来到家里的角角落落，想家的难受劲就被慢慢地稀释了。

我一直觉得，给我钥匙是母亲做的最最浪漫的事。

母亲真是个浪漫的女人。田地分到各家各户了，人家种庄稼，都磕着边种。母亲倒好，地前面种一溜向日葵。只是图了好看，不等熟好，就被路人摘了。在父亲嘟囔不合算时，母亲说了，咱看了芽儿拱出地面，看了叶子变宽变大，还看了多日的葵花盘。人家就图了个嘴快，还是咱划算。

瞧瞧母亲，算得失都算得如此浪漫！

说实在的，我成长的快乐得益于母亲的浪漫。

还记得三十多年前去赶集的事。8分钱一碗香喷喷的饸面，娃娃们围着吃，大人们乐呵呵地看着，不吃也香。而我的母亲则是将我拉到书摊前，慷慨地给我2毛钱，并嘱咐我，好好看。

母亲信奉"嘴瘾一过就消化了，眼瘾一过就留心里了"，当别的母亲给自己孩子带回来吃的东西时，她给我带回来的多是本子、笔或者书。三十多年前的关中农村，连吃饭都是问题，母亲却给我订了一本《少年阅读》的杂志。

巷子里别的女人不理解我的母亲，说她"不会过日子"，可我知道，是浪漫引领着我的母亲站在"今天"里看的却是"明天"的风景。

我喜欢母亲身上的那股浪漫，我今天之所以喜欢写作，多半是继承了她的浪漫吧。我更想把它作为一种财富，让孩子传承！

您从没丢下我

早市的最南边，多是些郊区的老太太拎着篮子卖一些自家的水果蔬菜。那里成为我最喜欢去的地方，是从2008年开始的。

2008年10月5日，我的心被撕扯得支离破碎，痛得揪心彻骨却无从说起。那天，我成了没妈的孩子。无法割舍下妈妈的我，喜欢上了早市的最南边。

花白的头发，在风中自然显得很是凌乱；土黄暗黄或灰黑得几乎看不出表情变化的脸颊上，不是卑微地笑着就是无奈地绷着；牙齿脱落了，嘴唇儿便皱巴巴地缩在了一起；不管坐着还是站着，那腰似乎永远都挺不直。

就是这些，牵动着我脆弱的神经，总让我牵肠挂肚，一群像极了我的母亲般的老人。

我喜欢买她们的蔬菜瓜果，我不介意虫眼，不介意菜的不鲜嫩，我甚至在接她们找的零钱时总会"不小心"碰到那一双双枯瘦如柴的手。

老人家，买把韭菜。我弯腰，笑着给老婆婆打着招呼。

一把一块钱。娃，你自己挑一把。老人笑眯眯，那口气，极像娇惯我的母亲。

我说分一半吧，我用不了那么多，还给您一块钱。老人很疑惑，说那咋行。我解释说用不了那么多，拿回去还是扔了，您留着还能卖啊。

我给自己捏了一小撮，给她示意说，就这些，够了。我给老人递过去一块钱。老人显得很不好意思，说，我这就沾你的光了，再捏些吧。

我摇摇头，笑着走开了。我听见老人在夸我"好说话，好人"。我脸上是露着笑，鼻子却发酸。我只是减少了自己将要扔掉的一点垃圾，却让老人如此感激，原来给别人快乐如此简单。我似乎一下子明白了：人呀，不要贪，你贪的那点，或许正是别人当宝贝一样的。

再往前，想买些小瓜。夏天，那小子不好好吃饭，得多吃水果，苹果葡萄桃儿杏儿，啥都不爱吃。西瓜容易上火，只有小瓜。

老人家，您今天挪位儿了？经常买她的小瓜，熟悉了，见面总打招呼。

娃，再来迟点就没了，把这都给你拿上。

我说称一下，看多少钱。

不称了，给你拿上。自家地里产的，都是熟人了。常买就是照顾，拿上，不要钱了。

老人的话，让我很是感动。我常买，那是因为我需要啊，还值得别人感谢，说照顾？

回来的路上，抬头，望着远方，突然泪水滑落。

妈，我能感觉到，您并没有丢下我，我们一直没有分开！

母亲的冬天

　　春的播撒、夏的耕耘、秋的收获，是热闹的，也是大家的，唯有冬的寂静与忙碌，记忆中独属母亲！

——题记

　　母亲真的老了，像一台年久失修、磨损过度的老机器，似乎稍有风吹草动都可能使它散架，特别是冬天。

　　冬天的寒冷携带着干燥包裹而来，看似霸气十足却也只是欺老凌弱，将多种疾病缠身的老母亲的活动范围缩小到一方土炕。来了探望她的亲友，母亲总想讲礼数，从炕沿挪至对面的藤椅，颤颤巍巍，抬腿落脚都是那么的吃力，真真的一步一个脚印：是怕踩不实在，还是怕干瘦如柴的腿脚支撑不起同样枯瘦的身子骨？

　　挪动，对于冬天的母亲，确乎算是艰辛的历程，我得使劲抚着她的胸脯帮她大口喘气。是冬天的寒和冷，使母亲的每一寸肌肤都绷得那么紧，还是曾经岁月里的忙碌耗干了母亲的身体？

　　记忆里，冬天的寒和冷似乎一贯如此，母亲的脸一到冬天就是通红通红的，皲裂的双手边干活边使劲地搓着揉着。然而曾经的岁月里，冬天，重重叠叠挥之不去的，尽是母亲骄傲的身姿。

且不说一家七口的鞋底儿摞得有多高，一针一线都得母亲在冬天忙里偷闲来完成，过年从里到外七口的衣服连剪带缝；也不说母亲是所有冬藏了的作物的忠实看守者，下窖的红薯得经常挑出有疤痕的以免殃及一片，堆积如山的柿子得做成柿饼要着好霜又不能冻着；更不要说爱热闹又讲排场的父亲常把母亲的手巧当作自己的骄傲隔三岔五邀三朋四友到家里热闹，上得桌面又可口的小菜小吃迫使贫困中的母亲将智慧发挥到了极限！

记忆里的冬天，尽是母亲忙忙碌碌的身影，母亲如陀螺般旋转，我都能看见她额头上沁出的晶莹透亮的汗珠儿。母亲似乎满眼都是做不完的活计：解下围裙，拿起扫帚，搁下扫帚，拿起针线，放下针线，拉起架子车，一车一车的枯草就给猪和羊运回来了。

晚上，母亲总在油灯下做针线活，我曾趴在被窝里，双手托着下巴傻傻地问："妈，你怎么就没瞌睡？"

母亲笑了，说："傻孩子，冬天，天短夜长，日子溜得快，做不出活，就得熬夜。"

到现在我还常常傻傻地想：人都说"邋遢婆娘生皇上"，母亲大撒手啥也不管的，孩子就被迫什么都会什么都精。是不是自己的母亲太利索太能干了，自己才除了握握笔之外，笨拙得两手捉不住一个鳖？

记忆里，我写字时，旁边总放个热水杯，母亲会适时地换上热水备我暖手用；哥哥们和父亲下棋时，茶叶水壶玉米花就搁在近旁，很顺手。母亲一个人在屋里忙碌着，从来没见她烦躁过，目光落在那儿落在谁身上，沉静中透出按捺不住的喜悦！

"活总有做完的时候，人总有歇下来的时候。"多年后，母亲的这句话一直敲击着我的耳膜。

疲惫得想懈怠时，烦躁得欲敷衍时，就想到母亲忙而不乱累而不烦的神态，就想到母亲手上不停悠闲地说这句话时的情形，就不觉脸红，遂不敢有丝毫的马虎。

每个人都有自己的冬天，是漫长的死寂与寒冷，抑或是绵长的忙碌与充实，任由自己填充。有的人多年的冬天折叠起来只是更寒冷的冬天，而母亲的冬天，则发酵成我心中一幅纯美之至永不褪色的画卷！

母亲的呼噜声

"妈，你的呼噜声太大了，我昨晚就没睡踏实。"早晨，看着儿子蔫不拉几地坐在沙发上迟迟不动，我问他是不是又不舒服时，他开了口。

我竟然衰老成这样？之所以冒出这个使自己出一身冷汗的念头，源于发生在我和我母亲间的事。

"妈，我不想和你睡在一起，你的呼噜声太大了！"这是三十多年前我和母亲的一次对话。记得这么清楚是因为母亲当时的神情：她先是一愣，愣了好长时间才回过神来，而后看我的目光里就有了复杂的、当时的我也读不懂的东西。我能感觉到的，是突然间的不好意思，因为自己竟然有点嫌弃自己的母亲而不好意思。

如今想来，母亲的呼噜声很大是再正常不过的事：

母亲在本村小学教书，是个事事都必须在别人前面的极负责任的优秀教师。家里有八十多岁行动不便的姥姥吃喝拉撒睡都得她伺候。三个只知淘气惹事不知帮一丁点儿忙的儿女等着她管理照顾。还有那么多地等着她和父亲一起犁耕耙耱播种打理，晚上我们都睡了她还在织布机上为一家人的穿着忙碌。

她睡时，怕是我已睡够快醒之时，故而我的睡眠轻，一有呼噜就醒了。

母亲那么累，家里又没有多余的房间让孩子们各自分开住。我不知道，自己当初的话语，给母亲心里添了多大的堵，会不会压得她喘不过气来？

　　我只记得多年后，家里准备盖几间新房，母亲很宽慰地说出"我娃有房子能睡上好觉了"这句话时，我的鼻子酸酸的，自己一句抱怨，一直压在母亲心里这么多年！

　　事实上，新房还没盖成，我就已经上大学了。

　　在母亲中风后身体不便的日子里，我特意将她接到城里一起住。不过从没住过同一间房子，母亲总说："我打呼噜，你睡觉轻，分开住。"我硬要陪她一起住时，她竟然说："我一个人住惯了，多个人不舒坦。"

　　每每听到母亲说"我打呼噜"这句话时，我就不能原谅自己，不经意间对母亲的伤害已深入骨髓！我总笑着说，您咋还记恨我？我那时是胡说八道还不行？

　　母亲却说："哪有当妈的记恨自家娃的？妈现在不能帮你一点忙了，再不叫我娃歇好还能行？房子就在隔壁，有事我就叫你，还担心啥？"

　　白天，母亲要我陪她说说话。正说着，她的呼噜声就起来了。我就停下来，等她一会儿。她一睁开眼就显得很不好意思。我说，困了就睡一会儿。她连连推辞："不困不困，你说哩我想哩，没睡着，咋能睡着？迷瞪了一会儿。你刚说到哪了？"

　　再后来，母亲都不能独自看一会儿电视，连热闹的电视都不能打断她的呼噜，只一会儿，就起了呼噜。和我说话时也是这样。醒来后，还是很困倦很没精神的样子，也不解释说自己只是"迷瞪了一会儿"，更不会让我继续陪她说话了，只是说着"没精神""老没精神"之类的话，或者说梦见谁了。入她梦的，都是已经去世的亲人，常常听得人心里很难受很难受。

也记得母亲曾很伤感地说："人就是不结实，说老就老了。不像树，就是冬天歇歇，只要根不离地，成百上千年的活。"

母亲是在 2008 年的一个秋日走的。

母亲走后，我似乎多了个习惯，看着熟悉或陌生的老人发呆：

稀疏花白的头发，满脸老年斑，一脸平和的微笑，明明是别人的母亲，看着看着，恍惚间，就成了我的母亲！

永远的痛

曾经把我当作自己的生命般金贵的母亲，一直被我忽视，一直在我的视野之外！

一阵电话铃响，吓得我慌忙赤脚奔到客厅接电话，已是半夜，打电话一定是水火事！

"你是不是好着哩？"是母亲，还是在问候我，便放下心来，却又有些抱怨。半夜三更不好好睡觉，打啥电话，叫人歇息不好？我嘟哝着"我没事，你赶紧睡吧"，想挂掉电话。"妈刚迷瞪了一下，梦见你，不放心，就问一下，那你赶紧睡。"

后来才知道，母亲事实上已经失眠了，关节疼痛、头晕、胸口憋闷折磨得母亲整宿整宿睡不着。

我才意识到自己该照顾母亲了，开始按时给母亲捎药回去，以为只要给母亲捎药回去就不用牵心她的健康了。未承想母亲忙碌起来连喝药的时间都没有，连诉说疼痛的时间都没有。在我安心于自己的孝顺女儿角色时，殊不知母亲依然得承受种种苦痛。

买了城里老人们穿的冰丝短袖或羽绒服送给母亲就以为尽了孝心，就以为母亲夏天就不热冬天就不冷了，就不再需要我嘘寒问暖了。却不知母亲舍不得穿，怕弄脏怕磨烂怕我再花钱给她买，衣服的价格让母亲直嚷嚷"糟蹋了半头猪"。

母亲总殷勤地打电话问我啥时回来的原因，是我后来才知道的，她好提前穿上新衣服给我看，好让我放心。

我考上大学在城里工作曾给了母亲多少骄傲啊，似乎女儿走得越远就表明越有出息越是干大事的。很少看书报的母亲曾很不好意思地讨要刊登我文章的报纸杂志。我知道，她是想让别人看自己的女儿多有能耐，可我更知道她周围的那些大妈大婶啥也看不懂，便断然回绝了她。如今想来，我是母亲以蹉跎二十多年的岁月为代价孕育的生命，有什么理由拒绝她一点小小的愿望呢？

几乎一直带毕业班，周末学校依旧补课，加上我的孩子体质虚弱，总得请假奔波于省城医院求医，我不是一个称职的教师，不是一个称职的母亲，更无体力无精力做一个称职的女儿。多是电话问候，有时忙得连电话问候也省略了。当联系我被告知"欠费停机"时母亲慌忙给我缴了一百元话费，交了话费还联系不上我，她出现在我的单元门口时显得火急火燎。在母亲眼里心里，最中间最高高在上的位置永远给我留着。

也曾记得母亲满脸羡慕地说，看你雪花婶子——多幸福，三个女儿都在农村，想在谁家歇一阵子就到谁家歇一阵子。可当我邀请她和我一同进城时，她却断然拒绝："你一天忙得跟马瞎子一样，你的洋东西我都不会用，不能给你帮忙我就成了吃闲饭的，我才不去城里。"母亲很羡慕人家可以待在女儿身边，却害怕给我添麻烦而宁愿远远地想着我念叨着我就是不肯跟我同住。母亲经常搭车进城，放下大包小包的豆类小米，饭都不吃就要赶回去的车，连一宿都不待，怕叨扰我。

也清楚地记得几年前我装修房子的事。那时，婚姻走到了尽头，我已经独自带着孩子过了。孩子的学校距离我们住的地方比较远，我必须接送，他们的时间又和我们学校的时间有些冲突，还得一天三顿地做饭做其他家务，我已经忙得焦头烂额了。不善于和别人沟通，又不会在后面监督别人工作，更害怕活儿有问题，提到装修，我真是头疼。舅舅突然来了，而且是专门请假来的。"你妈说了，就是她死了我不来都能行，但必须给你招呼着装修房子。她没有大事，除了你的事……"舅舅的话没有说完，我别过脸去，我不想让任何人看见自己流泪！

更清楚地记得，每次离开时，已经瘫了的母亲总是拉着我的手，说着诸如"车多的是，再等一趟"的话。当我终于决定要走时，将手从母亲手心抽出来的那一刻，母亲该是多么的无助与心痛。

辛苦养育的女儿，在别人眼里风光能干的女儿，究竟给了她什么回报？只有无奈中的孤独罢了。

是不是我伤透了您的心，以致您残忍到不给我一丁点儿弥补的机会？昏迷了三天，直到撒手而去，都不曾搭理过自私的我。您一定是对薄情女儿没话可说了，才以最后的沉默狠狠地痛击了我。

母亲啊，当您如一座山顷刻坍塌成碎土，我的悲痛铺天盖地却无处着落。我只知道，母亲，从此，您是我心头永远无法治愈的痛！

母亲给我留下了善良

任我怎么无奈与心痛，母亲还是走了。每每回望和母亲一起走过的岁月，从那些琐琐碎碎的小事里恣意喷涌而出的，是母亲留给我的善良：

"看你这娃，人家那么难过，你还有心思说说笑笑？"

那时，我和母亲正从一些披麻戴孝的人旁边经过，那一刻的我，依旧满脸笑容地继续着自己的话题，母亲便训斥了我。

面对悲伤的人们，即使我们不能给予安慰，至少应该收敛自己的欢喜。

"看你的眼睛，像刀子一样，伤人不浅！"

我和母亲正在街上走着，迎面碰到一个我当时觉得很搞笑的人：他的肩膀，一边老高老高地翘着，一边无骨般低低地垂着，头便显得很痛苦很努力也很无奈地扭着。我正盯着他看，母亲猛地拉了我一把，和那人错开了好远，才数落起我的不是来。

面对不幸的残疾者，如果我们不愿意给予同情，至少应该避免关注他的残疾部位。

"狗又没有挡你的道，得是你的臭脚犯贱了？"

也许是我的心情不好，也许是我闲得没事可干，反正碰见那只肮脏不堪的流浪狗时，我飞起一脚就踢了过去，便又一次遭到了母亲的斥责。

即使是一只流浪的小狗，也得友善，如果你不能收留它，至少不要让它雪上加霜。

在母亲眼里，善良就是一些看似不经意也不起眼的细节。

家门口，我坐在石阶上看书，母亲正挥动着大扫帚，看见几个人走过来了，她就停止了扫地，生怕灰尘落在人家衣服上。

和母亲从地里锄草回来，她瞧见邻居大婶背着一大袋玉米棒子，就把自己肩头的锄头给了我，赶上几步，搭把手，和大婶一起抬着。

母亲第一次跟着我进超市，我都走了好远，一回头，她竟然还停在门口推着玻璃门。即便是举手之劳，母亲也要留方便给他人。

……

整天围着锅台转的母亲是不会给我讲舍生取义的大道理的，甚至连光宗耀祖的小体面也不会用语言传递给我，然而她善良而朴实的小举动小道理却根植于我记忆深处。

四十年前，家家都缺东少西的。到东家借一碗面粉，去西家借一碟盐，那是常有的事。借时，人家多是手掌轻轻拂过，给的是平平的一碗或是一碟。母亲还时，却总是高高隆起。

想着念着牵着挂着，母亲还是走了。母亲当然很放心地走了，我猜想，她一定在天上看着我偷偷乐，她将足以引导我温暖我一生的善良留了下来。

一花一叶总关情

凭吊一棵树

这是一棵枯死的树，悲哀的不是寿终正寝的死，而是被彻底地齐刷刷地砍断。

年轮，在风霜雨雪的侵蚀下，已经发黑。凑近闻闻，是从树心里散发出的霉味儿，而不是木质固有的清香。发黑的年轮依旧那么清晰而忠诚地诉说着树的经历，我数到十三圈开始变得模糊。

我刚才没有用"拦腰砍断"这种利索而现成的词语，因为它曾有多高，被砍的算不算腰部我并不知晓。在我们相遇时，它已遭此不幸。它和两旁的兄弟粗细差不多，人家已满心欢喜地直直伸向蓝天。它是挺倒霉的，砍就砍吧，还留得那么吝啬，只比1米52的我腰部稍高点。它曾经有多么的丰茂，我也无从知晓。只是看着从它的根部又不甘屈服地冒出来的新枝叶，我能想象出它曾经的活力。

一棵树已经遭受了这般苦难，或许哪一天，跑来一个好动的小孩，一把下去，再扯去根部新生的枝丫，它还会鼓足心劲再长出来吗？它会因命运的不公而绝望吗？我更不知道。我只知道，倘若是人逢此变故，是需要来自亲情友情的安慰的。

这棵树有亲人吗？有吧，每年满树的叶儿可是？满树的入冬就断了的枝枝丫丫可是？或许，它因四季更替而坦然接受了孤独？或许，树还有更多的亲戚，且是只奉献从不索取的亲戚：某年某月某日的一场及时雨，冬日里养精蓄锐的雪，还有暖暖的阳光……

只是，它们本身的短暂哪会凭吊一棵匆匆相遇而又急急走过的树呢？

我是在凭吊这棵树吗？

我在感慨人因错综复杂的爱与情而变得异常脆弱：独生女儿长到18岁在飞来横祸中走了，待人热情直言快语的双亲从此如同朽木。

我在感慨人因有消极思想而随意糟践自己：别人的不幸遭遇随时削弱着我们对生活的爱，甚至扭曲着我们对世界的认识。

眼前挺立着一棵枯死的树，举目四望，拾起的却是人类自身的沉重与脆弱……

人类消极悲观乃至绝望的情感，树都不会，枯死也要挺立的姿态让我汗颜，多少人活着却浑浑噩噩如同行尸走肉？

我今天凭吊这棵枯死的树，或许几天后，它就不存在了。这是城市边沿街道旁边的一棵树，城市的发展与扩建是飞速的，人们是不会让一棵枯死的树影响眼前的视觉美感。即使它想安安静静地枯死在那里，也绝对是不可能的。

人可以容忍同类的破罐子破摔醉生梦死，却不会在他们视力所及之内给一棵树枯死的空间，不会的。

需要凭吊的不仅仅是一棵树，曾给了我们方便带给我们积极影响的，对于它们的离去，我们都将在凭吊中学会感恩，从而提升自己。

当草拔高了自己

路过深秋的花园，几乎是一片死寂，唯有满园的月季苦苦挣扎，勉强成为"花园"的标志。

突然看见，园中挺立着一株我从未见过的花。

高过旁边的月季尺许，满枝头白绒绒的球状花朵与月季那仿佛受过伤害的暗红色形成极大的反差。白绒球还骄傲地摇摆着，宛如在诉说着自己的不凡。

什么花？疑惑与好奇怂恿着我拨开冬青，小心进入花园的深处：

蒲公英，原来是一株拔高了自己的蒲公英！那倒披针状并羽状分裂的叶子，似乎也在诉说着自己在拔高过程中所付出的艰辛。

旁边那几株月季，我平视便可尽收眼底，然而这株蒲公英呢，则需要我退后、仰视，方能看清。

拔高自己，攀上一个高度，才有可能傲然挺立。当草拔高了自己，杂草亦可成花！

不仅草如此，任何物件，也只有提升了自己才能显示出真正的价值。

一把沙壶，雕龙刻凤，承受了岁月的沧桑，小心地保全了自己。只因其见证了盛唐生辉的日月，历经了明的锦绣繁华，也苦熬过了清的日渐衰败直至腐朽，于是，它就成了

"古董"。

或许，不，一定，在它刚来到尘世时，是同成车成车的兄弟姐妹涌进长安城的。只是它，在时间的打磨里，成了最幸运的。

草是卑微的，沙壶是普通的，可它们疼惜自己，提升自己，也成就了自己！万物之灵的人呢？也不例外。

霍金，一想到他就会想到"疾病""轮椅""被固定"这些残忍的词语，而就是这样一个人，写出了《时间简史》，也就是这个几乎不能动的人，在为我们正常人讲述着宇宙的奥妙。霍金，命运残忍地和他开了个很不厚道的玩笑，他的努力却使得命运尴尬异常，人定胜天并不是一个传说。

约翰·库缇斯，据说出生的时候只有可乐罐那么大，腿是畸形后来还被切除了，肛门也没有，又患癌症，从小受尽歧视和折磨。他只能依靠双手行走，却成为运动健将。他只能算半个人，却是世界上最著名的激励大师，在一百九十多个国家，用自己的亲身经历，激励过二百多万人。

不是吗？蒲公英拔高了自己比月季还惹眼。霍金与约翰·库缇斯也是，残疾到让人不忍心看，似乎看一眼都是更大的残忍。然而，他们将自己拔高到让世人瞩目！

突然记起，竹子就是一种草，将自己拔高到超过普通的树的草。既然落地就是一株草，就努力拔高自己吧。

遭遇一片早落的银杏叶

初夏，走在行道树下，瞅着满眼的苍翠，我脚下既带劲又轻松，欲滴的苍翠似乎给我注入了无穷的力量。

突然，一片银杏叶落在了我的前方。

初夏？落叶？枯黄？我疾步上前，俯身捡起细看。

是因为没有长成标准的扇形就凋零吗？

它不像其他银杏叶，是完美的扇形，而是不规则的锯齿状。是成形时不努力生长，还是上苍的残忍天生畸形？再向上瞅去，树低处的叶子，伸手可及，像它那样不具备标准扇形的叶子倒不少，却是同样的苍翠。很突然，我就想到自己身边的朋友们。那些身体有缺陷的，只要心里豁亮明净，不是同样显得虎虎生气？

还是它倒霉遭到了害虫的侵袭？

果真有那么一条害虫的话，在众多的树叶中，受到伤害的只有它，地上再没落叶，足见它"体质"的孱弱，经不起一点风吹草动。即使侥幸逃过此劫，也定然不会长久。如同我们的人生，倒霉事如同风雨，不能躲避时就得启动自身免疫系统，而这一切，就在于平日对自身的经营。同样的不幸或灾难不期而至，打过遭遇战后，有人只是钙化了自己的双腿，有人则至此一蹶不振。

是因为它心有不快便拒绝继续成长？

叶柄没有异样，非虫啮，叶面也没损伤，我才如此推测。是它觉得自己受到雨露滋润不够，还是觉得阳光照耀不足？抑或是它总在同那些处于更有利位置上的叶儿相比而自惭形秽，最终便妄自菲薄破罐子破摔了？上天不会是事无巨细都照顾得那么妥帖的，难免有不公有偏失。幸运时别得意忘形，倒霉时也不必太在意，只要做好自己应做好的事就可以了。

说得不错，一叶一世界。一片早落的银杏叶，以它独特的方式给我诠释了生活：

在这个世界上，个体的叶，个体的人，都是渺小的。我们终其一生，不能改变的事情太多太多了，守住本心才是最重要的。

田间农人，街头贩夫，商场精英，每种职业每个场所，都是一座舞台，每个人，都是那个舞台上独一无二的舞者，都可以尽情尽兴地挥洒出最美的舞姿！

我好幸运，竟然遭遇到了一片早落的银杏叶，它从枝头滑落，却在我的心头留下了最美的姿态。

瓦缝间的灿烂

一次闲聊，几个好友很关切地说起我：

你现在丝毫不讲究生活质量，对自己总是将就，竟然堕落到吃东西只是为了不饿。你不能总以文字传播生活的美好，自己却远离美好的生活……

朋友们一直生活精致，她们不能理解我的粗线条，就跟她们说起了我的过去：早晨红薯稀饭，中午红薯面条，下午红薯叉叉，以至于放个屁都有红薯的酸味儿，自己都皱眉头……自然练就了今天的极容易满足。

她们满眼都是疼惜，又问，从小到大你就没有爱吃的？

——有呀，贫穷日子里的快乐都是发了酵般膨胀的。

那时的我，很喜欢吃一种东西，它长在旧屋顶上，细长的圆柱形，翡翠色，晶莹剔透，脆而易碎。老人们叫它"瓦花"，我们喊它"酸溜溜"，也有人唤它"瓦葱"。掐一根，放进嘴里，轻轻一咬，酸酸的，却不至于无法下咽，小孩子都喜欢吃。

只有在旧房子翻新时，我们才有机会吃到它。而小孩子是不愿意苦苦等待的，只要想吃就会有办法。

几个像灵猴般的野小子或疯丫头，找到了长有"酸溜溜"的房子后，就搭伙成群想法子了。是从树上攀缘到墙上再从墙上攀爬到屋顶？还是从旁边的矮小草房过渡到有"酸溜溜"的房顶？划破裤子磨伤胳膊也不会在意的，满心里都是想想就流口水的酸溜溜，哪里记得起娘曾戳着脑门的训斥"为了馋嘴累了手腿磨破了裤腿"！

顺利上到屋顶的家伙们就像大功臣般炫耀着开始往下扔"酸溜溜"了。站在下面的，多是胆小或手脚不利索的，昂着头，张着嘴巴，甚或伸着舌头，眼巴巴地等着人家往下抛。心里那个紧张劲，别提了，接不住掉地上，就糟糕了，摔成了不可收拾的一摊。

上面的人趁机端起架子拿捏起来，看起关系的亲疏：喊着你的名字却扔向她，看起来将扔给他出手一刹那就变了对象，给她半天扔一个，换作你一会儿就扔好几个……

上面扔下面抢，打闹着欢笑着，快乐在心里此起彼伏，笑意就在脸上深深浅浅地晕开了。

只是，有年代的老房子上才会长"酸溜溜"，老房子自然害怕被人上去踩踏，一旦被逮着，少不了被呵斥甚至被推搡。而小孩子一高兴起来，就忘了顾忌，乐声笑语就噼里啪啦地炸开了。农村的野孩子，多像记吃不记打的小狗狗，上个周末刚挨过这家的搡，这个周末又上了那家的房顶。当然被骂被推搡的是上到房顶的孩子，那些疯孩子，脸皮厚得向来不记打骂，好在并不是所有的房子上都长着"酸溜溜"，不至于树敌过多。

而狗剩，却是个记恨的家伙。被老栓叔训过后，专门找了铁锁跟我，再次爬到老栓叔的房顶，想揭几片瓦，把房顶戳个窟窿，往里面尿一泡，下雨时还会漏雨水。我们都说不敢不敢，那样就太过分了。可狗剩不解恨咋办？于是在房顶撒了泡尿作罢。多年后提起此事，狗剩说，连我都鄙视当时的自己。

后来呀，不知是谁，竟然在一处坍塌多年的墙角发现了"酸溜溜"，还有人在野草杂生的地里也找到过"酸溜溜"。我们的搜索范围就大了起来，不再局限于人家房檐屋顶也就少了被人追骂撵打。

我曾缠着姥姥问个没完没了："酸溜溜"又不全长在瓦缝里咋叫"瓦花"？咋长得像花一般好看……姥姥终于不耐烦了，回了句：学生学生就是学习的人，你不好好学习咋还叫学生？我顿时无语，脸红成了猴屁股。从那以后，再也不跟着狗剩他们爬房顶了。

我说罢，朋友云枝笑着补充道：你的"酸溜溜"呀，还有好多名字呢，还叫"瓦松""瓦塔""瓦玉""瓦莲花""狼爪子""兔子拐杖"……不过，我喜欢叫它"天蓬草"或"向天草"，给人辽阔高远又温情的感觉……云枝的话语轻轻柔柔，神情很是温润，宛如给我们介绍着自家的一个姐妹。

瓦缝间的灿烂啊，让我穷苦的往昔有了暖意。

草儿，草儿

一棵草儿，会不会有它的喜怒哀乐？

你在草儿旁边说着开心的事，那欢快的容颜是否会感染它？

你冲着它粲然一笑时，它那摇曳的身姿是否就是对你的回应？

微风细雨中，你可曾听到了草儿浅浅的笑？

你踩上去或一屁股坐下来草儿会疼吗？草儿对于疼也只能默默忍受？

你一把一把扯着草儿时它会愤怒吗？愤怒的草儿是否在抱怨命运的无常？

被踩成小路只留下枯茎的草儿，是否在羡慕别的草儿的郁郁葱葱中被自卑包裹？

大树下低矮的草儿，是否后悔自己曾经的选择，——大树挡住了狂风暴雨也挡住了阳光和雨露才使它如此的孱弱？

你随口说出"墙头草随风倒""贱如草芥"时，草儿是悲哀地低下了头还是无奈地扭转身子？

草儿是明白"疾风知劲草""一岁一枯荣"的道理，才将所有的坎坷当作对自己的考验？

草儿是坚信"每朵花都曾是草，每棵草也都会开出自己的花"，才活得那么坦然？

或许，草儿真的有自己的喜怒哀乐，只是我们自私地不去理会罢了。

一棵草儿割破了你的手指，是无意还是因你曾踩伤过它的兄弟姐妹？

你快要滑落时抓住了一把救命的草儿，是因为它善的本性还是你曾呵护绿色感动了它们？

一棵草儿枯萎了，是为谁而心碎？

一棵草儿飘飞在风中，是为了梦想甘愿漂泊流浪以致献出生命吗？

似乎很少有一棵草儿被狂风拦腰吹断，不，从没有过！那么草儿就是以它特有的方式告诫我们柔能克刚？

"野火烧不尽，春风吹又生"未必是草儿的骄傲，或许，是草儿知道卑微就得坚强吧？

一棵草儿，安安静静地待在一个地方，是在等待前世或今生一个美丽的承诺，还是在看多变的我们是何等浅薄？

一丛草儿绿得出奇，飘舞中露出勃勃生机是因为它们解读出了"团结"的奥妙吗？

我们在说"草芥"时，那抖动着身子的草儿是否在轻蔑地嘲笑我们的自大？

草儿草儿，莫非，你是"听"多了我们的喧闹，"看"多了我们的争纷才那样平静？一定有棵草儿，一直静静地注视着从它身边走过跑过的每一个人，以至于觉得那种可笑的动物都在"舍本逐末"！

草儿草儿，清晨的露珠是你一晚忧伤的凝聚吗？朝阳下闪亮的一刹那，定是你希望的萌发，你一定在自己的世界里活得有滋又有味！

这些人类的自私、消极甚或悲观的情感，草儿，也许压根不会拥有。

或许，正有一棵草儿，在嘲讽我写《草儿，草儿》本身就是"庸人自扰"。

读　树

我喜欢独自站立于某棵树下，手指摩挲着树干，读绿得发青或干涩开裂的树皮，读葱茏或稀疏的树冠，读出沧桑，读出沧桑中的隐忍，隐忍后的宁静……

（一）

这棵树，斜斜地长过去，树身几乎要压到四米远的另一棵树身上，村里人都叫它"歪把子树"，说时语气里尽是不屑。大人们训斥自家的小孩子时常常这样说：你再马马虎虎毛病不改，就成了歪把子树了。

这是三婶家门口的一棵树。听父辈说，三婶一家人特懒散，不爱理事，其实在树小的时候，栽个树桩绳子一绑，就可以"正形"的。三婶家门口长着歪把子树，三婶的三个儿子都因闲散不务正业而进进出出拘留所，这也是大人"懒于"或"疏于"管理所致吧？

树作为木料，可以折成钱，权当舍了点钱而已。可孩子呢？闲闲散散歪歪扭扭已成了大人的孩子呢？三婶三叔永远的遗憾，社会严重的危害。

（二）

这棵树上有道深深的疤痕，圆圆的疤痕已有碗口粗了。

十年前，这棵树还只有拳头粗，一辆卡车急打方向盘时，撞断了一根大树枝，这棵树只有两根树杈，撞断的还是那较粗点的。后来的一年多，这棵树都显得蔫不拉叽的，我们大家都以为这棵树死定了。

而今，它依旧很挺拔，反倒周正多了。做木匠的叔父说，这树疤，才是最结实的木料。树受到伤害的部位，总是尽最大可能地汇聚养分以平复伤痛，所以总长得比别的地方粗壮、坚硬。

树如睿智的河蚌，凝结出了自己伤痛的"珍珠"。我们人呢？挫折，未尝不是对我们的磨炼，应该在跌倒的地方积聚更多的力量，然后以更有力的姿态，向着更高层次迈进，历练之后，生命的质地将更加坚强！

（三）

这棵树，有三个人手拉手环抱那么粗。从地面到树身一米处有个大树洞。

二十年前的记忆里，也许就这么粗吧，我们常常爬进去玩耍，可容五六个小孩呢。八年前，有人烧麦茬，火势很大，烧到了路边的这棵树。我们都很遗憾，以为它肯定死了。第二年，也没看见一丝绿色，第三年，才有了点点绿意……而今，苍翠满身！

也许是生命有着超乎想象的承受力，也许是它太眷恋这个美丽的地方吧？不放弃，才会有精彩！树且如此，人，还有什么坎坷不能跨越什么苦难不能忍受？

还有这棵，那棵……

树，本身就是一个丰富的世界，每棵树，都在风中有自己的舞台，每棵树，都是一篇情感绵厚的华章。

　　我喜欢独自静静地读树，每棵树，都以它独特的形式向我诠释着人生的某种境遇及不同处理下的不同结果。在树的昭示下，我谨慎地踩稳了脚下的每一步。

活成一棵树

好像不管去哪或是在哪,我第一眼捕捉到的,总是树。即便站在长城之上,感受到的,也是垛口外挺立千百年,密密丛生的树们的恢宏阵势。

我喜欢树,不,说迷恋更准确,特别是古树。

在地坛,我几乎将所有的时间都交给了参天古树。我的目光贪婪地缠绕亲吻着那一棵棵布满沧桑的树,只是遗憾不能跨过栏杆将它们逐一紧紧拥抱。

遇上那些粗大到树心干枯成洞穴样的树,我甚至想将自己整个人塞进那空洞处,化作树的一部分。

我就是如此不能自已地疼爱那一棵棵有幸相逢的古树。

爱人迷信,总说不能和古树合影,那样不吉利。可我就偏偏不可救药地深爱着每一棵有缘相遇的古树,也尽可能将它们的身影留在相机里。

古树多好。千百年地静默着,挺立着。风吹,日晒,雨淋,霜欺,雪压,它是忍受,它更是享受。

年年绽翠,年年凋零。看风云变幻,看朝代更替,看悲欢离合,树们定已阅尽人世悲苦。阅尽人世悲苦却依旧在红尘中独歌,独舞,不曾悲观不曾绝望更不曾心碎到腐朽化作尘埃。

树们看着世事变迁,却不曾暗淡自己的心情,它们若是女子，也定是出淤泥而不染的。

没有青色或白色的树皮，直接就是赤裸裸的树身，且是爆裂到狰狞恐怖的树身。似乎每一道裂痕都在诉说着存活的不易，似乎每一道裂痕里都流淌着沉重的往事。然而观其树冠，旧绿新绿，都骄傲地摇曳着，每一片叶子都绚丽成花的精灵。

树们历尽沧桑，却依旧洋溢着对生命的渴望，如若是男儿，也定是不为浮尘所动的。

阅树无数，真的没有看见一棵树是苟活着的。

岩石的缝隙里也可以钻出巨松，庞大的树身整个儿斜插向苍穹。悬于深谷中，它不胆怯吗？它应该坚韧到何种程度才说服了自己在空中，在狂风中，孤独地继续着自己的生长？

那傲然于深谷上空的巨松啊，我敬仰你，以至于无法移步。

那棵树，树身如同炸裂了般撕扯开来，它是被人用宽而厚的铁皮箍了起来。我看到的却是铁皮勒进了树身。是铁皮阻止不了树的生长，还是树依旧满怀连自己也按捺不住的激情在疯长？

看着那勒进树身的铁皮，我心疼，我恨不得为你拿开那不知是保护你还是残害你的铁皮。

那棵树，从巨石下面斜斜长出，竟然又绕着上来，而后直直往上长着。石是石，没有人挪开；树是树，亦不曾拒绝生长。它是不是觉得自己奈何不了环境，却可以决定自己的生长方向？

那棵绕过巨石的大树，我看着欣慰，看着满心里都澎湃着前进的激情！

是的，阅树无数，我真的觉得，没有一棵树是苟且活着的。

记得应是午夜吧，仵兄发给我一段三毛的话：

"如果有来生，要做一棵树，站成永恒，没有悲伤的姿势：一半在尘土里安详，一半在空中飞扬；一半散落阴凉，一半沐浴阳光。非常沉默非常骄傲，从不依靠从不寻找。"

看着那段话，我突然有种和三毛相拥的感觉。

是的，如果有来生，我也想活成一棵树，世间纷扰，他人荣光，自己寂寞，从不放在心上。放在心上的，只有自己的成长，粗大，给需要的人以荫庇。

活成一棵树，即使满心悲恸，也不影响吐绿绽翠，也不会停止生长。斧头砍过刀剑伤过，只会更加坚硬，每一次受伤，都是一次钙化和提升。

活成一棵树，一部分忍受阴冷黑暗，以此汲取营养壮大自己，一部分在阳光中舞动来表达自己对世界的感恩。

活成一棵树，那该是多么美好的事情！

别谋杀秋天

已经过去好些天了，已经到了冬天，我还是忘不了那被谋杀的秋天。

刚入秋吧。说"刚入秋"，是因为还找不到几片全黄的树叶，有些叶儿开始泛黄，更多的，还是墨绿。

走在街上，我看见好些环卫工人高高举着竹竿在敲打树枝，树叶儿便被赶了下来。有不甘不屈的，即使被敲打得支离破碎，也要留点残片在叶柄上。对，就是一副倔强的不甘的面孔！

何以如此？我忙问缘故。

环卫工人说，快入秋了怕树叶不停掉落影响洁净，故一次性全部打落。

闻及此言，一阵悲哀涌上心头。为树为叶，更为在秋天看不到树叶的市民们。

春萌芽，夏吐翠，秋泛黄，冬枯干，周而复始，是自然美妙的规律，也是自然形象的动态展示。倘若没有黄叶，没有黄叶的飘零，那么秋天的景与冬天何异？只会平添秋的肃杀与惆怅，让我们的心早早地被囚禁于想象中的冬天。

是谁，在谋杀秋天？

满眼金黄的树叶如树的果实，灿烂、繁华、溢彩流光。养眼、舒心、澄澈心灵。

飘飘洒洒的枯叶如同叶雨，惊艳，凄美，像生命不舍的挽歌。

踩在如地毯般的落叶上，沙沙作响，生命的消逝就立体于眼前。

秋天的舞台，果实其实不是主角。从墨绿到泛黄至金黄最后枯萎，浓墨重彩的一笔是叶，铺天盖地的是叶，最持久最彻底还是叶。秋的美艳，秋的迷人，都是叶们在演绎着千种风情展示着万般神韵。

没有叶的秋天，只是一个没有血肉的时间概念。没有叶的秋天，美便被压缩在心底无从铺排开来。没有叶的秋天，情便被窒息在心里无以释放。

没有叶的秋天，就是沉寂的秋天，就是了无生命迹象的秋天。没有叶的秋天，只有残忍，绝无悲壮。只会令人绝望，令人窒息！

是谁，以驱赶叶的形式在谋杀秋天？

没有叶的秋天，对孩子，更是残忍。孩子看不见叶的轮回，会不会以为叶的生命到夏末就戛然而止？会不会以为叶只能死于墨绿？

没有叶的秋天，将来一定会出现这样的情形：

"爸爸爸爸，'落叶飘飞'到底像不像我吹泡泡的情景？"

"妈妈妈妈，你还是没有给我说清楚'枯黄'是怎样的颜色，'落叶'到底是啥东西？"

那，会是怎样的悲哀呢？

没有叶传递诗情的秋天，只会更加萧瑟！或者说，没有了叶，秋天就死了！

来年，夏天过后，唯愿秋天能健康地活下来！

月季·人生

　　去年庭院落成时，朋友给我推荐了"月季"，花期长，4、5月开放直到白霜落满枝头的12月，枝头还有花蕾。

　　于是，我就移栽来满院月季。

　　12月2号，已经下过一场不小的雪，更别说重霜满枝头了。走到月季下，竟心生别样的感觉。

　　只见那些蓓蕾委实可怜：蜷缩得紧紧的，我伸手试探着摸上去，冷冰冰的，已经没有了花柔软的质感，更看不出或者感觉不到欲开的势头。我又用力捏了一下，如石头般硬邦邦的，竟不起一点褶皱？

　　这，是花吗？

　　寒冷，霜，甚或雪，这是些永远都失去了开放机会的花蕾，不会拥有绽放的美丽，更不会拥有花瓣在阳光下颤动的绚丽，即使一刹那，也不会！

　　自然是残忍的，错过温暖的足以绽放的时间，只能成于花蕾又死于花蕾。花的使命就是绽放，花的美丽在于绽放，眼前这些花蕾，永远的花蕾，让我的心在震颤。

　　想起"朝闻道，夕死足矣"，稀里糊涂的一生，死得明明白白又有什么价值？如同这花蕾，仅仅因为时间上的阴差阳错，努力酝酿的结果只是接受凄寒。掌握至少顺应适当的时间，对什么，不是都一样的重要吗？

我将儿子唤到月季下，让他看眼前这花蕾，我说出了自己复杂的感觉，问他有何感想。

"其实，"儿子看着那花蕾，"我不是你那样想的。"他摸着花蕾，"能不能开放是时间说了算，想不想开放是月季自己的事。长成花蕾就有开放的可能，连花蕾都长不成就是完全的绝望。"我感觉到了，儿子看着月季的目光里竟有种欲迸发而出的力量。"妈，兴许花蕾也想，什么都可能发生。"

原本想告诉给孩子我独特的感受引导他了解人生，结果……

也许月季的际遇真如人生，没有所谓的注定，充满了变数。也许只是儿子自己美好的想法罢了，开始已经注定了结束。

12月10号。"妈！"儿子在院子里喊道，声音里充满惊喜，"快出来！"

放下擀面杖我急忙跑了出去，儿子一脸欣喜地站在月季下，"看，有几个花蕾开了！"

开得羞羞答答，开得皱皱巴巴，也只是半开，可终究是"开了"！我猛然想起，这几天是异乎寻常的暖和，也就有了这个奇迹。

儿子很得意地看着我："张老师，不要讲概率，听天命还得尽花事！"

看着那个已经高出我一头的家伙，我很欣慰：乐观积极向上，就是最大的财富！

感谢月季，让我感受到了孩子激昂的内心！

不要委屈了花草

那天，原本欢喜无比才想到去花店买盆花，让自己心里洋溢着的喜庆彻底绽放。

"这盆'银钱翻浪'绝对有气势，还吉利得很。"被叫作"银钱翻浪"的，有着宽大的叶片，叶片似乎镶着银色的边儿。"茶几、桌子上可以摆放这种小的'招财草'。那种'元宝树'可以放在电视柜边，都喜庆得很。"老板娘还在热情地给我推荐着，什么"富贵竹""发财树"，可我已全然没有了好心情：

原来在这个世界上，不仅人会受委屈，越来越多的花草也在劫难逃。

花草一定都有本名，就像我们每一个人，有大名，还有乳名。它们的名字不是父母取的，它们没有我们人幸运，有着疼爱自己的父母。它们的名字是我们取的，却一定是我们中极富智慧与爱心并与花草有情相通的人取的。它们的本名绝对不是此刻我耳边的这些名字，与钱财勾肩搭背，俗得掉渣。这些竭力取媚于人的名字，一定是那些俗气、贪婪，只想取悦于人的商家一厢情愿取的，他们粗俗地给清香的花草涂上了市侩味。花草们定然不会接受的，它们宁愿接受乡下人取的小名儿。

比如：

"铃铃草"。

纤细的枝上挂着很多小小的、厚实的、肉嘟嘟的圆形东西，放在耳边摇摇，似乎真能听到铃铛声，乡下人才叫它"铃铃草"。小丫头们像花儿般撒进地里，蹦着跳着欢呼着，找铃铃草。一人一大把，放在耳边摇着，摇出了脆生生的笑声，笑声迸溅在草叶上，草儿也被感染了笑弯了腰。

"打碗碗花"。

紫的花，像喇叭，看得你的手直痒痒，可就是不敢摘，摘了它就捧不牢实碗，吃饭会打碗的。因大人们的这一说法，打碗碗花才得以灿灿烂烂从头开到尾。

"太阳花"。

从来不会孤芳自赏，一长一大盆，太阳出来就蓬蓬勃勃向着太阳开放，生命力极强。

"荠菜花"。

鲜嫩的荠菜吃过了，幸免于难的荠菜们就继续生长，而后开花。那花白得洁净，白得纯粹，星星点点撒于绿草间，羞羞掩掩，小家碧玉。

还有"鸡蛋花""灯笼花""指甲花"……花花都热闹，花花都喜庆，干吗要与钱财扯在一起？

儿时乡间的花是幸福的，连小名儿，都是那么温暖。哪里像如今城里花店里的花，满心委屈却无法言语。

花儿们一定不会喜欢那些俗气的名字的，不信你喊它，看它搭理你不。

有你的日子风轻云淡

孩子，每个人都有家庭的烙印

伊凡，昨晚我们交流了很多很多，真是幸运，因为在你的讲述里，我真真切切地看到了一个活得精致优雅的女人。

即使不富有时，她也不会买廉价的地摊衣服，多是棉麻质地，贵，却可以穿很久，穿出岁月的芬芳，穿出她独有的优雅；身为医生的她做饭前洗手的工序是五道，一道小菜也可以做出大饭店的味道，煎鸡蛋烤火腿做简单的西餐，用刀具切着小口吃；你们家每个人的衣服，永远都是所在场合里最平展最洁净又最有特点的，她洗呀熨呀很精心地打理；她让你严格按生物钟作息，说那样对身体好，将各种营养搭配好随时随地逮住机会就喂给你吃；她给你教沏茶的工艺，对你进行国学启蒙，让你有最后一碗水时也应该清洁自己；她做任何事总可以做到极致，可以做瑜伽教练，也可以搬运地板哪怕砸了自己的脚都能忍着……

伊凡，你面带笑容地回忆着过去的这些点点滴滴，甚至她把核桃、杏仁剥好随时逮着你就喂的样子我都可以想象出来。曾经的你们，是彼此信赖并深爱的。

我终于知道看似沉静又那么有主见的你是如何被修炼出来的：那样精致优雅会生活的母亲，耳濡目染，身边也一定会挺立着像花般的女儿。你妈妈是幸运的，倘若是个男孩，是不是自己的精致就无处播撒了？你更是幸运，因为你遇见了有趣的妈妈。并不是每个人都像你一样幸运啊，不信？我给你说说我的妈妈吧。

我的妈妈是位老师，记得在我小的时候，她一心扑在工作上，自己啥都能凑合。这种凑合最后发展到没时间给我做饭，我用开水泡馍将就一下，更谈不上营养了，所以很遗憾，一米七几的她养育了一米五二的我。这种态度直接影响了我，导致长大后成为妈妈的我也轻视做饭，我的孩子跟我儿时一样可怜，我对他各种敷衍他也只能各种凑合。我的妈妈还坚信，心灵美远远胜过外表美。她朴素得掉渣，我自然如出一辙。这种经历致使我漠视美从而也失去了审美，长大后步入社会，吓出了一身汗：如果不是自己喜欢写作戴上"作家"这顶帽子，该是一个多么粗俗的女人啊。

不过我也得感谢我的妈妈，虽然她的做法有点粗暴，恨铁不成钢地对我不分场合地责骂或体罚，还是竭力督促我努力学习，使得并不聪明的我在26年前千军万马过独木桥的高考中超越了很多孩子考上了大学。

伊凡，你，或者我，是不是身上都有家庭的烙印？你我身上有各自妈妈的影子。你不也感谢妈妈教会了你很多很多？而你的妈妈，又哪里能摆脱她的家庭带给她的影响呢？

她从小被寄养在亲戚家，暂且不说寄人篱下受了多大委屈，不说的疮疤，最难愈合。只说后来的事，她好不容易回到了自己家里，却开始了真正的凸显着的恐怖：

不敢犯一点错误，轻则被父母羞辱般跪在大门口，被来来往往的村人看着；重则被父母吊起来打，打完就走忘了放下来。一个小女孩，一个那么乖巧那么会察言观色的小女孩，一个小心翼翼地生活在自己家里还被如此暴力相待的小女孩，那悲惨经历留下的伤痛谁来抚平？谁又曾想过为她疗伤？

这只是你妈妈含泪说出的一部分，或许只是冰山之一角。事实是，没有人帮她！她战战兢兢如履薄冰，从她的家庭里没有感受到一点快乐，只有残暴。她比你我，要不幸得多啊。

为了走出童年的阴影，她一直努力地跟自己的过去艰难地作斗争。然而童年留给她的不安全及恐怖，令她想起过去就情绪失控，一有事她就整宿整宿睡不着。同时，又使得她努力竭力做好一切，在外人看起来她又多么光艳优秀以至于无可挑剔……

伊凡，你不觉得你的妈妈其实还是那个从伤害中无法走出的可怜的孩子吗？人前的优雅，暗夜里的哭泣，那么分裂该是何等痛苦！你试着以朋友以姐妹的身份走近她，或许会感受到她内心撕裂的痛。

她努力在各方面都优秀起来，事实上她也做到了，就像你前面介绍的那样。她想站起来，站得高高的，她怕自己看见那个跪在门口流着泪抬不起头的小女孩。可是伊凡，有些心魔，或许真的会伴其一生，就是无法走出。

她失控时语言冲撞了你，行动伤害了你，那时的她就是个自己很不舒服又说不清道不明的小孩子，被不安、恐惧所挟持，只能四处冲撞想借此挣脱。在她伤害到你时，她要比你痛苦得多：你是清醒地看着她失控，而那么优雅精致的她却是无法控制自己。

她已经内疚自责得无法原谅自己，她也一直坚持每周去省城看心理医生学习自我救助，希望自己能尽快从儿时的阴影里走出来。其实，对她来说，最好的心理医生就是你跟爸爸，用你们的宽容与疼爱伴随她走向安全与温情。

　　你的爸爸也一直在努力，你，只是个孩子，这样要求你或许有点高。可我还是希望并拜托你，就像以前她给予你美好那样，用足够的爱与耐心重新拥抱她。

我就想祝福你

孩子，你一直觉得不可思议不能理解，自己怎么倒霉得遇上了个没有原则瞎起哄的妈妈。

因为……

"三八节"发红包给你，说"我是妇女你是我这个妇女的骄傲"；"母亲节"发红包给你，说"没有你我不会成为母亲"；"儿童节"发红包给二十岁的你，说"在妈妈眼里你永远是孩子"；"端午节"发红包给你，说"红包压着更安康"；"父亲节"发红包给你，说"未来的父亲需要祝福"；"国庆节"发红包给你，说"举国欢庆怎能缺少我儿子"……即便没有节日也发红包给你，愿你天天如过节般快乐。

在你眼里，自从会玩微信红包，妈妈一直以胡乱发红包的形式胡乱过节。不错，我一直在找各种借口，给你祝福。

真实的生活或许枯燥，我想抛个红包给你，粉碎单调；真实的生活或许弦儿绷得过紧，我想抛个红包给你，捎去轻松一刻；真实的生活或许你渺小到被所有人忽视，我抛个红包告诉你，你很重要你是我的全世界……

祝福自己的孩子，还需要理由吗？爱，就是所有理由啊！

我热爱这个远非完美甚至满目疮痍的世界，爱它才会努力改变它推动它走向美好。我深爱着同样不是完人甚至缺点不少的你，爱你才渴望影响你走向更优秀。眼前的世界，心里的你，我热切地期盼你像妈妈一样热爱这个世界，并努力跟这个世界美好相处。

没有理由，也会祝福你。

看见别的孩子出了各种问题，焦虑心痛的同时，我会祝福你一直安好；听到别人的父母遭遇不测，摇头惋惜的同时，我会祝福处在平顺家庭里的你；打开电视看到新闻里的战争，残酷毁灭的现状让人目不忍睹，我会感谢祖国、祝福你及所有孩子安康。

孩子，妈妈有种奇特功能：万里之遥或百年之前，鸡毛蒜皮或惊天动地，我都会立马跟你联系起来，还自觉毫无违和感。仅仅只是听闻一个恶人，都会担忧，这就是我带我的孩子来到的世界？远远看到一件美好的事，都会欣喜，我的孩子生活的世界如此美好！

没有理由也无须理由，我就是想祝福你。

每天，每时，每刻。

成长中，不能错过的

"葵花！"你一脸欢喜地奔了过去，"妈，真的是葵花！"你转身喊着我。

是的，的确是你只有在书本上或电视画面上才能看到的鲜活的葵花。只是，零零散散地点缀在几近荒芜的地里。最大的花盘，也只有妈妈的拳头大，其他的，还只是蜷缩在一起没来得及绽开。

笃行，我的孩子，今天，我们回老家给故去的长辈"送寒衣"，你才看到了这些葵花。其实在八月份，我们一起上街，遇到一位乡下大妈拉着一架子车葵花盘兜售，三块钱一个，你还把它举过头顶说像伞。也就是说，地里这些葵花的兄弟姐妹们已经在三个月前完成了自己的开花、结实、奉献的一生。而你眼前这颗最大的葵花盘，拨去虚弱的花，下面尚未结实———它已经错过了成长的关键时刻，它生命的终点就只能定格成这般模样。

孩子，人类和万物的成长，就像眼前这些葵花一样，某些重要的阶段不能错过！你的成长，也是如此。

你不能错过忍受孤独。一个人只有能忍受孤独，习惯与孤独为伴，才可能使孤独增值。

换句话说，一个人独处的时间总是很多，倘若害怕孤独，就会为了逃避孤独、追求热闹而将自己的时间交给别人来挥霍，或是干脆以其他无聊的事将时间填充。事实上，一个人想要真正认识自己提升自己，沉静的反思是必由之路，而沉静的反思就是孤独的一种形式呀。

我的孩子，你是一定不能错过与孤独为伴的。

你不能错过接受来自他人的伤害。一个人只有在伤害别人，或者被别人伤害后，才能更快地明辨是非走向成熟。

人与人的交往不能被量化，所以是微妙的，而流言蜚语甚至眼神，都可能给彼此造成伤害。伤害了别人，你会在反省中接近良善；被别人伤害，你也会在愈合中调整自己的思维，没有经历伤害，才真正脆弱不堪。

我的孩子，你是绝对不能错过触摸伤害的。

你不能错过经历挫折。一个人在挫折中才可以强健双臂，在随时都可能出现的异常情况中搏击。

长期生长在风调雨顺中的树木，木质疏松不说，连根也扎不深，而狂风骤雨，却可以让它们坚挺。你的成长和树木是一样的，太平顺了，你就会麻痹，会错误地认为生活本身就是随心所欲的游戏。

我的孩子，你同样万万不能错过与挫折打拼以强健自己的心智。

孩子，成长中，有许多是你不能错过的，就像眼前的葵花，有时错过，就意味着永远的失去。

孩子，你明白吗？

和儿子的一次聊天

孩子，当我写下"亲爱的"这三个字时，都能想象出你看到它时的神情：嘴巴一撇，满脸不屑，甚至会嘟哝"还把我当小孩子呀"。呵呵，不论你长到多大，长到多高，你都是妈妈最最亲爱的孩子。我还感觉到了，你肯定又找到了挑剔的对象"妈妈"。你会说，幼儿园的孩子才"妈妈""妈妈"地喊。

不跟你开玩笑了，笃行。"妈妈"换成"我"吧，这样你听着舒服，与你同步前行是我的最终目的，所以就选择你更易于接受的方式。我决定以纸条的形式开始和你沟通。

事情起源于昨晚的对话：

面对你总是不能自觉积极地投入学习、只是满足于作业的完成而不是为了落实所学知识，我问你：笃行，你为什么就不能真真正正地为了彻底掌握所学的知识而做一些事情？

你是用余光斜视着我回答的：你到学校调查一下，有谁爱天天学习？天天抱着书本学不够的，那不是脑子进水了，是进大海了！

你一板一眼的回答令我紧张，不仅仅是紧张，而是恐惧：我的那个极为听话的乖孩子哪里去了？莫非成长就是背离父母的过程？真的如此，成长不就是"残忍"的代名词了？

我不愿意，我一百一千一万个不愿意！我不能被拒绝在你的城堡之外，我不能只在想象中担忧我的至亲至爱的孩子，我得靠近你感受你了解你！所以，我选择了用笔交流。哪怕你只是看，哪怕你从不回复，哪怕只是我的一厢情愿。

笃行，我亲爱的孩子，尽管你已经不习惯我叫你"亲爱的孩子"了，可无论何时，你都是妈妈最最亲爱的孩子。瞧，一不小心，"妈妈"又溜出了嘴。可见，真正的情感是不能被压抑的，即使努力克制，也会情不自禁的。你已经十四岁了，你嘴边都有了绒绒的胡须，就像你说的，已经是男子汉了。

是的，我能感觉到，你不再是那个一干什么就跑过来问我应该怎么去做的小宝贝了，不再是那个我给个手指头就屁颠屁颠地围着我跳着蹦着的小男孩了，更不是那个有滋有味地做着我布置的作业也很快乐的小小少年了。

我唠叨这些，不是遗憾自己没有牢牢抱住从前的你让他突然不见了，不是说今天的你就不是很好的你，只是想起过去我们母子那么融洽，多少有点小的伤感罢了。

笃行，其实我是学生时也不是很爱学习的，不过表现出的却是对学习的狂热。这又是什么原因呢？

妈妈，不，妈，这样你听起来更干脆点。妈从小就喜欢阅读写作，那时，我想得很简单，把学习上的事很快很好地处理完，就可以安静地看书写东西了。妈不愿意在自己看书时，却想着作业没完；在自己写东西时，却担心被老师抽查时不过关而出丑。做好一切，我就无牵无挂地开始做自己喜欢做的。所以表现出的，就是积极踊跃狂热的学习状态，说"歪打正着"也未尝不可。

不管怎样，在学习上，妈一直做得很好。二十多年前的高考，千军万马过独木桥式的激烈竞争，妈怀揣自己阅读写作的梦想成功挤过了高考的桥。瞧，孩子，只要安排得好，什么也不会耽搁的。

你喜欢玩电脑，我不反对。可是孩了，倘若自己该做的事没有做完就开始玩电脑，心里是不是很不踏实？玩的时候是不是也不能尽情尽兴？学，就踏踏实实学；玩，就开开心心玩。这一切，取决于你的自控能力及理性的安排。

就在刚才，我听到了一句话：做你喜欢的事是自由；喜欢你做的事是幸福。分享给你，我希望你是自由而又幸福的。

记得以前，妈总会在不同的地方惊喜地发现你留给我的纸片或卡片，字里行间都是对妈妈（呵呵，又是口误）的感激、心疼。那时，妈妈（改不了的口误啊）就觉得自己是世界上最最幸福的妈妈。笃行，谢谢你，曾给了妈妈那么多那么甜蜜的回忆。

这是妈妈在你十四岁时写给你的，算一次聊天吧，但绝不会是最后一次。你已经离开妈妈走了很远，远到妈妈举目看你的背影都有些吃力，妈妈必须跟上来。

是你，使我有机会成为妈妈，我怎能忍心远离你呢？妈妈坚信：我们终将再次携手前行！

以纸条的形式聊天，会成为我们母子再次相连的纽带吗？

不要急于说出口，孩子

"呵，我外婆的手艺就是高，能把头发做成菜!"你用筷子挑着一根头发嚷嚷道。妈妈给你使眼色，妈妈给你摆手，这些暗示你都没有看见，你只顾自己调侃。"外婆，头发是不是就是'发菜'呀?"

最终，你看见的是外婆一脸的尴尬。

孩子，外婆已经 65 岁了，中风之后行动很困难，她能给我们将生的做熟已经尽了最大的努力，我们又怎忍心再要求她做到什么程度呢?

其实，你并不是第一个发现菜里有异物的，妈妈比你发觉得更早。当妈妈第一次发现外婆没有将菜择洗干净就准备切时，妈妈有种心酸的感觉，我母亲的视力竟差到那个程度，分不清枯叶和青叶!曾经呀，你外婆好干净得几乎成癖，整天被踩来踩去的院子早晚都像被水洗过般，我们兄妹的衣服大都不是穿破而是洗烂的。那菜里没被择出的枯叶，着实让妈妈难过了好一阵子。

饭菜里的头发，妈妈也发现过，我只感觉到我的母亲老了，连她的头发都变得那么脆弱。

孩子，我的母亲你的外婆真的老了，走路颤巍巍的，妈妈担心她连自己都照顾不好。可劳作对于她已经成了习惯，明明不能劳作了还不愿享清福。或许在你看来，她简直就是越帮越忙，可我，她的女儿，又怎会忍心拒绝她"帮助"我干活？

孩子，有些事我们都看得见，可是我们未必都要说出口，说出来会伤心伤感情的。

孩子，还记得那件让你很尴尬的事吗？

你说王竟每天一见到你就伸开手喊"葡萄干，葡萄干"，你就慷慨地分一些给他。又有一次，王竟又"葡萄干，葡萄干"地冲着你喊，适逢你心情不好，就很不客气地扔过去一句："我就应该给你葡萄干？美死你！"但那次，王竟终于气喘吁吁地撵上了你："笃行，给你葡萄干。"

王竟手里攥着一大把葡萄干！

妈妈现在还记得你当时很内疚地说，自己真是"以小人之心度君子之腹"。

孩子，有些话不要急于说出口：有时你看到的仅仅是表象，而表象下又隐藏着的，不是一眼就能看明了的。

如果，如果哪一天，妈妈答应你的事情一转身竟然忘了，你千万别急着抱怨妈妈不讲信用，对我挚爱的孩子，我是决不会失信的。真的到了那个时候，你应该为妈妈的衰老而难过。

就像你外婆，前些日子，做的菜，不是味道重得难以下咽就是淡得没味道。你是皱了眉头，可你知道妈妈心里是什么滋味吗？妈妈心里更难受，为自己的母亲竟然没有了味觉而难受！

吃着你外婆做的菜，妈妈感到了岁月的无情与可怕，你外婆曾如男人般硬朗，是为我遮挡风雨的坚不可摧的依靠，而今……

孩子，在生活里，我们不仅仅需要一双眼睛来观察，更需要的，是一颗理解、感恩的心！

写给看重奖励的孩子

"数学竞赛二等奖，意思意思一下，就一双 361°，咋样？"

你手里拎着 361°，一脸满意。师出有名。这是两个月前的事。

"全年级第二，给您增了点小光，还不奖励奖励？"于是乎，在你入情入理的商量中，我的钱包又瘪了下去。而你，穿一身崭新的阿迪达斯的确很精神。

我甚至觉得，你是个很会享受的孩子，从不放过犒劳自己的任何机会。

"妈，我要是期末再进入全年级前两名，给我买个 MP4，也不要叫你儿子太落伍了，是不是？"

孩子，面对你的要求，我都不忍心拒绝：毕竟都是些小事情，妈妈如果再打折扣的话，就会伤了你的感情。

妈妈今天要给你说的是三句话：生活不需要那么多的奖励，也不是所有的人都能得到别人物质上的奖励，有种奖励是任何物质都不能代替的！

妈妈整天下班后还开足马力地运转：

仅仅为了做出你喜欢吃的饭菜，我不厌其烦地到处学着做菜；仅仅为了你穿着柔软舒适好看，我买来编织书学着针法；仅仅为了给你一个清新的好环境，我一盆一盆买回据说可以净化空气的花草，又怕你花粉过敏一次次送人，如此反反复复……

孩子，不仅仅是妈妈，更多的人，不，绝大多数的人都在努力付出，没有人给予奖励，别说奖励，连稀稀拉拉的掌声也没有。可我们依旧在认真地付出，因为动力来自心灵深处，我们用言行踏踏实实地书写自己的历史，与别人又有什么关系呢？孩子，生活真的不需要那么多的奖励。

再者，每个人都得尽力扮好自己的角色，说穿了，再多的努力也是分内之事，只是做好了分内之事又怎能奢求什么奖励？

妈妈踏踏实实上班，精心做家务悉心照顾你，是我应该做的。而你，严格要求自己，认真学习并取得较满意的成绩，不也是你的分内之事？有人奖励是幸运的事，没人喝彩也得继续前行。就像妈妈，就像更多努力生活的人，都是这样默默的付出。我的孩子，尽管不是所有的人都能得到别人物质上的奖励，可并不妨碍付出的热情。

最后，妈妈要说的是，有种奖励是任何物质奖励都不能代替的，那就是来自心灵的欢喜！在妈妈的努力下，一家人身体健康，你快乐成长，还取得了喜人的成绩，这一切，就是生活对妈妈的最高奖赏，是任何物质都不能代替的！

孩子，妈妈在对你的照顾上，从来不需要别人的认可或表扬，永远满腔热情，因为你的表现就是对妈妈的最高奖励。在写作上，妈妈也愿意竭尽所能地去尝试去努力，同样不需要掌声，将自己的思想转化成文字就是对自己的最高奖励。你知道吗？我的孩子，妈妈期待着你因为"爱"而乐于做事。

孩子，想想看，风调雨顺五谷丰登，我们得以衣食无忧，这是上天的恩赐；青山绿水鸟语花香，我们得以出外远足，这是大自然的恩赐。上天与大自然如此慷慨，需要我们肤浅的奖励吗？

凡事尽力，凡事问心无愧，是我们自己的事。而评价与奖励，却是别人的事，我们不能因为别人而耽搁了自己的事，不是吗？只管做好自己的事就行了，这，才是实实在在的生活！

你不能这样伤害自己

看到你手背的那一刻，我揪心地疼：那个大大的"恨"字虽已结痂，可疼痛一定蛰伏在你的心底，它一定会在某个时刻咬你一口，甚至，经常残忍地咬疼你。那该是多大的伤，多深的痛，致使你如此残忍地以血淋淋的方式将它铭记？

孩子，这个世界或许压根就不存在不受伤的人，平凡如草芥的我们，耀眼得如日中天的伟人，概莫能外，区别就在于如何面对伤害又如何自我疗伤。

贝多芬的大名用"如雷贯耳"绝非夸张，一名音乐家，在创作正旺时听觉日渐衰弱乃至失聪。这是毁灭性的打击，可他对生活的爱和对艺术的执着追求战胜了个人的苦痛和绝望，苦难变成了他创作力量的源泉，他扼住了命运的喉咙，在痛苦中仍然顽强地创作了《英雄交响曲》，同时也标志着他创作的"英雄年代"的开始。而此后创作的《第九交响曲》，总结了他光辉如史诗般的一生。

孩子，不是你经历的事情大到你难以承受，而是你将其放大到堵住了你的视野，它们才变得让你难以承受。还记得上周班会上我跟你们一起评说的那则新闻吗？

一个乡下孩子转进城里上学后，看到班里的同学们穿戴得都很好，产生了深深的自卑。不幸，又被一个同学嘲讽了他浓厚的乡音，他就崩溃了，而后以极端的方式结束了自己的生命。这个孩子是寡母一直抚养的，他们村只有他被母亲央求人转进了城里教学质量最好的学校，她母亲为了支付食宿费用及两人的开销，推着自行车穿越城市的大街小巷卖手工馍。

孩子，相对于他的母亲身心所受的苦，他受到的又算什么？他的轻生，只能证明他的懦弱及不负责任。有时我甚至在想，是不是人受的磨难有多大，他的成就就有多大？因为除了贝多芬，还有很多人都证明了这个猜测。安徒生，没有爱人与子女，孤独一生，上帝对他何等残忍，连最基本的温暖也不曾给他，他却将自己全部的快乐倾注在文学里，给了人类最丰盛的精神食粮。凡·高，最抒情最热情却收获不了爱情，依旧在孤独穷困中创作，他的《向日葵》给了多少冰冷的生命以暖意和希望。这样的人确实不少，被苦难困于其中无法逃离时，就以最好的姿势迎接，——无法阻挡滔滔而来的苦难，却可以决定自己努力的方向及程度！

孩子，没有人不受到伤害，有的人经历伤害怒放成花，而有的人却被伤害彻底击垮了，关键取决于如何面对。就在昨晚，老师跟几个朋友聊天，说到家庭教育对一个人的巨大影响时，有朋友讲了一件真实的事情：一个家庭，父亲不务正业酗酒吸毒，是种种想象不到的恶劣与不齿。俩儿子，一个成了他父亲的翻版，一个成了著名的律师。完全相同的遭遇，却造就了截然不同的人生。朋友分析说，前者因为看到那样的父亲而绝望以致自甘堕落，后者看到那样的父亲时告诫自己绝不能成为那样的人而奋发图强。而后感慨道，一切都是次要的，关键看个人！

孩子，不管面对或遭遇到什么，心的坚强最为重要。要知道，这个世界上没有人不受到伤害，绝不能因为受到伤害就拒绝前行，因噎废食的人是最悲哀的。成长，就是在风雨中历练，就是适应种种不顺而后学着很好地应对的过程，就是一个不断跌倒不断爬起的过程，就是一种擦干泪忍痛前行的过程，就是不想被失望击倒，想方设法为自己注入希望的过程。在种种遭遇的打磨下，慢慢地，你就能自己扛住不被吹倒，也能很快地自我疗伤走出伤害，这就是成长。

　　成长说穿了，就是可以正确地面对已经发生了的糟糕的事情，并积极地去改变。这有点像作画，不小心落了一个墨点，聪明的，将墨点加以点缀，变成了画精美的一部分。愚钝的，会让整幅画作废。人生跟作画不同的，就是人生的"画布"只有一个，你怎忍心伤害或辜负"生命"这块画布呢？

孩子，我也曾跟你一样

无论你如何叛逆，绷着脸跟我犟嘴，我说东你偏朝西，且坚定无比义无反顾，似乎违背我的话语就是满足你的意愿，你都是我的孩子！

我说男孩子，头发长了就显得不干练也不好看。你撇嘴道，你就说从韩国的谁谁谁到中国的谁谁谁都难看？我说，拉链拉好，整整齐齐也是一种气质。你一瞪眼道，时尚在你眼里都是问题。我说……不论我说什么，你都会唱反调，还表现得不假思索劲头十足其乐无穷。

这些，我都能理解，也不责怪你，更能原谅你，因为，我曾跟你一个样，在这个年龄里也做过很多荒唐事，至今想起都不能轻易原谅自己。

那时我也是十四五岁，瞧，我们母子连逆反期都步调一致。那时的自己，每天就像个随时可以引爆的火药桶，动辄就乱发脾气，看什么都觉得不顺眼，毫不夸张地说，觉得整个世界都应该按我想的样子重新组合才算 OK！

在别人眼里，我依旧是个品学兼优的好孩子，学习成绩优秀、懂事、有教养，自然也是很多家长让自己孩子学习的榜样。可是，一回到家里，一面对自己的父母，特别是你外婆（你外公冷着脸容易动粗还是让我有点儿畏惧的）就不对劲了。你外婆是个好脾气，总是心疼我都不够，自然对我狠不下心，就显得很没办法，很窝囊。

记得那年学校举办歌咏比赛，我们班要选出男女生各 10 名，排个小合唱。统一着装，白短袖蓝裤子白球鞋。40 年前物质匮乏，人们的审美就是这么简单而粗糙。老师说，如果家庭条件稍微不方便，就提前告诉老师，另外换人。

早晨放学一回家我就说给你外婆。"是吗？好呀。"她脸上浮现出的高兴很勉强，不过我并不在意，只要是花钱的事，你外婆从来就没有高兴过，总是那么抠门。到了晚上，她跟我说，咱就先不参加了，你看，咱啥都得买。我说，这次买了下次就不用买了，就是真的不用了还可以穿。你外婆一脸期待着的哀求，我绷着脸就是不让步。

我也没有到学校说给老师，我不想成为老师眼里"家庭条件稍微不方便"的学生。我每天回家只给你外婆说一句话：还剩××天就要白衬衫蓝裤子白球鞋。也不管她的反应，再无其他话说，尽管我心里也很忐忑。后来，我顺利参加了合唱，因为你外婆在老师要求预演的前一天准备好了衣物。

那些钱里，有你外婆剪掉自己最骄傲的长辫子卖的钱，还有你小舅最心疼的小羊卖的钱。后来很长一段时间，我都要面对你外婆短而凌乱的头发，你小舅伤心的表情，才深深地体会到了登台的风光是多么可怜多么可笑甚至多么可耻。

这件事让我开始反省自己往日里的做法，在回望中我看见了自己的不懂事，开始学着理解大人并管理自己。瞧，那时的妈妈也不是一盏省油的灯。有些弯，得通过彻骨的痛才能转过来。我又怎能不理解你？你让我看到了曾经倔强的自己，也是九头牛都拉不回。

不理解大人或叛逆的事，哪里只是一两件？

你的外婆以自己的教训引导我，祈求让我少走弯路，可没走过的路总是充满诱惑，当被硌疼了脚，才知道她的唠叨是多么珍贵；我顶撞你的外婆，固执地要做自己想做的事，结果被撞得头破血流，才想起她心疼的眼神；我以为自己强大到可以对抗你的外公了，不管不顾地依着自己的性子来，直到受到了彻骨揪心的痛，才明白了善听的耳朵比利索的腿脚更重要……没错，有多少次，事后我陷于悔恨中而无法原谅自己，可事发时，无论别人怎么劝阻我也不会回头。

孩子，我也是在回望自己的往昔里，慢慢理解你的。谁都有年轻狂妄不管不顾时，也都有幡然悔悟痛改前非时。

成长，就是不断犯错而后慢慢纠正的过程，这中间，你会感到自己受到了不同程度的伤害。还有一个事实就是，你可能不会意识到，你对别人造成的伤害更大。

你的叛逆，不管是来自好奇还是任性，源于惯性还是较真，目前都表现得很突出，看着你的今天，我常常想起自己的昨天，每个大人都是从孩子走过来的，得给你们成长的时间跟空间，该走的弯路，似乎永远避免不了。

慢慢来，孩子，有些路必须你独自走，哪怕硌得脚板生疼。

儿子，妈妈也有困惑

儿子，妈妈作为一名教育工作者，在你没有出生前直至你已 14 岁的今天，经常在各种报刊上发表家庭教育方面的文章，甚至被某些杂志定义为"家庭教育指导师"。妈妈也经常为身边的父母们出谋划策以应对、化解他们孩子身上出现的种种问题。

然而面对你的教育，妈妈也有自己的困惑。

"超过××，成为全年级遥遥领先的第一！"我曾开门见山地对你说出了自己的期望。升入初中的第一次考试，你以 3 分之差，屈居年级第二，全年级 1400 多个学生中的第二。妈妈给你定了那个目标是因为你学习得很轻松，在很随意轻松的状态下就取得第二，而那个学生学习极认真超踏实，你完全有超越他的可能。

记得当时你和妈妈交流了一会儿，很坦然地说了自己的观点：只想做最快乐的自己！你说，你快乐地玩魔方拼积木，你愉快地写着自己的小说，你开心地边闲逛边拍照……你说，如果让你也将闲暇时间投入到巩固知识强化学习效果中，你会很不快乐，你并不是一个真正打心底里把学习看作最最快乐的事情的学生。

也正是和你的交谈，让妈妈在对你的教育中第一次产生了困惑：

对你来说，快乐的第二，枯燥的第一，到底哪个更重要？

说真的，我希望你认真，但绝不希望你痛苦地认真；我希望你踏实，但绝不希望你踏实成死板；我希望你优秀，但绝不希望你为了优秀而远离快乐。

第二的你，彩笔一握，就可以办出图案漂亮的板报；铺开作文本，流淌出的文章篇篇见诸报端；赛车一骑相机一挂，就带回很有创意的摄影作品；生活琐事中，你甚至提醒妈妈要心平气和不要与别人起高声……

我的第二同样优秀。

后来的几次大考，你只有一次是第一，其余都是第二甚至第三，和你较量的，还是那个学生。

目前的你真的很棒，妈妈完全可以很骄傲地对别人说，"我的儿子是不加一丁点水分的快乐的优秀生"。不过儿子，你有没有这样想过：

其实，我们每个人身上，都有上天馈赠的神奇的礼物。只是上天将这个礼物藏了起来，不会轻易被我们发现。他知道：轻易得到的，都不会被珍惜；越是珍贵的，越需要用心感悟努力寻找。

就像你所知道的那个法布尔，他受恩于上天的礼物就是"对昆虫的好奇与痴迷"。他找到了这个礼物的藏身之所，就成为了"科学界诗人""昆虫界荷马"。

上天给你的礼物是什么？悟性很高，一看就会，稍学就精。可能因为妈妈意识到你的潜力吧，我总在提示你：只要再认真点，再踏实些，完全可以成为第一的。可你，总以强烈的问句使我的语言中断：

"你是不是想叫我也变成书呆子？"

"看书做题是不是学习的唯一形式？"

"你要是一天不说叫我'再认真点'是不是就很难受？"

其实我的儿子，你的责问总刺激着我陷入反省中：

你的话也的确不无道理，我到底想要什么？快乐而优秀的孩子，还是绝对遥遥领先的学习机器？我想要的，是处于绝对优势又很快乐的你！妈妈是不是很贪婪？

儿子，面对你的教育，妈妈也开始困惑了，是因为妈妈心里有太多的放不下吗？

青春拐了几道弯

我长成了你喜欢的模样吗

用母亲的话说，从小我就是个心思很重的孩子，好像是的。有时我大喊大叫说说笑笑，其实很伤心。有时我安安静静一言不发，心里却波澜壮阔风起云涌。

我不能准确地说出，自己是什么时候开始关注又什么时候开始喜欢上卢苇哥的。当我在纸上反反复复写"卢苇"两个字时，才意识到已经陷了进去。我想把自己从中拔出来，可分明被深陷其中的那个自己任性地一把推开，我看见了她故意扭着身子想把自己愈陷愈深。

那时，同一巷子同一年龄的男孩女孩是不说话的。一旦发现谁跟谁说话，他们会毫不客气地围着喊"一男一女，结婚敬礼"，让人羞得无法抬头。异性间倘若多看了一眼，都会被骂作"流氓"的。而我，竟然喜欢上了卢苇哥。

卢苇哥白白净净的，极文气，没见过他高声说过话，总是满脸铺排着笑，除了笑，似乎没见过还有其他表情。卢苇哥的家在巷子的老西头，我家在中段，去学校必须经过他家门口。

我每天把握着时间，提前推后地出门，到他家门口时也磨磨蹭蹭，却从来没有遇到过他走出来去学校。世界就是这么蹊跷，我们在同一所学校上学，他比我高两级，我却从没看见过他上学放学的身影。

如今想来，他放学应该是飞奔回家的，因为要做饭送给在地里干活的母亲，我自然见不到放学时的他。他还要照顾好弟弟妹妹吃饭，而后收拾家里，也一定是赶着铃声匆匆飞奔到校的，我又怎会见到上学的他？

或许，我喜欢的，是他的担当？

夏收时，在麦场一定会遇到卢苇哥，他干活不仅不偷懒，还是一把好手。那会儿我就跑来跑去穿梭其中，假装积极干活，只是为了在他眼前晃来晃去。人笨，还有小心眼，多可爱的傻丫头。卢苇哥在时，我就显摆般小嘴吧唧吧唧说个不停，或许只是提醒他，"看，我在呢，我真的在你跟前"。反正那时候小心眼蛮多的，心里的喜欢像冒泡，得多努力按着才不显山露水。偷偷看卢苇哥一会儿，能傻不拉叽高兴好几天。

终于逮着机会跟卢苇哥在一起了，像屡屡失望的资深彩民终于中了大额彩票般，全是上天的恩赐啊。激动得我没话找话可着劲说，似乎要把自己满心的暗恋倾倒出来。卢苇哥一直静静地看着我，一成不变的微笑。在我说得口干舌燥时，他拍了一下我的小脑袋，说了句：你得好好长个子。

那以后，我不再挑食，开始好好上体育课，开始想办法让自己长高点。我还在门后划了道，天天站在那里比高低。那时我是拒绝在肩膀上扛东西的，怕压得自己不长个儿，还总喜欢跳，似乎跳一跳就高了起来，就能让卢苇哥满意了。

一次，卢苇哥来我家找我哥有事。我高兴得忘了自己那让人脸红的成绩，试卷就在旁边，哥正在帮我纠错呢。在我吧唧吧唧又没话找话说了很多后，卢苇哥笑着拿过我的试卷：没好好学，才考了这一点。

想到卢苇哥成绩那么好，我脸红得像猴屁股。那以后，除了长高就是如何能考好成绩了。一个人只要想做好啥事，他就会想方设法，有条件好好利用，没条件也会创造条件。就像我，遇到没有搞懂没弄清的，也开始没皮没脸地到处请教同学，也开始因为早早到学校而窃喜自己比别人多学习了一会儿，也开始跟成绩较起真来……努力总有回报，慢慢地挤到了优秀生行列。母亲曾给人说，这娃，说变就变，好像重生了一遍。她哪里知道，我只是为了让一个人满意点。

屡教不改似的，又遇见卢苇哥，我又开始吧唧吧唧，说东扯西，言语里还有一些抱怨。不是吗，回家后妈的饭没有做熟，害得我不能早到学校，还老让我割猪草占用我的学习时间……卢苇哥看着我，满脸理解，而后说：要多帮大人。

那一刻，我意识到自己真的错了：卢苇哥不也是经常扛着锄头路过我家门口去干活，可并不影响他成绩的优秀；卢苇哥不也是照顾弟弟妹妹给母亲分忧，卢苇哥哪里有半点唠叨？他的笑，是感恩是知足。

透过他，我看到了自己的贪婪与狭隘。我开始没有怨言心平气和地帮父母，开始不再跟哥哥斤斤计较闹矛盾。卢苇哥就像一面镜子，我看着他调整着自己，想靠近优秀，就得让自己也优秀起来。

我看见了他的宽厚，看见了他的坚忍，看见了他的乐观……看见了我与他之间很大很大的差距。

我开始沉默，转身，离开。我毛病满身，他哪里会看见我呢？

三十多年后的今天，我终于没有辜负自己，也一直没有忘记自己努力的初衷。

卢苇哥，我长成了你喜欢的模样吗？

我的狠， 你的爱

咬牙切齿恶狠狠喷出的话就是"狠话"。狠话，我只对她说，从来都是理直气壮脱口而出，从来都不经过大脑。人家是"多年父子成兄弟"，遗憾的是我们不是父子，便落得个"不是冤家不聚头"。有时，她会很无奈地仰着脸拧紧眉头问我，"我前世到底欠你多少，你这么跟我死磕？"

她说得没错，我就是常常跟她死磕，让她无计可施只能乖乖就范。就像亲戚们都说的那样："一个死倔死倔的人，只有强子收拾得了。"强子，是我的小名。

"你再做老三样，我饿死都不吃了！"

临出门，我重重地甩下这么一句。我自己都能感觉到每个字撞击在墙上而后弹至地面摔成碎片又迸溅起来击打在她身上。不用回头，我都知道，她一定摊着双手站在我的身后，紧闭嘴巴不知说什么好。

哼，每天每顿都是红白萝卜跟白菜，这是养兔子呀？吃得我每天都惊恐万分地照镜子摸屁股，怕突然冒出长耳朵跟小尾巴，以至于我都想不起这世上还有啥好吃的菜了。其实对她做的事，我一开口定论，就是闭着眼说瞎话，每一个字都像是从水里捞出来的，水分的多少可想而知。谁让她就是那么软弱可欺？

下午，饭桌上立马全变：鸡腿炖土豆，烧茄子，炝莲菜，干煸豆角。菜花西葫芦蘑菇等，消失殆尽。

瞧，一反抗准有结果，她那两下子，我清楚。

"不去，没心情！说破天都没用，我哪怕没衣服穿光身子都不跟你上街！"

她真没眼色，单单在我心情郁闷时要带我上街买衣服，还说什么劳逸结合，上街就是放松。我是了解她的，她说上两次我还坚决拒绝就不再坚持了。下午，她带回来不同颜色不同款式的衣服。我在家里挑选后，她再退回被我淘汰的。多省事，干吗要硬扯我上街？她倒是有点……有点狼狈。

她那人呀，缺点就是不坚决，每次跟我说话，似乎都会有备选方案，我只要拒绝就能得到我的最佳方案。

"有你这样做事的？不商量就是不尊重人，以后啥都不要问我，问了我也不会跟你说！"

她擅自做主给我报了夏令营，每个省只有两个名额，真的是互不相识，那样玩有意思吗？她解释说为了锻炼我的社交能力，显然就是强权、霸权作祟。很长一段时间，我真的屏蔽了她的话，无论她说什么，无论怎样的殷勤、恳切加上眼巴巴附带可怜巴巴，我都不理会。老虎不发威，以为是病猫呀？

有时，面对实在无法改变的结果，我会让她因为一意孤行而付出惨痛的教训。想在我这里得到便宜，门都没有！

"你要再唠叨，我就叫你见识一下啥才是真正的差生！"

她拿着试卷又在唠叨我怎么粗心到连 25+49 都做错了时，我不客气地顶撞了她。她声音马上小了下来，说以后得细心，优秀生比的就是谁更心细，出错更少。我冷冷地看着她，问了句："你高中时能考得多好？"她立马闭了嘴，她根本就没考上大学，我好歹也是全年级前十名。瞧瞧，自家有短头，就不要说别人，人得自知。

"好，你不就是怕我不安全，我从现在开始，大门不出二门不迈，天天就平躺在床上，行了吧？"

同学约我登华山，都说得妥妥的，可她就是说冬天，天冻地滑，才下过雪，不安全，等等，不想让我去。我就给她甩过几句狠话。她便不再说话了，而后在房子里搓着手走来走去，最后她开了口，说她得陪着去。呵，十七八的小伙子出门还用妈陪着？那你干脆再给我脖子上挂个奶嘴，把我塞进婴儿车得了。"不，你得抱着我上华山，我还不会走路。"我冷冷地回了一句。她显得很尴尬，说我不是惹你生气，只是担心。担心？笑话，人家孩子的妈都是狠心的继母，只有你是亲妈？

结果还不是让我爬了华山，干吗要费唾沫星子？

其实呀，这样的事我都懒得列举，可以说我的成长就是一部跟她的对抗史，只是结局没有任何悬念：她可怜巴巴地妥协，我轻轻松松如愿以偿。我放出的狠话，都会被她没有抗拒地悉数接纳。

细想一下，她好像也气急败坏地对我放出过狠话，是的，气得她咬牙切齿，每一个字出口都像锄头落地。

"我再不会自讨没趣给你做饭了！"

她竟然还带着哭腔，跟小孩子似的。当然，我没有否定她的精心与认真，案板边放着抄写的菜谱，一步一步照着做，可还是不怎么地道。我们要的是结果不是态度，对吧？我不就是实事求是地对她做的饭提了中肯的意见，知道不足才能改进嘛，犯得着生气？

不做拉倒，上街吃。可常常还没到家，就闻到了饭香味。

瞧瞧，她就那样，只会放狠话，只会让我更不信服。

"算你狠，我不会再招惹你了，爱咋咋！"

她绷着脸甩下这句话，眼圈红红的。瞧瞧，还是大人，还天天说我抗挫能力差，不就是说了她几句，还那么大脾气。不招惹我好啊，难得清静清静，我才偷着乐呢。不出十分钟，"下午加上马夹，变天了。"说话间马夹就放在我的床上了。

哈哈，憋不到底没毅力就不要放狠话，有意思吗？

"你再有啥事就不要问我，永远不要听我的话！"

她挥动着手臂吼道，好像每一根头发丝都燃烧着愤怒。看来我的话是有点狠了，她伤得很重。其实也只是跟她理论了几句，她就接受不了，还是大人呢，受挫能力真差。我打开衣柜，翻了起来。"找哪件？"闻声回头，她又站在了我的身后。

永远有多远？就是她消气的时间。而她，一转身，就抚平了自己怒潮澎湃的心海。

"我不是你妈就不唠叨，嫌我唠叨就不要回来！"

呵，口气还满得不行。行，如你所愿吧，我不回来了。

放了学，我关了手机去了书店。一小时后开机，满屏未接来电。而后，手机被打爆了，短信一波一波，爸爸舅舅姑姑爷爷奶奶外公外婆还有我的好哥们，所有与我有关联的人，都打电话发短信问我在哪，说我妈满世界找我。

我把她的狠话搁住了，她却急了。有这样当妈的，将自己的孩子置于言而无信的境地？所以，我得帮她实现愿望，也让我自己成为她想要的样子。

　　我对她说出的狠话，都会很坚定地付诸行动，大丈夫一言九鼎，驷马难追。她呢，说给我的狠话，连雷声大雨点小都谈不上，干打雷不下雨。我的狠话总能使她让步，而她的狠话，从不落实。

　　我管她叫妈，她喊我臭小子。

花开，需要时间

从小，在整条东大街，我就是个"名人"。

也许是不善言辞，也许是懒得解释，我习惯也喜欢用拳脚说话。自从进了初中的门，我妈不是用手戳着我的鼻子就是拧着我那可怜的耳朵破口大骂，她总是在给班主任老师说尽好话央求继续"收留"我后就拎着东西到别的同学家道歉。

其实，我早就明白了，我妈骂的不过是她自己而已。

"我把先人亏了，生了你这么一个丢人现眼的东西！"

"我到底做了多少缺德事啊，不给我儿子就算了，咋给我送了这种货色？"

"……"

我妈一把鼻涕一把泪地骂着哭着，我是从不往心里去的，她骂她自己为啥要让我陪着难过？

"你甭生气，男娃，懂事晚点，大器晚成嘛。"每每我妈数落谩骂我时，我爸总这样安慰她并示意我赶快离开。

哈哈，还"大器晚成"？亏我爸对我一直采取"放羊式"教育，他要像我妈一样隔三岔五被老师"请"去告知我的斑斑劣迹并因此而受训，早都被气裂了肝气破了肺。

一天，我和爸去姑婆家，碰到爸初中时的同学，我爸让我管他叫"张叔"。

"你儿子看起来多精明，哟，耳轮这么大呀，耳大有福嘛。"他拍拍我的肩说，"将来一定比你爸强多了。"

我爸一脸卑谦地笑，连说："是呀，是呀。"

我心里嘀咕着，傻样呀，如果你的耳朵是被你妈拧着扯着变大的，你就会知道耳大的过程本身就是一种痛苦。

分手后，我爸告诉我，张叔开了家公司，很有能耐的，表情里尽是羡慕。临了，我爸说，爸上学时家境不好，体质也差，穿得烂，学习也一般，同学看不起。到外面打工苦点累点爸不嫌，爸不想叫我娃吃苦，学习是我娃的事，叫你吃好穿好才是爸的事。

就是最后一句话，我转过身背对着他，鼻子有点酸。

我妈做河东狮吼状时，我扭着脖子瞪着眼。老师冷言冷语的讽刺泼溅过来时，我昂着头一脸的宁死不屈。可是常常一撞见我爸，我只有低头避开的份了。

天热天冷，我妈懒得理会我的衣着。天冷了，她说，"你皮厚，冻不着"。天热了，她就说，"刀子刮你的脸都不变，还怕晒出油来"。她是不是等着我热死或冷死，自己就不用再跟着我"风光"了？

提醒我该添减衣服甚至帮我找好放在床头的，是我爸。

"看，斌子长这么高了，有一米七吧？"不熟悉我脾性的大人很羡慕地对我爸妈说，"'斌'，习文又习武，多好！"

我妈总是嘴角一撇："高得戳破天顶屁用，还'习文习武'？正事不足邪事有余！"

"该开花时就开花，该坐果时就坐果，斌子不是正长着嘛。"我爸安慰我妈的话就这么两三句，我都背熟了。不过，我永远都想象不出下一次我妈会怎么样地骂我、班主任老师会用什么样的话挖苦我。

在学校，谁若讨厌嫌弃我，哪怕只是从眼神里流露出一丁点，被我察觉到的话，我会想方设法让他不得安生，捉弄人，我是最拿手的。

老师？不也是人吗？我同样会惹得他鼻子冒烟而无可奈何。我会努力地扯着嗓子一下子扯到十万八千里地抢着胡乱回答问题，我们差生的理解力当然跟不上优等生，这，能怪我吗？老师一见我，头就大了，还让同学们尽可能别招惹我。

"春江水暖鸭先知……"教语文的"小老头"正声情并茂地解释着。

"报告，老师，"我声音响亮并高高地举起了手，"鸭和鹅的灵敏性有区别吗？为什么不是'鹅先知'而说'鸭先知'？"

"小老头"一下子愣在那里，半天才说："你比苏东坡还能呀？"

我得意地笑了，说："这是题画诗，人家画的是鸭，当然是'鸭先知'了。为什么不画鹅画鸡？惠崇当时就看见鸭浮在水面，就画了鸭，简单得跟'0'一样！"

我那几个哥们就附和起来，"就是这样""当然是这样"……

我喜欢看老师生气的模样：反正我已是裂了缝的破罐子，干脆破摔得了，也图个痛快。

刀光剑影的辱骂？

死猪还怕开水烫吗？

那节语文课，"小老头"没来，却进来一个真正的老头。

"小老头"是我对语文老师的"昵称":不到 40 岁,秃顶,两鬓泛白,背微驼。我疑那是"气大伤身"的明证,天天眼里容不得一粒沙子,愤世嫉俗义愤填膺能健康吗?还卖弄什么"素面朝天",也不买个假发戴戴。我上课睡觉,其他老师都高兴得恨不得作揖打拱阿弥陀佛,唯有他,强迫我坐直,还得听讲做笔记,可恶!

真正的老头有 50 多岁吧。他在讲《念奴娇·赤壁怀古》,滔滔不绝,兼之以手比画,恍惚间,仿佛是他创造了"谈笑间,樯橹灰飞烟灭"的奇迹。我的确集中了十几分钟的精力,后来,就撑不住了,玩兴渐起……

"第一组东北角的那个同学!"老头开了口,我的目光正好迎上去,"就你,站起来!"

我慢腾腾地往起站,先故意撞倒了板凳,后又倒在同桌身上,起来了还是歪着头摇来晃去,我节节课几乎都是站着上,早已练就了金刚不坏之身,老师飞溅的唾沫岂能奈何得了我,况且只是临时代一节课的老师?

老头可能是平生第一次遇到我这样的主吧,很生气地停下了讲课。瞧瞧,年纪一大把了,还是涵养不够。我们那些老师,我闹我的,他们讲他们的,井水不犯河水,大不了节节课我站着上就是了。"走,跟我转一圈!"老头竟然一把扯着我往外拉。

校门口对面正粉刷楼面。"你不愿好好学习,我给你找条谋生的路。"他指着吊在空中处理楼面的人说,"看那个人,在空中飘来荡去,辛苦不说还很危险……"

我爸,在空中粉刷楼面的是我爸!!

空中,绳子被固定在楼顶,木板两边悬挂着装着配重保持平衡的桶。我爸就坐在木板上，一手握着滚刷干活，一手紧紧地抱着绳子以保安全。风中，他一会儿远离楼面，一用力，又贴近墙面，看上去很危险！

"你家的条件太好了，如果你的父亲就是那样谋生的，你就不会是这副吊儿郎当的模样了！"老头拍拍我的肩，"小伙子，就在这儿好好感受感受，我上课去了。"

我在学校门口站了半节课，没有站酸我的腿，却站疼了我的心！

我开始变得沉默，一下课就死皮赖脸地缠着同学问没听懂的问题……

10多年后的今天，因为文学，我在县城已小有名气了。

我爸没多少文化却爱买报纸，买回家后，就在报纸上翻翻找找，找我的名儿。其实我的文章，多发表在纯文学的报刊上，书摊上并不多。知道这事后，我每次就将样报样刊给爸送去，看着我的名儿，笑容就在他脸上荡漾开来……

该开花时就开花，该坐果时就坐果，成长，需要过程，我爸说的没错。

青春的痛， 让自卑绽放成花

青春时我们易感而脆弱。多年后，青春结的痂脱落了，竟发现，疤痕如怒放的花。

——写在前面的话

"我准备上飞机了。"电话那端，芳的声音很平静。我又听见她对欧文说，跟阿姨说再见。一个嫩嫩的甜甜的声音传了过来，"阿姨，再见！"

"放心吧，我有空就回去看老人家。"

我知道，从那一刻起，芳就成了大洋彼岸的美籍华人了。

芳是我青春的依靠，还是我是芳青春的见证？青春的不羁与狂放，青春的热情与执着，青春的羞涩与萌动，青春的残酷与伤痛，都留在了心里。这些小小的欢喜或深深的疼痛，在时间里发酵，在空间里弥漫，蓬勃成弥天漫地之势。

芳是我高中时最最要好的朋友，她家在我们小县城最最偏远的山沟里。芳很勤勉，在班里很少说逗乐的闲话，即使课余，不是托着腮在想着什么，就是在写着算着，芳的刻苦是有目共睹的。芳很善良，从不怕耽搁自己的时间，给学习吃力的同学反复讲着比画着不懂的知识。

从很偏僻的乡下来的芳，以努力换来全年级第一名。

每次考完试，在长长的红榜上芳的名字总是光彩照人。那时是高一，没有文理分科，我的理科极差，一想到从未及格过的数理化，我的头就炸裂开了。学习那么好的芳，在我眼里，简直就是神仙。

是一种堕落还是一种放逐，我被理科无情地伤害的同时，却迷上了写东西，而且一发不可收拾地变为铅字。还办了一个"洞察"文学社，还搞了一个响亮的社训"洞察社会，洞察人生"。记得班主任老师曾戏谑道，你先把你的数理化号号脉，看问题出在哪里，等你考上大学了，再洞察社会洞察人生也不迟。

可芳很支持我，经常给我的文学社写稿子。芳将她整理好的数理化笔记拿给我看，芳给原本已经放弃了数理化的我讲练习题，芳给我说，没有学不会的，就看你是咋学的。

千军万马过独木桥般的高考，芳自然稳稳当当遥遥领先地过去了。而我，复读。

我复读的日子，每个月都接到芳的信，信里说着大学的美好，说得我恨不得马上考上。芳给我寄过一片枫叶，说那是走在校园里，恰好落在她肩头的问候；芳给我寄过各种资料书，说你没考上不是你不会学习，是题型见得少，好好看看肯定受益很大；芳给我寄来在大学里照的很多照片，说你看多棒的图书馆，好书多的是……

学不进去时看芳的信来鼓劲，疲倦不堪时看芳的信打起精神，沮丧绝望时看芳的信驱走心头的阴霾。

为了大学梦，我疏远了深爱的文学，迫使自己变成暂时的书呆子。我心疼地说给芳时，芳说，关键时候，要学会舍弃，现在的离开，是为了将来更好地拥抱。

结果却是，第二次落榜。知道结果的那刻，我欲哭无泪：我已经很努力了，只是本身就不是读书的料。大学再精彩，也注定与我无缘！

暑假，芳来到我家，给我说着大学生活的种种快乐与美好，芳给我分析着我的各科成绩的提升空间说着考上大学的可能性，芳给我铺就一幅绚丽的画面，只需我置身其中就能拥抱幸福。

于是我开始了第二次复读。

芳的来信内容是一成不变的，无外乎大学生活的丰富与多彩，大学日子的快乐与美好。我开足马力废寝忘食以求跨进大学的门槛。

我进的是师范院校，我已心满意足，我清楚自己的实力。

一个假期，我前去看芳，看那所全国一流的学府。一进芳的宿舍，她就情绪很激动地喊了我一声，而后就扯着拥着我出了宿舍。

在学校花园一个无人前来的死角，芳拉着我坐了下来。一开口，竟声音哽咽，抹起眼泪。从芳断断续续的讲述中，我知道了事情的原委：

就是几天前，她们宿舍有人的钱丢了。其余那三个人竟然在她面前说起"人穷志短""穷了就偷，都是能理解的"诸如此类的刺耳的话语，似乎她就是那个小偷。还明确地表示，她们可以原谅她偷的行为，可她们就是瞧不起她！

芳的肩膀抖动得厉害，我知道她心里的难受。

好胜要强的芳，就因为家里穷，舅舅在同城大学里做教授，她也怕舅妈看不起而不去打扰。后来还是舅舅执意让她给自己的孩子做家教，给她一些钱作为报酬。现在她却被人冤枉成贼，是多么伤心的事。

芳说起件件往事，听得我鼻子发酸。

别人的爸妈经常过来看孩子，一来就请全宿舍的人吃大餐。两次后，她知道自己的父母都没送自己上大学，更不可能请舍友吃饭。只要有家长来，她干脆躲了开去，一天不回宿舍……

我揽着芳，我说你还跟我说大学多好，你在大学里多快乐，你干吗要欺骗我？

芳说，大学真的不错，没钱也不是我的错。

大三那年，她们学校的博导去全国几所著名的大学进行学术交流，在全校选本科生、研究生、博士各一名随同，芳有幸成为那个唯一的本科生。

后来，芳考上了中科院的研究生，再后来，芳经常在世界各地进行学术交流。再后来，芳与皮特相遇。

我给芳发了短信：青春的痛，让自卑绽放成花！

抬头，阳光真的很灿烂。我的心情一样灿烂，我为芳祝福！

那个贪嘴的小丫头

你可能见过贪嘴的，一定没见过像她那么贪嘴的；你也可能见过像她那么贪嘴的，却一定没见过像她那么不管不顾不计后果地贪嘴的。

朋友婷坐在我的对面，正在给我讲述自己小时候贪嘴的事儿。声音不紧不慢，柔柔软软，神情如阳光般，很温暖很洁净，倒感觉她像是在讲着与自己无关的邻居家调皮的小丫头的小私密——

点心事件

那年，我九岁，母亲让我带着七岁的大弟去外婆家走亲戚，还有几个舅家，一家一包点心。

去外婆家得翻一架沟爬一道梁，气喘吁吁地爬上了山梁，我一屁股就坐在了地上，懒得再走了。大弟蹲在一旁等我，等得久了，就催我快走。我没搭理他。他捉了蚂蚱，捉了蜻蜓，采了一捧野花……想尽办法引我逗我让我起来，我就是懒得搭理他。我想搭理的是提包里的点心们，可点心们不搭理我呀。很是气恼，索性打开提包，对大弟说，咱吃点心。

大弟瞪大了眼睛，说那是给亲戚家的，不能吃，咱妈知道了要打的。

"咱不说谁知道？我饿了，就要吃！"那时我的语气很坚定，即使母亲挥舞着巴掌站在我的面前，也阻挡不了我要吃点心的决心！

我将每一包点心都打开，各取出一块来，再绑好，这样大人就不会发现了。

"咱俩都吃。"我说给大弟。他摇着头，后退了一截，满脸害怕。我就自己吃了起来，一块，两块，三块……剩下最后一块了，我看见了大弟咬着自己的手指头，就说："你不吃？外婆发现了，我就说是咱俩吃的。"

大弟拿起了最后一块点心，他是掉着泪吃下的。是因为被拉下水的委屈，还是出于对我想要污蔑他的愤慨？我才没时间去想，反正我是解了馋，吃痛快了。

你看，我当时多睿智呀，都能想到每一包只拿出一块这么好的主意，这样大人就看不出我偷吃了。

蜂蜜消失

小弟咳嗽，扛了好长时间都过不去，药吃了，针打了，还是咳嗽。母亲终于找了一种据说效果很好的偏方，需要蜂蜜做药引子，还需要别的辅料。

母亲从外婆家回来时满脸欢喜，她从提包里取出个瓶子，宝贝般捧在怀里，跟父亲说："蜂蜜，好蜂蜜，甜得很，给三儿配偏方治咳嗽。"

母亲扭开瓶子，用筷子头蘸了点，让我们姐弟仨都舔了舔，从舌尖直甜到心里头。这一舔，撕裂了我欲望的河堤，我开始打主意了。母亲将瓶子高高地放在木板上，说还得找齐几样辅料才能给小弟配药。

那时家里刚好有点核桃，母亲锁在柜子里，钥匙从不离身。

但只要我想吃，就没有克服不了的困难。我瞅来瞅去，有了办法。找来家里的螺丝刀，将柜子后面的合页启开，从后面偷着吃。现在有了蜂蜜，我的小脑子就活跃起来了。把偷来的核桃剥好，砸碎，再偷来蜂蜜充分搅拌。油油的核桃与甜甜的蜂蜜，简直绝配呀。

就那样，在母亲到处奔波着寻找那些辅料的日子，我的小日子很滋润，油油的，甜甜的，吃得我每天都神采飞扬。

母亲找齐了辅料才发现蜂蜜已经被我偷吃得差不多了。气得她撺着我追着打，边追边骂："你个吃货，贪得连自家的小弟都不放过！"我撒腿就跑。

有了帮凶

家里终于有了一笼苹果，在我们嚅动着嘴巴流着口水的注视下，父亲登上梯子将那笼苹果放在房顶北面的小阁楼里，而后他跟母亲将笨重的梯子挪到南面的墙下。

我给大弟天天描绘苹果的甜与脆，描绘得大弟流起哈喇子。直到有一天，我从奶奶屋里偷出来两勺白糖，对大弟说，把苹果切成块，白糖水倒进去，就是苹果罐头了，想想，多好吃。说话间我故作陶醉地抿起嘴巴。大弟动摇了，问我，敢吗？我说，有姐呢，咋不敢。我跟大弟是挪不动梯子的。我看见了屋顶粗大的横梁，就给大弟说了主意：登上梯子，小心地爬过横梁，不就到了那边的阁楼？

给大弟比画了半天，壮了半天胆，也说尽了苹果罐头的好吃，就看着大弟登上了梯子，够住了横梁，而后趴在了梁上。大弟趴在梁上又不敢动了，我在下面都能看见他恐慌的神情。

天杀的我竟没有想到危险，只是鄙夷他的胆小。大弟抽泣着流着泪，开始抱着横梁慢慢移动。

在我将自制的苹果罐头塞进他的嘴里时，他咧着嘴巴笑了，脸颊上还挂着泪珠儿呢。

有了第一次，就有了第二十次，除非苹果吃完了。

等到家里来了金贵的客人，父亲满脸炫耀地说"还给你藏着大苹果"时，我的第一反应就是转身跑，里面已经没苹果了。大弟反应慢，或者不知道跑，他的表情出卖了他，招致来一顿打骂，说来他比窦娥还冤。

智中求吃

那年，父亲带回来满满一口袋核桃。原指望吃个肚儿圆，可母亲总是爱钱，想着藏到年前，把核桃变成钱。

为了防着我们吃，确切地说是防我，她将装核桃的袋子口一绑，口儿朝下倒着放进柜子里，柜子又不很大，不能彻底把袋子推倒，她以为我就无法偷吃了。面对吃的诱惑，我觉得我完全可以跨越阻隔的千山万水抵达它的彼岸。

大弟是必不可少的助手，他性善心软嘴又严实，且宁愿自己受委屈也不会出卖我。我决定再次起用他。

大弟性善，所以本能地拒绝做我的帮凶。我呢，可谓使尽威逼利诱之能。我说，妈那是为了卖钱，你就那么爱钱，忍心看着别人吃咱家的核桃你不吃还不让你姐吃？我说，姐天天带你玩还保护你不受人家娃娃欺负，你就狠心不帮姐？我说，我就不是为了吃核桃，就是看你心里是不是向着姐……我断定，木讷善良的大弟一定会被我滔滔不绝的话语喷住，最终会放弃自己可怜的原则屈从我。

　　果不其然，大弟小声说，最后一次。我笑了，心说哪有最后一次，只有这次。

　　我怂恿大弟，让他下到柜子里，确实很挤很委屈他。让他在下面使劲往上托袋子，我在上面拼命往出拽，终于把袋子弄到了柜子边上。将袋子的口死死地按在柜子边上，解开绳子，可爱的核桃们就哗啦啦奔跑着出来了。瞧瞧，它们多想让我吃。

　　而后，又绑牢袋子口，感觉袋子一下子矮了一截，我灵机一动，找来两块砖，让大弟垫在下面。

　　那一次行窃，得到了很多核桃，快乐了好几天。

　　后来，又偷了几次，就不需要大弟下去托了，我们在外面一拽，也就上来了。

一点补充

　　母亲常常戳着我的脑门骂我是"饿死鬼托生的"，在我们家，不管她怎么藏，难度有多大，都挡不住我奔向吃的步伐。有时母亲骂我时，我就想，能改名字就好了，我就不叫"婷"了，她骂的就不是我了。这样想着，我就在心里给自己取起了名字，好像母亲骂的已经不是我了。

　　一次，外婆给我包了豆角鸡蛋饺子，可香了。我就敞开肚皮吃，结果吃撑了，撑到平躺在床上不敢动，好像肠子都直了，饺子都到喉咙口了。外婆赶紧买回来一盒大山楂丸，一次一丸，共十丸。吃了一丸，酸酸甜甜的，跟豆角鸡蛋饺子是截然不同的好吃。你猜结果？我又一下子吃完。惹得外婆举着手直想打我又可怜我不忍下手。

　　一次喉咙发炎，做医生的二伯给了我三十片薄荷片。凉凉的，从舌尖到心底。我竟半天吃完，结果胃里翻江倒海得难受。母亲拍着我的头说，那是药，真是个傻子。

　　还有一次客人送给奶奶一斤红糖，刚好随后奶奶就去了姑姑家，我是大开吃戒，半天吃了七两。母亲生气地说给父亲时，他倒说，这孩子胃口好，一般人吃那么多心里都挠死了，不得多难受。

　　如今想来，在吃的道路上，我可是乘风破浪无坚不摧勇往直前，留下了赫赫吃功。

　　……

　　"我现在呀，就喜欢吃清淡的，素的，不饿就是舒服。是不是源于小时候太贪吃了？"

　　婷一直是舒缓的语调，柔和的神情，听得我恨不得跟她重温一遍因为吃而熠熠生辉的童年。

奶奶的手推车

车身的油漆全部脱落，只是铁锈的灰黑色，四个轮子已没了橡胶轮胎，仅剩下铁轱辘而已，推起来松松垮垮歪歪斜斜吱吱扭扭。

这破破烂烂的手推车却是奶奶的宝贝疙瘩。

我三个月时，父亲病故，母亲带着姐姐走了，留下了我。奶奶总说我可怜，没吃多少奶，肚子里缺油水，是她用小米饭泡着馍渣渣把我糊弄养大的。奶奶要下地干活，带着我不方便，就用围巾揽在我的腰间，将我绑在院子里的苹果树下。奶奶说猪羊都关在后院，她觉得那样安全又省事。奶奶一说起那次，混浊的眼里就止不住地流泪。

猪拱倒了破烂的猪圈，我的哭声唤来邻居大叔撬开了大门上的锁，我的手腕上至今还留有疤痕！

奶奶含泪桌了粮食，买下了这辆手推车，我就再也不曾离开过她的视线。每每提起我的童年，奶奶就长叹一声，说："跟着我，热也好，冷也罢，奶奶看着你，心里才踏实。我娃小时没享福，长大了就有享不完的福！"

奶奶说我小时很乖很乖，她编个麦秸笼子，装只蚂蚱，我就乐呵呵玩一天。我很少哭，总是冲着她"咿咿呀呀"地"说话"。她再苦再累，看看我的笑脸，就有了心劲。

奶奶说我小时乖得让她心疼：还不会说话呀，别人一给个好吃的，就笑着往她嘴里塞……

奶奶说，她在手推车四角绑着竹竿，撑着油布，遮风挡雨还能御寒。她走到哪里，就把我推到哪里。

几年后，我六七岁了，正和伙伴玩着，就听见奶奶"莲儿，莲儿"地喊我。我只需回应一声，奶奶总是隔一阵喊几声，好像我不在她眼前晃悠就会丢了似的。

记忆里，农忙时节，奶奶拉着架子车，我摆弄着手推车，把玉米棒、红薯就搬回了家。奶奶还专门让铁匠大叔给我打了把小镰刀，我就推着手推车割猪草……

奶奶常常边心疼地帮我擦汗边说，手推车跟着我的莲儿一起长呢。

我上学了，家里的花销大了，原本身体就不好的奶奶年龄更大了，干不动体力活，地里的收成就没了保障。奶奶说，亲戚的资助是有限的，咱还得感激不尽，总觉得亏欠人家。咱婆孙俩要自个想办法过好日子。

奶奶推着手推车走上了街头。

废纸、易拉罐、可回收的塑料制品，在奶奶眼里，都是被别人抛弃的财富。

"奶奶，看！"刚开始，我很新奇地跟着奶奶捡，能白白捡到钱，我满心都是欢喜！

后来，我花钱越来越厉害，却对挣钱的方式越来越敏感，别说陪奶奶上街去捡，就是和同学走在街上远远地瞧见她，都借故避开！

奶奶一定察觉到了：小小的县城，怎么会一年都碰不上一次？

"你嫌奶奶捡破烂丢人？"一天，吃过晚饭，我正在写作业，坐在一旁的奶奶开了口，"捡破烂，弄得奶奶脏不拉叽的，钱是干净的，你要好好学习！"

背对着奶奶，我笔下没停地写着算着，泪水却从脸颊滑落……

奶奶！

越是天热得人不敢出门，奶奶越来精神：湿漉漉的毛巾往头上一顶，饮料瓶比往日捡得都多！

我现在还记得那次跟奶奶进饭店的情形。我跑到街上，迫不及待地告诉奶奶我考进重点高中的消息。"好！好！就是好！"奶奶高兴得都不知该说啥，"走，奶奶今天给我娃改善一下！"

奶奶推着手推车和我来到"碧云天"门口。她先将自己身上的灰尘拍打干净，还帮我理了一下头发，才让服务生给我们打一盆水送出来。奶奶笑着说："咱是捡破烂，可不能把咱自个捡成破烂了。要收拾好，不要叫人看扁了！"

今天，奶奶还推着手推车走在大街上。她说，人就这贱命，干活干活，干着才能活好！

车身的油漆全部脱落，只是铁锈的灰黑色，四个轮子已没了橡胶轮胎，仅剩下铁轱辘而已，推起来松松垮垮歪歪斜斜吱吱扭扭。

奶奶就是用这辆手推车推着我一路走来，手推车收拢了阳光，属于我的日子便溢满了爱！

我叫贾光亮

我这辈子最痛恨的人是给我取名的爷爷，尽管他在我出生时就已经故去了。

"还'光亮'哩，'假光亮'就是'真乌黑'，乌黑得发亮吧？"

从我上学以后，"贾光亮"三个字就成了老师、同学羞辱我的最顺手的"武器"。心烦时，我就反复地写着"贾光亮"，我瞧着它，恍惚间，它也瞪着我，究竟是它给我带来了羞辱，还是我让它蒙羞？

据老爸说，我是我们家"光"字辈的老大，一定要"亮亮堂堂"开个好头，所以才给我取名"光亮"。我的老祖宗们，你们怎么偏偏就选了姓贾？名字再亮堂，加上"贾"，非但黯然失色还成为别人的笑柄。

有那么一天，我看了贾平凹的一篇文章，人家给女儿取名"贾浅"，"假浅"就是"真深"，多艺术多有水平。我就想着给自己改个名儿，"贾平凡"就是"真伟大"，"贾坎"就是"真顺"……可老爸就是不答应，说他一辈子就依了爷爷这么一回，坚决不能改。

"贾光亮呀贾光亮，就你那点成绩，还想'光祖亮宗'？歇着吧。"

老师批评我时，嗨，我已经没有了感觉，"贾平凡""贾坎"叫什么都可以，反正我已经不是那个"贾光亮"了。

我不喜欢上学，我讨厌学校，学校的热闹是属于优秀生的，学校的闹剧是属于顽劣生的，学校给我的，则是那个角落，那个肮脏而寂寞的角落。

小学、初中我总共上了八年，几乎有六年我一直坐在不同教室的同一个角落：身后是大扫帚，脚下是簸箕，旁边是垃圾箱。

这六年中只有一个冬天是例外，我被安排在门口第一排挨墙处，那扇可恶的门从来没关严实过，寒风呼呼地往里钻，直扑我的身子，我上课时的全部精力都用在如何有效抵抗寒冷了。

班主任老师一定也察觉到了，他竟笑道："逆境出人才呀，贾光亮。这个冬天一定会把你磨成'真光亮'，你可得顶住呀。"

气得我把孟老夫子的"故天将降大任于斯人也，必先苦其心志，劳其筋骨，饿其体肤，空乏其身，行拂乱其所为，所以动心忍性，曾益其所不能"贴在桌面上，可依旧冷得直发抖。我尽力使自己的身子不发抖，可握笔的手抖得写不出个像样的字，使原本就不怎么好看的字更不堪入目了。

老师一翻我的作业就问："贾光亮，贾老先生，您到底写的是'甲骨文'还是'楔形文字'，是不是你们贾家独创的'蝌蚪文'？你还是回去研究书法吧，兴许能有大名堂。"

这个尴尬的"例外"，我倒希望一直坐在教室最后的角落里，没人温暖我也罢，至少不会冷得发抖！

我有个绰号叫"清洁义工"：作业没写完，罚扫地；错题太多，也是罚扫地；违规犯纪，还是罚扫地，擦楼梯扶手几乎成了我的拿手活。

可有一次，老师竟惩罚我擦楼梯，擦天天被几百号人踩来踩去的楼梯，还要擦得一尘不染！我恨不得用舌头舔一遍，只要舔一遍马上可以"光彩照人"，我愿意！擦完后，我都不忍心再踩上去，我突然觉得，我绝对有擦皮鞋的天赋，那楼梯发亮得像刚打过蜡的皮鞋！

像擦楼梯一样，其实我可以干好许多事的：班里同学的钢笔、伞什么的，有故障了，都找我捣弄。连我们家的电器，也是经我的维护才让它们继续运转。

我想过简单而开心的生活，摆个修理的小摊，晒着太阳，看着人来车往，做着自己的事，多好！可爸爸不答应，他说，就是自费都要上大学，不能让人笑话，两辈人出不了一个大学生。

在学校，我不开心，被老师被同学瞧不起。我也知道，自己看得起自己就行了，不能活在别人的目光中。可，就我一个人完不成作业时，就我一个人考试得了十几分时，我怎么能看得起自己？

叫贾光亮就叫"假光亮"吧，我也想通了，人和人"光亮"的地方不一样，只是属于我的"光亮"暂时还没有到来而已。

无翅，也要飞翔

没有翅膀，心也要飞翔，没有什么可以束缚梦的翅膀！

——安宁写在日记本上的话

那天，在中心公园，我觉得自己邂逅了"高雅"。

这是一个女孩的背影，她正和"李清照"对视着，而我恰好站在她的身后。乌黑发亮的头发高高绾起后自然散开，如孔雀开屏般，不，比开屏的孔雀还要美丽，翘起又呈下垂之势的头发还在微微颤动，美丽的"屏"后镶着天蓝色的纱带，似乎整个人都将融入湛蓝的天，脱俗欲飞的感觉。

我想近距离地感受这种魅力，就移步过去。

她膝盖上还放着一本书，和"李清照"手里捧的是同一本吗？她们在进行着心灵的交流？我装作走近"李清照"顺势转到她的面前，很随意地一瞥。我惊呆了：右半张脸上有深紫色的一大片！丑陋的夸张，夸张得骇人！

她的目光和我相遇，竟是一脸平和的笑："吓着你了？"她又戏谑道："我没想伤害你的眼睛，我妈见我是女孩，就怕人伤害我，"说到这里，她停住了，抬头仰望天空，"就给了我这个护身符，她就放心地走了。"泪从她的眼角滑下。

这个女孩子，就是安宁。

安宁说，真是怪事，碰到啥难事我都能受得了都能挺过来，只是想到我妈就难受，难受的是我爸太苦太累了。

"一起到前面走走。"我说服了自己，邀请一定孤独到了骨子里的她。

安宁站起来时，我更尴尬了：她的右臂高高凸起，左边倒像没有肩膀般手臂无力下垂，——她还是个残疾人！

"又吓着你了！"安宁的笑很轻很淡，"没办法，我经常伤害别人的审美。"

我想安慰安宁，每个人都有或大或小的遗憾，我之所以戴茶色眼镜，就是因为有眼疾，两眼大小有差异，只是有些缺陷表面上可以暂时遮掩罢了。看着安宁那张虽不美丽然而很自信的脸，我觉得一切语言都是多余。

也许是同病相怜更具有亲和力吧，我和安宁成了朋友，礼拜天经常相约在中心公园的花树间谈心。通过后来的交往，我才真正了解了安宁。

安宁的妈妈是十八年前被安宁的长相及身体状况吓跑的，留下爸爸独自照顾只有三个月大的她。

安宁一提起她爸，就泪流满面。

我从小很自卑，别说出门，连镜子都不敢照。非出门不可时，也是哭过闹过后被爸爸硬往门外拉。跨出了门槛，我就紧紧拽着爸爸的衣角，藏在他高大的身后。

我爸说我的头发乌黑发亮像黑缎子，是天底下最好的头发，给我梳好小辫子就强迫我照镜子。我不照，他就在家里墙壁上装了好多镜子，低头抬头都是。后来，我也发现自己的头发真的很不错，就开始喜欢梳头发，从镜子里照我的头发。

我拒绝出门，任我哭着闹着抗议着，爸爸总是一把拎起我，可怜无助的我就被迫暴露在众人如刺似芒交织着的目光里。他逼着我主动和别人打招呼，逼着我向陌生人求助，逼着我……我是叫"安宁"，可我爸就是不让我安安宁宁地待在家里，总想着法子折腾我。

"像怪物一样，不待在家里，到处丢人现眼。"这样的话听得我耳朵都起了茧，自然就有了抗体：嘴巴长在别人身上，自古就有"人言可畏"，自己的形象本来就对不起观众，也就无所谓了。

我爸说，他不能照顾我一辈子，可我得好好活一辈子，我就一定要学会喜欢自己，使自己快乐。

我爸带我看舞蹈表演，他说，你可能永远没机会跳舞，看别人跳舞想象着自己跟着如何跳，也是一件很美的事。

我爸带我到图书馆借书，他说，这里有比你更痛苦的人，就因为比你更痛苦，才有了那么大的成就。

我爸带我登华山，他说，山路磕磕绊绊是不好走，可只要你攀登，华山不是照样被你踩在脚下……

我总忘不了第一次和爸爸看彩虹的情形。

"爸，快，彩虹！"我指着天边惊喜地喊道。天边，镶嵌着绚丽的彩虹。

"宁宁，彩虹其实就是阳光。"爸爸拍了拍我的肩膀，"雨雾让阳光折射，阳光就成了美丽的彩虹，彩虹就是受了挫折的阳光。"

彩虹就是受了雨雾伤害的阳光？伤害也可以美丽？

"别害怕伤害，宁宁！"我可以感觉到爸爸身子的抖动，"伤害的确不能使你变得美丽，但那么多的经历，你已经变得很坚强了。"爸爸说这些话时一直看着彩虹，"爸爸不能陪你一辈子，最重要的是你要学会使自己快乐！"

安宁看着我，微笑着，可我分明看到泪水在她的眼眶里打转。

"我爸说得对，快乐像影子，只要你迎着阳光奔跑，它就会紧紧跟着你随着你，离开了阳光，它就不存在了。"安宁脸上是女孩少有的坚毅，"我现在最大的爱好就是聚拢阳光，书本中生活里那些感动、恩惠，都可以温暖我给我带来快乐。"

安宁说，上天给每个人的美都是定量的，美是生命的支点，外表不美丽的人，她的美就在言行或者心里。

安宁喜欢读书，喜欢静静地思考，有太多的话已不满足于说给自己而写在日记中。写作，成了安宁飞翔的翅膀！

有个女孩叫多多

多多就是那个坐在教室最后面东北角，那个被倒放着横插着的卫生工具包围着的女孩。她很文静，文静到尽可能不发出一丁点声音，文静到几乎所有人都忘记了她的存在……

让多多难受的名字

多多最不能忍受的，就是她的名字。好像她在这个世界上是个不受欢迎的多余的人。

改名字是不可能的，不过多多还是想过换掉"多"这个字，多多就将自己的名字写成了"朵朵"。白云朵朵，轻盈美丽，很漂亮的名字。可是多多肤色太黑了，同学们径直叫她"乌云"了。后来呢，他们干脆给她写成"躲躲""哆哆"，人高马大既黑又胖的，谁敢招惹你呀，不赶紧"躲开"就得"哆嗦"了。

多多就只好继续叫"多多"了。

教室里的多多

不管换到哪个教室，也不管换多少老师，多多一直坐在教室最后一排的角落里。

多多的视力一点都不好，看黑板模模糊糊的。可多多知道自己就该坐到后面，自己听不懂的太多了，还不如让别的同学坐到前面好好学习。

教室里的多多真的很安静，安静到老师们常常忘了最后面的角落里还有这么一位学生，安静到周围那些破罐子破摔总通过捣乱纪律来引起老师和同学们注意的学生们也不喜欢她。

多多学习太差了，优秀生不愿意跟她交朋友。多多又太文静了，顽劣的学生也不愿意跟她交往。所以多多几乎没有朋友。

教室里的多多，好像待在人群组成的沙漠里，有的只是挥之不去的孤独。

好在多多喜欢画画，各种卡通人物，只是几笔，就活灵活现。也许，画画是多多用来对抗孤独的武器吧。

多多一直很努力

多多特别看重班级荣誉，所以多多也就很讨厌自己考试总拉低班级的平均分！

其实多多是个很用功很努力的孩子。

一次，老师没布置具体作业，只说本周学过的单词没有次数限制，写会为止。

周一检查作业，老师问谁没有完成作业时，全班只有一个学生举起了手，多多！老师检查她的家庭作业时，发现16开纸足足写了24页！老师疑惑地看着她，还有谁比她写得更多？

"写了这么多，我还是没全记住。"多多红着脸说。

尽管如此，多多还是学不好功课，学不好功课的多多依旧很按时地往返于学校和家之间。多多牢牢地记着语文老师说过的话："不是每件事情都是我们喜欢做的，只有把自己不喜欢的事情也能做得很好的人，才是最棒的！"

多多也想成为最棒的人，多多一直很努力。

做值日生的多多

紧握着破损得如同涮桶刷子般孱弱的扫帚，顺着砖缝划拉着久积的垃圾，不是弯腰而是蹲在地上。

是多多，在打扫卫生。

多多是个细心的女孩，她还拨开清洁区高大的冬青，钻进冬青丛中，把里面久积的垃圾都用木棒划拉起来，扔到冬青外面的空地上。

多多有她的想法：她要把清洁区彻底打扫干净，她想用做值日向同学们证明：她，多多，只要用心，也可以做好很多事情的。当然，她更希望得到班主任赵老师的表扬。赵老师说话时的声音真的很好听很好听，只是……只是自己考试老拉低班里的平均分，惹得赵老师见她就来气，多多也就很不开心。

就在昨天晚上，多多睡觉时竟然"咯咯"地笑了起来，好一会儿都止不住，还是被妈妈推醒的。她梦见赵老师摸着她的头，像看赵颖（他们班学习最好的女生）般地看着她笑，还开口说话了："多多呀，想不到你原来也可以做得很棒很棒的！"

恰好今天轮她值日。多多想，今天一定要做得很好，只要自己好好干，那个好梦就会成真！

多多费力地捣弄着清洁区死角那些已经积淀得很瓷实很瓷实的垃圾。汗水流下来，多多手背一抹，脸蛋也变成了脏兮兮的，可她心里乐呀。

可惜的是，赵老师竟然没来检查晨读，更不用说检查清洁区的卫生了。

多多眼里的老师

多多特别喜欢上语文课，这个学期新换了语文老师，讲课博引旁征，妙语连珠。当多多说"语文老师讲得真好"时，几乎所有的同学都笑了：啥都听不懂的人，有啥资格评价老师讲的好坏？

多多觉得很委屈，她是不会炒鸡蛋，可她也能吃出爸爸妈妈谁炒的鸡蛋好吃，这不是一样的道理吗？

不过，这并不影响多多上语文课的积极性。也许老师压根就不知道教室最后的角落里有个特别崇拜她的女生多多，也许老师连她叫多多都不知道，也许老师压根都没正眼瞧过她，可对多多来说，只要能听到语文老师讲课的声音就足够了。

多多不喜欢总是凶巴巴的英语老师，她训起人来就像举着锄头发狠似的锄地，或者像拼了命似的砸石块，那些话落在谁心里，也是一个坑一个坑的。英语老师很容易就生气，一生气就皱着眉头声音尖厉地开骂！

数学老师，政治老师，历史老师……这些年龄大点的老师，都很随和。

没有老师注意到多多，多多一直注意着所有的老师。

多多的快乐

多多最快乐的时候就是站在蛋糕店前，看做蛋糕的师傅用那双神奇的手绕来绕去就做出了各种造型：温顺的绵羊嫩嫩的青草，陡峭的山奇异的树威猛的老虎，皱纹里都流淌着笑的老寿星……

多多的梦想就是做个糕点师。多多想，自己真成了糕点师，一定先给爸爸妈妈做个很漂亮很阔气的生日蛋糕！他们为了自己好好上学从农村搬到城里，靠卖早点很辛苦很辛苦地挣钱供自己读书。

这也是多多喜欢画画的真正原因，多多希望自己以后能在蛋糕上画画，让那些吃到自己的蛋糕的人得到像自己做蛋糕时一样的快乐！

上学放学的路上，多多总要在蛋糕店的橱窗前待一会儿，看师傅做蛋糕时的多多是最快乐的，那笑呀，从咧开的嘴里直往出淌……

多多的烦恼

可一想起爸爸妈妈，多多就快乐不起来。

多多的爸爸妈妈卖油条豆浆。任何时候走到别人跟前都是一身油腥味，闻得多多都头晕。这还不都是为了她能在城里好好上学？多多一想到这，心里就难受，难受他们那么努力自己却怎么也学不好。

而爸爸妈妈目标明确态度坚定：多多必须考上大学！

考不上？自费也得上！没得商量！总不能让乡亲们拿屁股笑话他们两口子，千辛万苦把孩子转到城里却是死猫扶不上树。就是仅仅为了保全他们的颜面，多多都得继续上学，直到在想象中迈进大学的校门。

多多已经筋疲力尽了，她觉得自己距离爸爸妈妈的要求是那么遥远。她才初一，就总排在班里最后几名，要是她能考上大学，大学就真的没有"围墙"了。

课代表收作业时，常常甩着本子很不耐烦地催促：给你一个本子随便抄几笔就行了，快点！

可多多宁愿因为没写完被老师训斥，也不会抄。多多觉得，自己本身学习很差，不能因为本身很差的学习让自己成为弄虚作假的人！

多多也想学好，多多也在分析自己学习不好的原因。

爸爸妈妈为了她起早贪黑，从小懂事乖巧的她，总是得空就帮他们干活。爸爸妈妈不要她插手时，她就偷偷看着他们，总不能集中精力学习。最重要的是，她从拐把子村转进城里学校时，看着陌生的英语课本一句话都听不懂时，才知道别的同学已经学了三年了！其他学科也一样，是城里的学生聪明还是城里的老师讲得快，反正在她还含糊不清时，一课一课没容她喘口气就揭过去了。时间长了，她就被那些日渐增多的"不理解"压趴下了。

多多失踪了

距离中考还有 20 多天，多多连续两天都没来学校，班主任也没放在心上，再坐上 80 天也就那样子，来不来都无所谓。

当多多的爸妈找到学校时，老师和同学们才知道原来多多没来学校。

天哪，平日里那么文静那么腼腆的多多能离家出走？用头发丝想想都知道是绝对不可能的事！

但这不可能的事的确发生了。

幸福的多多

已经是 11 月了，多多的爸妈收到了一封信，看着信封上那熟悉的字迹，他们的手颤抖地撕不开信封，那邮戳竟然是遥远的南方城市。

多多的爸妈急切地撕开信封，滑出来几张相片。

雪白的带有花边的厨师帽下是张灿烂的笑脸，要么端着一个漂亮的大蛋糕，要么正低头精心地用各色奶油装饰蛋糕，每张相片上都用彩笔写着"幸福的多多"。

"……中考结束了，新学期早已开始了，你们找到我也没用了。我怕自己少得可怜的分数让你们伤心，更怕你们花很多钱让我自费上高中……我现在很快乐。瞧，照片上的我笑得多开心！"

如今的多多，经常给家里打电话。用她妈妈的话说，我那傻女子高兴得呀，电话线都抖动呢。

后记：其实，每个孩子都有自己的快乐，包括那些一直坐在教室角落里被老师忽视的孩子，不是吗？

我曾是个坏孩子

儿时的我总在执拗地做着各种荒唐事，是个让爸妈发愁的十足的坏孩子。

玩具旧了，想换个新的，找了妈妈好多次。可她老是说，你看那些孩子，连旧的都没有，你已经不错了，先玩着吧。在妈妈第 N+1 次拒绝了我的要求后，愤怒在我心里拳打脚踢，我都能听见我的胸腔在疼痛不堪地喊着"要炸了，受不了了"，我实在无法安置好它们，索性任其逃窜出来。

愤怒耍起了小性子，它勾引我的脚使劲地踢了一下哥哥的球来发泄。结果，球碰到墙上反弹回来，直接就击中了我的下巴，钻心的疼。被愤怒挟持了的我，转身就跺着脚冲着妈妈吼：看你不给我换新的，叫球都把我砸疼了……妈妈并没有惊恐万分地跑过来蹲下去察看或安慰我，只是笑笑罢了，继续做自己的事情。她已经习惯了我的无礼。

愤怒也灰溜溜地跑了，剩下了我，只有无趣地离开。脚狠狠地踹着空气，地上竟没有让我泄愤的瓦片或土块。

想换新衣服了，但是大姐穿过二姐又穿过的旧衣服，我都穿了一年多了，还是完好无损。妈妈缝制衣服，只看布料结实不结实，对了，还看耐脏不，才不去理会好看不好看。我得想办法让这破衣服赶紧报销。

我的心眼有多坏，连我自己都觉得可恶。人家孩子在地上围一圈玩抓五子，我呢，在砖地上磨袖子。哈，袖子终于破了。我装作很随意的样子，挥舞着衣袖从妈妈眼前跑过了好几次，妈妈头都没抬，好像我真的是一阵风。我只好在她跟前停住了，很直接地抬起胳膊道，看，袖子破了，穿不成了。妈妈抬头看了一眼，"哦"了一声，继续低头做针线活，似乎没有上心。我就蹭到她怀里，再次高举起胳膊让她看。妈妈不耐烦地拍打了一下我的小脑袋，训斥道，"费缰绳的驴，就你能胡踢胡蹦跶"。

耍心眼闹腾的结果是，那衣服真的成了难看的破衣服：妈妈只是贴了片布头上去，并没有给我做新衣服。唉，我的固执只是让一件原本不怎么好看的衣服变得更难看，并不曾将它推离我。

有时，我也觉得自己有些过分，或者，恶劣。霸道地占有了表妹的玩具还用难听的话羞辱她，谁让她天生是张麻子脸。表妹哭着找我妈诉说。

妈妈很生气，冲过来挥手狠狠地打了我一巴掌。我的驴脾气上来了，边靠近她边喊着："打，再打，把我打死，打不死你就不是我妈!"而妈妈，真的拒绝所有人的劝阻，暴打了我一顿。我无赖般躺在地上打着滚，妈妈一脚一脚地踹着我。

……

越来越多的事让我渐渐意识到，原来所有的邪恶，都只会让我的处境更糟糕。我还没有傻到冒烟，慢慢地，便不再偏离正道滑向邪恶了。

我终于知道了：只有努力，才有可能得到自己想要的；只有让别人舒服，自己才不至于过于难受难堪；只有自己身上散发了芬芳，才不会惹人生厌，才可能找到相同的气场……

多年后，妈妈看着我满脸欣慰。她说，你生得就倔，接生婆拎着你的腿再怎么拍打屁股你都不哭。大了后也是全由着自己的性子来。再不好好管教管教，还不定斜路跑多远呢！

说这话时的妈妈，目光里尽是疼惜。

风里飘着花的香

记忆里的女人

我常常想起那个女人。

二十二年前，我去秦岭山里采风，有幸遇见了她。那以后，她一直亭亭玉立于我记忆舞台的最显眼处。似乎一转身，就看见她在向我浅笑。

第一眼看到她时，我惊讶得眼珠子差点撑破眼眶：偏远闭塞的山野，怎会有如此优雅俏丽的女人？

高挑个儿，发髻用粉色发带高高绾起又自然斜斜垂下。一身翠绿色休闲衣衫，衣衫的素雅无法掩饰气质的高贵。我进门时她转身微微一笑，千娇百媚在沉静里肆意流淌。

同是女人，我竟然不愿也不敢直视她的眼睛，我怕从那瞳仁里映出自己的粗俗。也就是在那一刻，我决定在这户人家借宿，哪怕她是蒲公笔下走失的狐魅。

我不知道她何以来到这个山野人家，不知道她曾历经了怎样的沧桑或苦痛。我见到她时，她已经在那里生活了近十年。

她似乎已经完全融入了那种生活，脸上没有不甘没有怨恨，只有平和的浅笑，也只是低头做着自己该做的家务琐事。少言，说"无语"似乎更恰切。

她似乎又游离于那儿，只是漂浮在自己的世界里。她固守着自己的许多习惯，与山里人格格不入：每天早晨在院子

第六辑 风里飘着花的香——

里舒展身体后沿山路跑步，晚上睡觉前必须洗脚漱口；每次做饭前用开水煮烫餐具，很简单的菜搭配得色彩漂亮营养科学；衣服不是直接搭在铁丝上晾晒而是用衣架撑起，输液瓶灌满开水滚动着熨烫衣服……

每天晴好的傍晚，她都会独自走出家门，向西，走上山坡。坐在石凳上，直瞅着夕阳彻底消失。站在院子里，可以看见山坡上女人美丽的身影。大山是女人温柔的靠背，晚霞又给女人编织了华美的披肩。

那是一幅迷离得让人觉得失真的油画，似乎你一伸手，就可以将她从画里环抱而出。我好几次看着她走了神。

男人有时会喊一声，妞妞，去陪陪你妈。

小女孩就一蹦一跳地进了画里。我一直觉得，那一刻的妞妞，是全世界最最幸福的人！

男人笑着跟我说，那石凳还是我打磨的，平滑得很，坐着很舒服。

我问，你就不陪陪嫂子？

男人笑了，笑时的男人更像个羞涩的大男孩。他说，我又不知道她心里想啥哩，干坐在一边不好吧？她爱静，还是不打扰好。谁都有自家的心思，心思就像自留地一样，各人想种啥种啥。是不是，大妹子？

我知道男人不需要我的回答。或许他已经习惯了自己说给自己。

男人在女人面前总是一脸难以遮掩的卑微。看女人的目光是讨好的怯怯的，跟女人说话是请示似的商量口吻。

他们啊，给我的感觉，更像是童话里美丽的公主和丑陋的仆人，而不是同眠一张土炕已经有了女儿的米面夫妻。

我借宿在他们家的那几天，试图打探出点什么。

女人绝口不提过去，只是静静地享受着她的现在。说享受，因为她不用做一丁点农活，男人全包揽了。每天，就是收拾一下家，做一日三餐。

女人做得更多的，是教妞妞唱歌写字画画。对了，妞妞和女人一样，是一口很标准又很甜美的普通话。只是，妞妞活泼，女人沉静。

二十多年后的今天，我常常想起那个女人，想起当年那个叫妞妞的小女孩，在大山里说着纯正普通话的她，此刻在干什么？

有时，人生有太多的无奈，环境真的不是你我能决定的。失去固有的环境时，我能否像那个女人，守住自己的生活，继续前行？

我常常想起那个女人，守着自己的习惯、守着自己心里所想，却又实实在在地活在当下的女人！

拾荒的老妇人

我看见那位老妇人时，她正弯着腰，上半身都已探入巨大的垃圾箱里，我是从衣着上辨别出应该是个老妇人。

鼻子一酸，我止住了脚步。

过了一会儿，那人直起了身子，果然是个满头白发的老妇人。我没用"满头银发"，觉得这个词因为有"银"，便显得很富贵很安逸，她的头发只是白，空洞而无依靠的白。她没有像别的拾荒者那样，戴副手套，或拿个铁钩什么的，就那样赤着双手在人们丢弃的垃圾中搜寻，打捞着自己的希望。

她伤心吗？或许就是因为老伴儿没有积蓄或退休金不足以让她过上安稳的日子，才这般艰辛。

几十年前，她也一定带着少女对生活的憧憬与热情步入婚姻的殿堂，成为某人的妻子，开始了女人的第二次生命。岁月真的如刀吗？一刀刀划去了她如花的容颜，刻下沟壑纵横的皱纹，留下丑陋的老年斑，岁月真是嫌贫爱富可恶之至！

她难过吗？或许就是因为儿女们的无能或是不孝使她不能老有所养，才这般辛劳。

多少年前，她也一定用这双曾经细嫩光洁的手抚育过他们，为他们遮挡过可能到来的每一次风雨。在她，儿女只是前世的冤家今生的债主？莫非此刻，她的儿女们还在自己的小家里幸福地延续着晚上的美梦？

　　她仅仅是我在去学校的路上偶然遇到的拾荒老妇人，她的身影却扯住了我的眼睛，缠住了我前行的双脚。她是个女人啊，极可能是个母亲。一想到"母亲"这个词，我的眼睛就湿润了。

　　"娃娃给大人开'天大的口'都好开，娃娃就是大人的天；大人给娃开个口，能挣断筋。"母亲曾在感慨别家的事时，说过这样的话。

　　"开口"，在我们这里，就是"提条件"。母亲直到去世，都不曾向我开过什么口，她总是很随意地和我商量，也就一次次被我很随意地拒绝。

　　"凌娃，忙不忙？妈想过来看看虎子。你忙的话，就算了。"我当时因为儿子在输液，怕母亲来了给我添乱，就以"忙得要命"不耐烦地回绝了。第二天下午，突然接到孝平哥从医院打来的电话，他很含蓄地说我的母亲脑溢血昏迷了。一直没苏醒的她在两天后永远地走了。九年多了，每每想起此事，我恨不得抽烂我的破嘴巴。

　　没儿女的女人是令人同情的，有不孝儿女的女人则是悲哀的。我的母亲啊，您是不是就是女儿不孝的悲哀的母亲？

　　老妇人还在那里搜寻着。

　　您看上去是那么苍老，我分不清是实际年龄还是艰辛所致。您，有儿女吗？他们究竟窘迫到何等境地，才无力照顾您？抑或他们也像我般粗心忽视了老人，才致使您不得不如此生活？

　　这些，我都不得而知。我所知晓的全部就是：

　　清晨六点一刻，一位满头白发的老妇人在拾荒。

李老师

村里人一直叫她李老师，不过她已离开学校多年，是个正儿八经的农村妇女。

李老师教书二十多年，一直是民办教师身份，那时想转成公办需要考试。每次考试她都稳居前列，却都在最后体检时被告知身体不合格，自然就辜负了全县前列的好成绩。屡屡如此，她就绝望了，心一横，干脆离开学校做起了纯粹的农民。

成了农民的李老师，依旧被村里人"李老师"地喊着叫着，声音里的敬重丝毫不减。只是，"李老师"可不是白叫的，她不在学校忙孩子们的事却在村里忙起了大人的事。

东家妯娌有矛盾，西家婆媳闹别扭，巷子里哪户跟哪户有了一时打不开的心结，都请李老师说事（调解）。其实李老师教的是数学，也绝不是能言善辩巧舌如簧的人。她话少，做事干脆利落，不拖泥带水。可大家就是信服她，有点像民间妇联主任，比官方妇联主任更让人信服更有威望。

这信服这威望咋来的？

李老师一直在村里教书，村子小，复式班，一带就是三个年级。二十多年走过来，村里人差不多都是她的学生了。打了骂了，压在学校天擦黑才做完作业又不放心地送回家；踹了捣蛋的哥哥一脚，又给懂事的弟弟整理衣领；自己孩子半新的衣服给了学生穿，可之前还拧着那淘气鬼的耳朵嫌马虎不认真……李老师脾气并不好，可乡亲邻里知道李老师是贴着心为了自家孩子，打是亲骂是爱，咋样都行。连老支书都常跟李老师说，那些碎崇，该骂就骂该打就打。李老师也不客气，该咋就咋，所有孩子一视同仁，包括老支书的孙子、村长的儿子。

心清如水的村里人也看出来了：俩兄弟闹矛盾，李老师比他们的娘舅都管用，在学校里拧过耳朵打过屁股，谁不听李老师的？村里人才不管你是不是嘴能说得开朵花，只看你心里亮堂不亮堂，做事公正不公正。

李老师的孩子们懂事好学，也都考上大学，端上了公家饭碗。这更是村人们仰慕的地方，也铁定了李老师是好老师的地位，大家也因此心安了：人有一亏，天有一补，老天爷不亏好人的，李老师没转正，可人家娃吃上了公家饭。

李老师走在村里，这个"李老师"地叫，那个"李老师"地喊，她应答得也很响亮，丝毫没有不在学校还被人叫老师的不好意思。只要有人找，李老师会丢下正在烧水的热锅给人说事去。

天天给人说事，装了一肚子事的李老师，却从不掺和东家长西家短的八卦事。直到今天，走进那个村子里，还会听人说起"李老师在时……"

陈老爷子

陈家千金、万金、亿金三姐妹着实让很爱面子的陈老爷子丢尽了颜面。

陈老爷子在方圆几十里是出了名的：家境殷实，可就是人丁不兴旺，仅有一女，给女儿招了个上门女婿。当知道女儿生下个丫头时，陈老爷子心里那个窝火呀，没法提了。

左邻右舍就热闹了。

"日子过得再好，有啥可炫耀的？连个带把的也生不下！"

"太有钱才生'赔钱货'！"

"……"

语言里尽是幸灾乐祸。

话越传越多越难听，陈老爷子甩出话来："女娃咋啦？只要落在我陈家炕上，都是银疙瘩、金蛋蛋！"

第一个孙女遂取名"陈千金"。

第二个呢，瓜熟蒂落，又是个女娃，陈老爷子只得继续着他的金贵理论，取名"万金"。陈老爷子说了，就不信这邪气？她要是生第三个女娃，我就敢再取个"亿金"，姓陈的娃就没多余！

老天爷可能照顾陈老爷子想让他放出的话落地有声吧，于是真的就有了"亿金"。

别看叫"千金""万金""亿金"，可从陈老爷子嘴里喊出来，就像"咯嘣""咯嘣"地狠咬豆子。

陈老爷子是个精明的商人，成功地避开了各种伤害，运动的冲击，同行的嫉妒，可就是一连三个丫头片子，的确让他心头堵得难受。不过，好在陈老爷子的生意依旧红红火火，对他多少也算是个安慰吧。

红眼病是唯一没人担心后果且容易反复发作的心理疾病，这种怪病导致人们非但不同情陈老爷子还一个劲地嘲讽他：

"钱是他先人？笑话！钱能给他生下'牛牛娃'？"

"老天长着眼，有了这个就没了那个。"

"钱再多，没人来接他的钱匣子多可怜！"

其实，陈老爷子心里明亮得跟镜子一样，他甚至都承认自己是"外强中干"。也许，自己真的是将陈家祖坟的灵光都拔尽了，以至于再生不出个牛牛娃来？可不，楼，盖得再高，没有真正姓陈的来住。钱，挣得再多，没有货真价实的姓陈的来花，这，不仅仅是遗憾了。

三个丫头片子出了大学门后都天南地北远走高飞了，只是不约而同，三个重孙都姓陈，陈苗、陈树、陈果。然而陈老爷子却说，只要苗壮树高果儿甜，是哪家的都是好事。陈老爷子喊重孙们时，从不带姓。

人们又说了，那是心虚，连姓带名喊又咋的，毕竟不是自己地里的正宗苗苗。风言风语总是传得最快传得最广，陈老爷子只是淡淡一笑，并不解释什么。

从2005年开始，期末考试，我们陈庄小学各年级前三名学生都可以获得500元的"茂德奖学金"，至今年年如此，用来激励孩子们。

陈茂德，就是陈老爷子。

房东老太太

经常想起曾经的房东老太太，一个极温和的老人。

每天上下班，坐在院子里的她总会主动同我打招呼，而她的招呼，真的是别具一格：

"娃，上（shuo）班呀。"

"娃，下（ha）班了。"

听着都难受：我们这儿的乡下，"上"读"shuo"，有"爬"的意思，比如"shuo 树、shuo 墙、shuo 山"，得好好使劲用力吧；"下"读"ha"，多指"从高处小心往下"，比如"小心看着，抓住旁边的东西，慢慢 ha"，是不是也得小心谨慎？一般城里人是不发那个音的，可老太太真是个例外。

一听她的"上（shuo）班"，我就有种浑身要流汗的痛苦，就想到绑着斧头"上树"扛着锄头"上山"，也就凭空生出力不从心的感觉。回来时再听句"下（ha）班"，竟然有种庆幸的感觉，我安全健康地回来了。

我也曾有意重复着"上（shang）班去""下（xia）班了"，意在提醒她将那两个字改过来。无济于事，也就放弃了。

恐怕，只有我一个人能享受到这种独特的问候吧？再这样想想，就不由得笑出声来。

老太太还有一绝活：见药就吃。

她儿媳曾很生气地跟我说，老糊涂了，吃出问题，谁能收拾？

我就凑近老太太的耳朵，大声说："药是不能胡乱吃的。"老人笑呵呵地看着我，说："掏钱买的，剩（ha）下不吃了就扔了，把钱扔了不可惜？要扔就扔到我肚子里，药就是治病的，又不是农药，怕啥？"

还别说，老太太谁剩的啥药都吃，九十多了，身体倒很硬朗。

老太太还养了满院子的花，说是"花"，又有些寒碜。不管谁给她什么种子，到了该种的时节，她随手往院子里一抛，拿拐杖在土上划拉划拉，至于种子盖没盖上土，那就看它们的造化了。

出土了，泛绿了，拔高了，反正都是绿绿一片。到后来呀，杂草比种养的都高。老太太还不让人打理，说起来一套一套的：

"哪个往出长不费劲？出来了就叫长着。"

"一草一命，一花一福，老天都不拦着，咱不多事。"

"一样的薄土，一样下（ha）的雨，一窝子长。谁长得好，那是谁的骨子硬。咱一个外人，管那么多干啥？"

"……"

有一次，我拎着一大塑料袋旧衣服准备去扔，正巧她坐在门口，依旧殷勤地跟我打着招呼："星期天都不歇歇，还忙哩？"当我说"扔点废东西"时，她笑了，嘴角一撇，"就没有用不成的，都是没用对地方的，烂棉絮都有塞窟窿的时候。"

嗨，想想也是。输完液体的塑料管，她冲洗干净后编成各种小玩意儿送给娃娃们戏耍；从工地上拾回来的线轴辘，碎花布拼个图案套上去就是好看的坐墩儿；儿子的秋裤不能穿了，两个裤腿一收拾就成了她的套袖；孩子们用过的油笔芯一节节剪开、染色，就穿成了好看的帘子……难怪在老太太眼里，就没有废弃物。

我又将塑料袋拎上了楼，完好无损还可以再穿的，需要缝补才能穿的，分开装在袋子里，送给了老家在乡下的门卫师傅。

搬离租住的房子也已经六年了，还会时常想起房东老太太。

街边的老人

在南关市场的拐角处，看见一台爆膨化食品的机器。

从机器的那个圆孔里你推我搡蹦出来的，都是空心圆筒状的食品。出口处热气腾腾，连空气里都弥漫着香甜味儿。旁边一个人热情地做着解释：黑色的是黑米做的，黄色的是玉米做的，雪白的是大米做的。想到儿子小时候喜欢吃膨化食品，便10块买了一袋。

走至菜市的中段。

娃，你拿的那是啥？

问我话的，是街边一个老婆婆。她的前面摆着扎成捆的小青菜，还有一堆青椒。看样子是从乡下赶进城里卖菜的老人。

膨化食品，脆，甜。我笑着回应道。看老人眼神里的稀罕样，我打开袋子，抓了一把，说您尝尝。

蛮脆的，就是甜。老人一脸欢喜，又说，现在的东西，越来越好吃了。

瞧见老人的嘴唇是皱在一起的，想来她老人家的牙齿也不怎么好吧。突然觉得心里酸酸的，就将袋子整个儿塞进老人怀里，说您好好尝尝，味道就是不错。

我转身离去时，老人冲我喊着，话语里尽是不好意思。我不要，我咋能要你的东西？咱俩又不认识。你给你娃带回去。

我说，您牙齿恐怕不好，这东西正好，进嘴就化。

遂快步离开。

我听见老人还在说着"这女子真是好心肠"之类的话。

仅仅因为给老人家留下 10 块钱一袋的膨化食品，我就成了她眼里的好人，看来，做好人并不难。

也不知道为什么，一直以来，我对街边卖东西的老人特别留意，也就常常做些别人眼里的傻事儿。

那卖五香豆的老人，用纸卷成筒，五毛钱一小筒。的确一直反对孩子在外面随便买吃的，怕病从口入不卫生。可每次路过，我都会给自己和孩子各买一筒。还有那个卖气球的老奶奶，我常常买一个，走到半路，就送给了小孩……

那卖菠菜的大娘，一块钱一捆。其实我只需要一捆就可以了，却觉得只买一捆就用老人家一个塑料袋有点过分，就买了三四捆。那卖葱的大爷，裹紧大衣还在风里跺着脚，我买一捆他肯定能早点回家……

经常如此。几乎每次如此。似乎就没有需要不需要，只要见着那些在街边卖东西的老人，我就涌起购买的欲望。

街边的老人，常常让我想起自己的父母，尽管我的母亲早已去世，我的父亲也不至于跑上大街去卖东西来谋生，可我就是看着街边的老人就想起我的父母。

街边的老人，我永远无法说服自己漠视。

九儿媳妇

祖父去世，我回了趟老家。

在厨房里里外外穿梭着的帮忙的女人中，看到她的第一眼，我才意识到将美丽女人比作"花"是何等肤浅以至于无知：摇曳的花的美因张扬而显得艳俗轻浮，真正美的女人应似温的玉，美丽而不妖冶，清丽而不张扬，还直暖心窝，宁静舒心的美！眼前这个女人，就是块"温玉"，整个人儿都浸泡在美里的女人！

听说她是九儿的媳妇，老家祖屋右边邻居九儿。

九儿比我大两岁，记忆中的九儿，结结巴巴半天从 1 数不到 10，总是被伙伴当玩物，没玩具没笑料时才会想起并扯过来玩玩的替代品。九儿好像上了四年学，比我早上一年，直到我上三年级他还在二年级，后来干脆辍学跟着他爷爷割猪草放羊了。后来的九儿，变化似乎不大。印象中笨点的人大多行动迟缓，肥头大耳一脸赘肉，而九儿，背有些驼，却是尖嘴猴腮，走到哪儿都是一脸傻笑。

她，竟是九儿的媳妇？

同为女人，看着她，我突然觉得心口堵得慌！

晚上，父亲让我在厨房里走动招呼。所谓"招呼"，就是看着别让帮忙的人乱拿东西，以免次日上席面时材料不够用。

我第一次悲哀地发现，原来厨房里帮忙的女人们，也拈轻怕重躲奸溜滑，贪占小便宜。孩子们来了，烧鸡、猪蹄、各种袋装熟食，甚至一袋袋馒头，就开始流动了。而我，面子薄，有点过头的话又说不出口，还不会巧说，只有傻傻地站在那里沉默。那些女人冲我一笑，孩子穿梭她们忙碌，该干啥依旧干啥。我觉得自己滑稽得像个误入人群的稻草人。

"嗯"，九儿媳妇拉了那个正取五香猪蹄的女人一把，指了指一圈桌子，明天开席的四十张桌子已经摆好了，然后一把夺过盖上筛子。

"哑巴能个屁！"那女人生气了，"能得你下辈子还是哑巴！"她恶毒地诅咒着，让孩子拿了袋香肠走了。

她……不能说话，是个哑巴？不能说话的她原本可以睁只眼闭只眼的。我心里很不舒服，为她被人恶毒地诅咒，也为我的乡亲。

该装席面碗子了，那几个女人站在一边说着笑着。"火头"抢着勺子喊着"快洗碗""快洗碗"。"歇会儿，催命呀！"有个女人扔来一句后继续她们的东家长西家短。

九儿媳妇早在那儿挽起袖子一个人清洗了。

我走过去帮着她洗，我第一次向聋哑人竖起大拇指。她看着我笑了，我看见了她脖子上晃动着的木刻项链，很质朴的那种。突然就有种落泪的感觉，赶忙走开。

她是如此清丽呀，同是女人的我没有嫉妒只有爱怜。我抱怨命运的残忍，她和九儿那样的男人一起生活了多少年？少女的她曾有着怎样的梦想呀，祖屋旁两间风雨中摇摇欲倒的破屋也没有让她对美的憧憬暗淡，项链依在。

后来，我和婶娘说及九儿媳妇。

"老天爷没睁眼，能看见啥？"婶娘开了口，"还是你花婆的媒人，那好的女子给了九儿!"

听婶娘说，九儿媳妇是快两岁时生了场病，哑了。七岁到九岁还在西安聋哑学校待过，只是后来家庭发生变故，兄嫂只是想尽快将她推离手边，九儿就幸运了。九儿动不动还爱打她，不是嫌谁多看了她两眼，就是嫌她收拾得太利落了。

婶娘还在说，说九儿好吃懒做，只会给媳妇耍脾气，说九儿媳妇的眼尖手快很是能干……"穷窟窿大了，九儿又不听她说，就媳妇一个，再能干，穷皮也难脱。"

祖父已经入土为安一年有余，我放不下的，却是九儿媳妇，我也第一次真切地理解了"婚姻是女人的第二次生命"这句话。

老贺那些事

老贺身上每天都有精彩或耐人寻味的事儿发生。

老贺喜欢摄影，不，不是喜欢，是眼里只有摄像机而无他物的迷恋，是只有拍摄者而忘记自己的痴迷，是可以挽起裤腿下水就是为了拍摄一瓣似落非落的荷花的倾情。

一谈起摄影，老贺那胖乎乎的脸蛋就奔涌着欢喜。那一刻他的脸庞，就是"滋润"的大写意。

那次结伴爬山，正在修建寺庙的和尚问老贺能否给他拍张照片。老贺从不拒绝无偿服务，且乐此不疲。

我听得出老贺嘀咕：和尚与佛有着千丝万缕的联系，是不能随便摆弄的。人家咋坐，坐哪，随他。

和尚就坐在茶几旁。老贺找了几个角度，似乎都不理想。

和尚前面的茶几上有尊菩萨。

老贺眼睛一亮。他跪在地上，不，不，后来是趴在地上，斜举着相机，挪动着连拍两张。

趴在地上，斜举相机，菩萨刚好就置于和尚胸前。

一张，菩萨很真切，和尚有些模糊。另一张，菩萨模糊成一团，和尚却很清晰。

和尚又问第一张自己何以如此模糊。老贺说，菩萨在你心中，你已是善的化身了。所有心存善念的人，都像你。你就不是简单的凡体肉身了。和尚连连点头，很是满意。

和尚又问第二张菩萨何以模糊不清。老贺又道，菩萨代表着所有的善念，菩萨又哪会是某个具体的人？菩萨模糊不清，是因为菩萨已经融进了你的心里，你的言行举止就代表着大慈大悲的菩萨。和尚更是满意。

开车回去时，我拍了拍他的肩膀戏谑道，老兄，你可以不办证直接营业了，坑蒙拐骗天下无敌！

老贺一脸憨笑，说过奖了。他积德行善更好，心里有菩萨，就不必太注重外形；心里有菩萨，给人的感觉自然胜似菩萨了。

临了，老贺若有所思又像自言自语：给一个不知根底的和尚拍摄，还能咋拍？

其实更牛气的是，老贺拍摄，似乎与被拍摄的满意程度无关。只要他觉得没有达到自己想象中的效果，即便被拍摄者很满意很满意，他也不会给你照片的。套句时髦的话，老贺摄的不是影，是艺术。有幸进入老贺镜头里的，无不觉得自己被艺术化了，但的的确确是真正的自己。即使懒散邋遢如我，也情不自禁地爱上了老贺镜头里的自己。

我的散文集出版时急需一张相片，一向懒散的我这才慌了，急呼老贺救援。

我已经觉得拍摄得很不错了，老贺却说不行不行，哪有作家的气质？你长得困难成啥样那是你的问题，我要拍出我心里想的眼里看的作家的你。

后来，见到照片的熟人们都惊叹，老贺的眼睛就是毒，一下子把我的作家气质激活了！

千说万说，也都算闲话。老贺最最重要的身份是经理，他经营着一家规模不小的皮鞋专卖店。摄影，或者写作，甚至绘画，都只是老贺忙里偷闲的精神活儿。

我最感慨叹服的是，老贺对假币的处理。一旦察觉并确认是假币后，老贺印章一盖，直接就贴在墙上，绝不会再次流通。

老贺说，咱走眼就认栽，再害人就没品了。

老贺还说，吃得起亏，做人才能气正。

老贺总说，把和自家有关的大小事干好，就是实实在在的大好人。社会出了问题，就是因为许多人把自己应该干好的事情没干好。

老贺经常说……

不唠叨了，再写一篇《老贺语录》吧。

老人和她的奶羊

小区外那位牵着奶羊的老人是在三聚氰胺惊吓了我们之后出现的，自从那让人想想都恶心的奶粉事件后，小城涌进了一批牵着奶羊挤卖鲜奶的乡下人。

老人爬满老年斑的脸上总泛着笑意，梳理得一丝不乱的发髻更衬出她的利索。她的奶羊白白净净，垂着的奶被包裹在专门缝制的大布袋子里，这，倒是老人与其他卖奶者的明显的不同。

有生意没生意，老人都不急不躁一脸平和安静的笑，清闲时见到进出小区的人还主动打招呼。我特别喜欢看着老人，她那老年斑和慈祥的笑让我那已经模糊在记忆里的姥姥开始鲜活起来。老人的生意一直不错，我就天天光顾她的生意。

老人挤奶时戴着白白的棉手套，这又是和别人的不同。我说，您还真是个细心人哪，羊照顾得这么干净，还戴着手套。

"你们城里干净，入乡随俗。再说了，吃喝的东西，不干净也过不了我自家的眼。"老人很坦诚地回答道。

后来，竟然有人开始弹嫌（挑剔），要求自己挤，连白手套也不放心。老人妥协了。可奶也不是谁想挤就能挤出来的，羊疼得直躲，就是挤不出奶，到头来，还得烦劳老人手

第六辑　风里飘着花的香—

189

把手教。一个人得逞了，效仿的人也就多起来了，我甚至怀疑那些人只是觉得自己挤奶好玩而已。

老人真是好耐性。

人的欲望是没有上限的，于是，又有人提意见了：该准备一大桶水，谁的手都摸奶不干净，得洗洗奶头。

我是笑出了声的：摸奶是事实，可摸的不是出奶的地方呀，真是的。

老人就有些为难了，哪里找水，又哪来大桶？好在我家就在一楼，就将这个问题给老人解决了。一个像我故去的姥姥的老人，随和善良，不是迫于生计，谁愿意奔走在拥挤的城市里看人眉高眼低？

老人却不再收我的奶钱了，死活不收。

老人的生意倒是一天比一天好，我真替她高兴。我曾送她一些自己不用的衣物，原本是补心的，白喝老人的羊奶我也过意不去。老人倒像亏欠了我似的，开始从乡下带些蔬菜豆类又送给我。

喝到放心奶的快乐比起认了门亲戚就差远了。

后来，又有人说话了：一只羊，半个早晨就挤这么多奶，怕羊是拿水喝饱的，奶肯定比人家的要稀得多。

再愚蠢的话，一旦说出去，就有更愚蠢的耳朵听进去，"复制"后用嘴巴到处"粘贴"。于是乎，那白白净净的奶羊就是水撑饱的，大家伙花钱挤的，只是加工了的水而已，还不如烫奶粉喝……可不是，羊是那么白，白得好像不沾土不沾草，可不是喝水喝饱的？

我们小城的人最擅长在得知所谓的结果后很快找到铁的证据的。

稀稀少少的人，还说着怕上当的话。老人先是解释，似乎没人听进去，老人的脸面就挂不住了，好像自己真做了什么亏心事般。

"唉——，城里人，没法说。"她矛盾得都不愿意或不好意思瞅我，看着别处说，"你是个好人。"

几天后，老人拉着奶羊离开了，再也没有来过。我还在城里其他地方转了几天，也没见到她。

我曾意外地有了门乡下亲戚，突然又生生地失去了。每每想起这事，就很心痛。城市，莫非就是产生伤感故事的地方？

靠近暖色向阳长

把月季养成树

进了朋友的小院，一抬头：

院子中间有一棵树，挂满了圆圆的红果子，似乎没有主干，从地面一露出就分了好几个很粗的枝干，直长到接近二楼顶部。

没见过，还真没见过。

我忙问，这是啥树？

不是树。朋友一脸淡定的笑。呵，我感觉到了她淡定里掩藏着的骄傲。轻轻捶了她一下道，不是树？难不成你把草养成了树？

朋友笑着点点头，你说得没错，草本植物，月季。瞧，现在长成你眼里的树了。

我捂着嘴笑得直不起腰。我说你真会开玩笑，说你胖你还就喘上了呀。你说你把月季养成了树，还那么高大？真逗啊。

朋友说，不信你自己过去看看。

走近，细看：月季，的确是月季。手腕粗的枝干，长到二楼高。那些所谓的红果子是月季花落后留下的花柄。

我又慨叹道，这月季，太高了，高到和你已经没有关系了。你总不至于为了看花高昂着头吧？即便你愿意那样，看到的也是花的下面，并不美丽。你把它好好修剪，让它长得低矮壮实，覆盖住大半个院子，那才叫阔气呢。

话说到这里，我便有些遗憾，为朋友养了那么高大却一点都不实用的月季。

朋友却一脸满足，而且兴致很高地和我说起月季来。

她说，要是只在院子里，只有我们能看见，多没意思。你知道吗，我们家这月季可是招牌，我们这条巷子的招牌。这条巷子七拐八绕的不好找。不过，现在巷子里的人在月季花开时都会这么说：看见那棵花树没？找到它，就到我们巷子了。

朋友又说，我家在巷子口第一家，月季花开，这一片都能闻到香味儿。连走路的人都停下来惊奇地看，或许大伙还真没见过这么高大的月季呢。

朋友说时满脸骄傲。她又问我道，你见过谁把花养成了树？你见过哪株花树能作为一条巷子的招牌？自个儿心里没她了，她才会那么高大。自个儿的院子不约束她了，她才成了整个巷子的招牌……

朋友的话让我心里一下子豁亮起来：

把月季养成树，养的是心情养的是胸怀！

将生活折叠，温暖朝上

敏总觉得日子没法过。

儿子小宝学习糟糕还调皮捣蛋喜好捉弄同学，自己天天提心吊胆，唯恐又是老师约谈的电话；婆婆越来越糊涂，越帮越忙，弄啥坏啥还让人担心怕伤了她自己；老公好打牌，一打就是一通宵，好像摸着麻将天塌下来也与自己无关；小姑子一点都不省心，没肚量，跟婆家有一丁点儿矛盾，就跑回来拉着自己哭诉……

是谁说的"家家都有一本难念的经"？胡扯，她家都有好几本了。敏每每想到这句话气就不打一处来，好像每个人，每件事，故意跟自己刁难，都把她当作钢铁侠或奥特曼。

日子真没法过了，简直就是把她架在火上烤扔进油锅炸！以至于敏真想问他们：我不给你当妈行不？我不给你当儿媳行不？我不给你当老婆行不？你别叫我嫂子我喊你姑奶奶行不……

可敏还不至于发疯，敏只是"真想"，只是在心里一千次一万次地吼着喊着歇斯底里地问他们。也只是在心里，这些念头在她心里翻江倒海甚至踢打着她的胸腔，那种难受劲也只有她自己能感觉到。

敏不像小姑子可以回娘家任性，敏才不想让母亲为自己的事操心。母亲一辈子不容易，她老人家最大的心愿就是儿女过得好，得让老母亲心安，自己就得消化好所有扑向自己的不安。

每次回娘家前，敏都会先去幸福里一号坐坐，那里有鸽子。鸽子不是一只鸟，人名，敏的闺蜜。

敏常常瞅着鸽子痴痴地想：鸽子或许是下凡的仙女吧，满心美好才能化解所有不好，鸽子一定从来没有受到过伤害。心里再怎么乱如麻，焦虑如火燎，鸽子一开口，那轻轻柔柔的话一下子就在自己心里生了根，不等离开幸福里一号，敏心里就像开了扇窗，不再憋屈，豁然开朗，更像满园花开，充盈着香甜味儿。

鸽子说：孩子身体多健壮，成长也需要一个过程，他起码具备打拼的良好基础，教孩子比生孩子重要多了……婆婆那么不方便还想着帮衬你，帮的是倒忙，可心里近啊……你老公就那一个爱好，总比毛病满身好吧……

每次，鸽子总能打开自己的心结，让自己拧巴成疙疙瘩瘩的心散开。敏总觉得鸽子更适合做心灵按摩师，谁心里的小纠结大疙瘩，只需她三言两语，都会被神奇地化解。阴霾笼罩着进去，出来就已阳光灿烂，原来可以化腐朽为神奇的，就是话语。

有时看着鸽子，敏会胡言乱语：鸽子，你就是从诺亚方舟里飞出来的，你的橄榄枝呢？鸽子就笑了，鸽子一笑，敏就觉得室外一定花枝乱颤。

后来，鸽子搬走了，鸽子爱人老黄换工作了。

敏心烦时还是会去幸福里一号的，虽然只是站在曾经的屋外，敏仿佛还是能看到鸽子如花的笑靥，能听到鸽子甜甜脆脆弥散着香味儿的声音。

敏看见鸽子在窗前向自己挥着手，鸽子曾说过：凡事看开了看透了，都很简单，就像咱女人收拾家一样，折叠时，把光净面的、你觉得暖和的，朝上。自家心里舒坦，也不碍别人的眼。多好！

也是啊，谁家的日子能平展得没有一点褶皱，不就是折叠方式的不同？

敏还是经常去幸福里，没有了鸽子，幸福却在。

"将生活折叠，温暖向上。" 每每想起这句话，敏就笑了。

拜访幸福

我以为我去拜访的，应该是个文友。先是书信往来，后来在网络交流，他那种对写作的执着，的确实实在在地感动了我。

一个接近五十岁的男人，从年轻时开始，就那么一个人在孤独中写着自己眼里所见心里所感，坚持了好多年，还那么渴求得到提升，那种精神让我打心里钦佩！

他一再邀请我见面交流，给他的文章把把脉。想到因为距离不远，我就勉强答应了。一个雨天，给他打了个电话，就乘车去了他所在的乡下小镇。

按他说的，小镇唯一一条街的路南，第七个门店，"心悦商店"。我进去时，一个中年妇女正坐在凳子上嗑瓜子。

"你来了！快，赶紧坐下。"她很热情地招呼我。"他正写东西呢，你先坐，他写作时要静静的，不能叫人打搅。"见我有些诧异，又解释说自己是他媳妇，知道我来。我注意到了她一脸的欢喜，不，一脸骄傲的幸福。"我家那位就写得好，一看你的文章，觉得更好，现在我一家子都看你的文章。我家那位好好向你请教，得是也能写出像你那么好的文章？"

原来她知道我是谁啊。我惊叹的是，她知道我是谁，依然不打搅正在写作的爱人。看来，他的写作，对她，是一件多么骄傲多么神圣的事。

　　她拿出一张报纸，看上去是很早以前的那种，页面不大。"看，这上面就有我男人写的东西。"说话间，她就打开了报纸，一下子就给我指了出来。1986年的报纸，因为翻阅次数太多而多处破烂，特别是刊登他的文章，一首短诗的地方，似乎都能看见浅浅的指痕。一首喧嚣着年轻的激情的小诗。她又说了，"我有时就想，你说我男人，粗胳膊笨腿的，还能写出这么好的诗？我娃都很佩服他爸！"

　　她脸上流淌的，是按捺不住的满足欢喜，以至于我不忍心回答。我更知道，她根本不需要我的回答，一个沉浸在幸福里的女人，需要你提醒她测定一下幸福的浓度吗？里面正在写文章的人，就是她满心的骄傲。至于我能否帮他走向更高的一个台阶，在她，并不重要。

　　"张老师来了？"闻声，抬头，应该是他，从里面出来了。"看你这人，咋不赶紧把张老师引到里面？"

　　他媳妇解释说见他正在里面写文章，而后又充满歉意地对我说，人家一写起文章，我啥活都不让干，要心静，不敢打搅。

　　那次到底说了什么，对他究竟有没有帮助，我不知道。我知道的是，他，不，他们一家，一直沉浸在写作带来的幸福中，这，就足够了。从某个意义上说，他已经写出了最好的作品，一家人的幸福！

别让爱闲着

"一天天过得真没意思，走过来转过去，闲得像屋檐上摆的瓦。"母亲又开始发牢骚了。我也已经习惯了她在耳边唠叨，树老根多人老话多。

我也想不通，啥事也不让母亲插手费神，小区里有健身房，我还专门给她介绍了一些老年朋友，她怎么还觉得没意思？我只有摇头的份儿了。

去一朋友家，正聊得起劲，朋友突然提高了嗓门："妈，给我们倒些水来。"过了好一会儿，才出来一个颤颤巍巍的老人，端着茶壶，一脸慈祥。"伯母来了？"我赶忙站了起来，"真是的，咋好意思麻烦您老人家。"

老人家好不容易来一趟，不让她享享清福，跑来走去的，那好吗？伯母进去后，我冲着朋友开了口。

朋友笑着说，这，你就不懂了吧？叫老人家有点事干，她就不觉得自己老不中用了是吃闲饭的。老人不能或者没有机会表达自己对儿女的爱时，你对他们的付出就会成为他们心里的负担，自然就觉得乏味，没意思。

从朋友家回来刚进门，母亲又开始唠叨，我已经知道自己该怎么去做了。

"妈，你能不能帮我和好面，我回来做麻食给咱吃。"出门前，我试探着开了口。

"咋不能行？你妈啥不会做？从小卖蒸馍，啥事都经过，没问题！"母亲的话音里都能听出激动来。

放学回到家，岂止和面，母亲连麻食都做好了。"哎呀，我妈就是能行！"我一脸欢喜地说，"超额完成任务了！"

母亲很谦虚："好啥哩，凑合着吃。"看着一案板的麻食，她又慨叹道，"我这场病生的，手脚都不得劲，不好使唤。"说着就回忆起过去，"妈刚进门那会儿，一大家二十多口人的饭，还不要帮手……"

那一顿饭，母亲吃得分外香甜，就像她老人家常说的，"干活才能吃得香，吃得理直气壮"。

母亲因中风落下手脚不方便的后遗症，我一直悉心照顾她，都不让她弯腰捡拾掉在地上的东西，以免发生意外。没想到朋友这一招，竟让母亲总是紧绷着的脸露出了笑容。

不让老人做些力所能及的事，他们就会觉得没有人再需要他们了，他们就成了"家"的局外人，置身于热热闹闹与他无关的尴尬境地。

在母亲面前示弱，表现出对她极大的依赖性，就是让她开心的灵丹妙药！

"妈，我特别想吃你做的柳叶面，光滑筋道，真正的手擀面。"我表现出很贪吃的样子，"再给你女儿露一手，咋样？"

"妈，给我教教，咋样腌八宝辣子？"

"……"

我表现得几乎什么都不会，以至于母亲笑骂道："你呀，长多大都像个娃娃，离不开妈。"

我陪母亲出去锻炼身体时，熟识的人都说母亲看起来精神多了。母亲就高兴地向别人说起如何指教我，言语里尽是宝刀未老的自豪……

　　不要让爱闲着，有爱会过得开心幸福！

餐桌上的记忆碎片

有时，坐在餐桌前，菜肴的丰盛或简约已退居其次，享受的，多是一种温馨的感觉。

——题记

（一）

外婆是个极有耐心的人，记忆中，再忙再累，做饭也从不马虎。外公的油泼扯面，二舅的葱花柳叶面，我呢，韭菜鸡蛋饺子，她的碗里就成了大杂烩，吃着大杂烩，笑意却在外婆疲惫的皱纹间流淌……

一次，来串门的人看着饭桌惊奇地说："天哪，老嫂子，你一顿饭做几个花样，麻烦死了！"

外婆说，吃饭都不叫人吃舒坦，还能有心思干啥？习惯了就好了，就不累了。

我说给母亲，母亲说，就是只有一样红萝卜，你外婆也能切成萝卜丝拌成凉菜，萝卜丁葱花沫包成饺子，萝卜片拌面芡过油炒成一盘热菜，你外婆的话，好女人就是好饭桌。

（二）

第一次去朋友家吃饭，饭菜都已经端上了餐桌，朋友的父母只是招呼我们坐过来，并没有热情地让我们拿起筷子趁热吃，而是进了里屋。

"甭急，妈。"搀扶出来一位80多岁行动不便的老人。

饭菜煮得、炒得很熟很过以至于夹不到筷子上。

朋友耸耸肩一脸无奈地说，奶奶的牙早掉光了，爸爸几次把她带到牙科诊所想给她镶牙，她执意不肯，说"嘴里装假东西，不自在"。于是，妈妈每次炒菜都做得很软烂，怕奶奶嚼不动。

我突然觉得，那是个没有冬天的家庭！

（三）

90岁的爷爷真是老糊涂了，在餐桌上表现得像个霸道的小娃娃。

他认为哪盘菜好，不管有没有客人，就挪到自己跟前，而后一个劲往60多岁的儿子即我的父亲碗里夹。他呀，颤颤抖抖，一路滴洒，到父亲饭碗跟前就所剩无几了。常常将饭桌弄得油腻不堪，让人哭笑不得。他的热情让父亲很不好意思，特别是当着儿媳、女婿的面。

是呀，要是哪顿饭桌上没有父亲的身影，爷爷就一个劲地喊一个劲地闹，说我们都是坏心眼不让他儿子吃饭，就陈芝麻烂谷子地数落我们在他眼里的种种不是和他儿子养家的不易。

爷爷是老糊涂了，可永远可爱！

（四）

我喜欢吃辣椒，从小到大，吃面条时，我几乎是用辣子将面条染成红色，越辣越香，越香越辣，辣香辣香。小时候，母亲常戳着我的脑门训斥，你该生在四川，辣女子。

物极必反的理吧，却生了个一丁点辣椒都碰不得的儿子。从此，掌着调味瓶的我，没滋没味地看着儿子吃得有滋有味。

一次和儿子去看他外婆，千叮咛万嘱咐，母亲还是在炒菜面里放了辣椒。看着儿子噘着嘴，我就使小性子。母亲笑骂道："不能为了你娃吃好让我娃吃不好。"

后来，在母亲的又气又骂中，我还是执意地做了一碗不辣的臊子面。

餐桌上，流淌着的，是深深的爱浓浓的情！

给回忆一个美丽的归宿

婆婆其实是个很善良的老人，然而在一件事上，却表现得很固执，态度强硬到难以想象的程度。

她绝不允许我将儿子穿过的鞋送给别的小孩，必须按她说的，远远地扔掉。还不能一双合起来扔，得一只扔个地方，以免恰巧被人捡到穿在别的孩子脚上。

理由呢，听起来真是荒唐：

世上的事老天爷都算计好了，一双脚一条路。人家穿了咱娃的鞋，就走了咱娃的路，咱娃就没路走了，决不能叫人家娃穿咱娃的鞋！

儿子的个子一天天往上蹿，各种质量很好的鞋，一双双变小，齐刷刷地堆在阳台上，成了让我头疼的事。且不说鞋的质量都不错，目光滑过每一双鞋时，就浮现出儿子穿上它时得意的神情，它们不是废旧的物品，而是儿子的过去，作为一个母亲，我又如何舍得将承载着儿子身影、洋溢着儿子快乐的鞋真正丢弃？

婆婆怕我趁她没在家时将儿子不能穿的鞋送人，经常给我说那些灵验了的事情。

张家的孩子穿着赵家孩子的鞋遇到了麻烦事，张家的孩子受了惊吓跑回来时，丢了一只鞋。结果几天后，赵家孩子就出事了。看看，赵家孩子替张家孩子遭罪了不是？婆婆一说起这方面，古怪的事情似乎就多得说不完……

说真的，我从不迷信，可是关乎儿子的事，我还就得好好掂量掂量。又的确舍不得扔掉，就那样一双一双码得整整齐齐摆放在阳台上。

直到有一天，在街道看见了一件事。有位老妇人将塑料袋没有扔进垃圾箱，而是搁在垃圾箱旁边的台子上，还将塑料袋打开，而后离开。出于好奇，我走近细看：是衣物，洗得干干净净叠得整整齐齐。

老人一定是觉得自己不需要了，或许别人还可以用。多睿智的长者，放在垃圾箱旁，意在告诉行人，这是不用了的东西，打开，意在提醒，看看吧，兴许你能派上用场。

一刹那我豁然开朗，我知道该怎样给儿子的回忆找归宿了。

将儿子的鞋刷洗得干干净净，而后装在塑料袋里，放在垃圾箱旁边，打开，将鞋露出来，还得是离我家比较远的垃圾箱，怕婆婆撞见。我想，别人也会理解的。

两三个钟头过后，再过去看时，鞋已经不见了。心，也就踏实了。终于给儿子的回忆找到了归宿。

有种忽略，痛得彻骨疼得揪心

有一种忽略，当你察觉时，痛得彻骨疼得揪心。而那种忽略，恰恰是你最最容易忽略的。

只因彼此，是无间的亲近！

吃饭

咋吃啥菜都没味道。

母亲的声音是不大，还伴随着一声轻叹。

现在的人，都吃馋了，见啥都不稀罕，吃啥都不香。

你附和了一句，头也没抬依旧往嘴里扒拉着饭菜，吃完饭你得赶紧出去一下。你总是那么匆忙，匆忙到母亲的话语像风儿吹过，留不下一点痕迹。

或许人的衰老，就是从味觉开始的。这是你过后才想到的。随之涌上来的，是许许多多重重叠叠的影像，在所有的影像里，她都表现得那么没有食欲。而你，当时竟然可笑地觉得，那是因为她跟着你们兄妹享福了，啥都吃过，也就啥也不觉得有味道了。

当你看到一本权威杂志上说美国最权威的机构已经证明"人的衰老是从味觉开始"时，你狠狠地捶打着自己，你觉得自己真是个浑蛋！

你记起自己小时候不喜欢吃东西了，母亲就变着花样给你做，她最怕你吃不好了。那时母亲常说的话是，妈不要我娃有多大的出息，只要我娃健健康康壮壮实实就好。

而你，竟然无视她的感觉！你为什么就不能像母亲爱自己那样关注她老人家呢？

睡觉

咋老睡不实在？

在你面前，母亲说啥声音都很小，显得很随意，随意到她的话进不了你的心。

人老三大病，怕死爱钱没瞌睡。正常，没事。

你觉得那不是一件事，至少不是一件足以引起你重视的事。

偶尔回家，夜里，你也听到隔壁传来窸窸窣窣的声音，她翻来覆去睡不着。你甚至还觉得老年人就是好，晚上没瞌睡，白天又没事，想啥时眯瞪一下都行。

也是后来你才知道，严重失眠对年老体弱的母亲来说，是致命的，让她神情恍惚，让她各方面急剧衰败。

你记起许多。记起睡觉时，母亲总将你的被子暖在离火炕最近的地方，她自己就睡在最远也是最凉的墙边儿。就那，母亲还给你的被子上再盖上一层被子保暖。北方的冬天，入骨的寒冷，可你总是睡得很踏实很踏实。

而你，竟然忽略了她老人家的感受。你突然觉得很悲哀，你咋就忽视了她的睡眠？

聊天

你在电脑前敲着，你是自得其乐，你喜欢在文字里畅游。码字，是不需要人陪同的，是一个人华美的舞蹈或一个人风起云涌的游戏。

你的余光瞄见母亲倚着门框看着你，你说，你自己看看电视吧，电视多好，随便调台看。你是想打发母亲离开，再说了，她站在那里，你也不能静心写作。

多少次，你看见电视开着，调到无声，她怕影响你写东西。而她，蜷缩在沙发里，显得那么瘦小，那么无力。

偶尔你也会良心发现，想陪她说会儿话。可她一开口，就是三十年前你们如何如何。你就烦了，就腻了，因为那些岁月已经遥远到你自己都快淡忘了。

于是你很少陪她，留给她的，就是无边无际的寂寞，眼神里越来越深的空洞！

你怎么就不能耐心地好好地陪陪她呢？她可是为了教儿时的你发好一个音，不厌其烦地教上好几天的。人咋长一长就变得没心没肺了？

一声长叹

你懊恼，你气自己，都是在母亲走了之后。

母亲在时，你总觉得属于你们的日子很长，你的心里你的嘴边总挂着一句话"有时间再……"

直到有一天，她彻底离你而去，你才觉得悲哀铺天盖地席卷而来，你无从躲避。

你不能原谅自己，你甚至想不明白自己何以如此冷漠，应该是至亲至爱的人，却偏偏被自己忽略。

是的，你永远不能原谅自己，因为忽略。更因为忽略的恰恰是最疼最爱你的人，也是你最疼最爱的人。

假如我不幸失去做人的资格……

儿子今天看了梁晓声的《假如我是一匹马》，兴致很高地问我："妈妈，如果你不幸失去做人的资格，只能做其他什么，你选择做什么呢？"

是呀，如果我不幸失去做人的资格，只能做其他什么，我会选择做什么呢？面对儿子那双渴望了解我内心世界的眼睛，我向他袒露了自己真实的想法。

如果有可能，妈妈想做一棵开花的树，年年花开花落，似乎年年都忍受着离别之痛，可年年都有新的希望从酝酿走向盛开！

做一棵开花的树，每朵花都是天使微笑的容颜，路人走过时仰起笑脸，盛开的花美丽了他们的心情。

做一棵开花的树，每朵花都是调皮的飞舞着的精灵，孩子们挥动双手捕着捉着，快乐抖落一地。

对了，我的孩子，做一棵会移动的树，也是很开心的事情，妈妈是不是有些贪婪？

做一棵会移动的树，给田间地头辛劳耕耘的人送去阴凉，挥汗如雨的农人会感激我的善解人意。

做一棵会移动的树，抖动的花枝会消除街头路边辛苦讨生活之人的寂寞，他们会因此绽露笑容。

孩子，如果我不幸失去做人的资格，只能做其他什么，也要像做好人般尽心尽力做好。其实，妈妈之所以选择做一棵树，还缘于树坚韧的品质。你还记得吗，咱家门前那棵树，曾在电闪雷鸣后被大风拦腰刮断，后来，不是又发了新芽？

只要根在，只要没太伤根，依旧可以吐绿绽翠。这，就是树的顽强与坚韧。和树相比，我们人类的灾难能有多大，还有什么不能挺过来的？

所以，我的孩子，如果我不幸失去做人的资格，只能做其他什么，做一棵受过伤害布满疤痕的树也挺好，矗立在那儿，就是一面飘扬的旗帜！

做一棵受过伤害布满疤痕的树，受过伤害的人儿看见我似乎就看见了另一个他，他的手抚过我的疤痕，也就烫平了自己的伤痛。

做一棵受过伤害布满疤痕的树，身处逆境的人们容易悲观乃至绝望，我的布满疤痕依旧挺立的身姿，足以给他们注入崛起的信心。

孩子，如果实在连树也做不成的话，妈妈就做一朵流浪的云吧，自由地俯视大地万物，然后，在一棵需要滋润的树顶毅然化作雨滴。

感动是一种养分

感动如花，芬芳每一缕阳光；感动如阳光，灿烂每一个日子！

（一）

幼儿园门口，我等着接儿子回家。刺骨的寒风中，一位老人卖"五香豆"，不过是由配有调料水煮熟的"豌豆""白芸豆""豇豆"之类。

"你要啥豆？"老人握着五毛钱，问一个小女孩。

"我不爱吃豆子。"女孩说，"你卖完才回家呀？我再没钱了。"她脸上浮现出一些遗憾，看了老人一会儿，转身就离开了。

老人握着钱的手定格在那里……

那个小女孩，让我感动的同时，又涌起自责，从来不吃小摊上的食品的我破例买了五块钱的"五香豆"。

自己虽不怎么富有，照顾一下老年人给他一缕希望会更安心。

（二）

"这布料，吹口气能飞上天！隔着两层布街对面还看得清清楚楚，能当袄里子？"

　　我用尖酸刻薄的话语压低价格，心里又不是十分想买。自私地说，那一刻，我还有消遣的成分吧。店老板竟是一脸容忍随和的笑。我从心里瞧不起他：不受用的话还是那种神情，连反感也藏而不露，"无奸不商"是说到骨头里了。

　　我的前脚已迈出了店门。"等一下。"他从后面喊道。

　　"咋啦？"我疑惑地看着他，不买东西就不让走？

　　"你衣服上有土。"他说着已拿起毛巾，在我发愣的当儿，为我轻轻拭去浮土。

　　装修房子，我独自劳累了一天，不客气地挑剔是在发泄自己的怨气，他却以德报怨。我连说"谢谢"后低头快步离开。

　　每每想起这件事，愧疚就如同藤蔓缠绕着我的心，督促我也去以宽宥之心善待他人！

（三）

　　一直以为"仓廪实而知礼节"，"礼仪出于富家"是铁板上钉钉的事。那天，从"百姓超市"出来向东拐弯看到的一幕，让我为自己的想法而羞愧。

　　市政铁斗边，一个年轻的拾荒者满脸惊喜地用铁钩扒拉着。他低头解开蛇皮袋的时候，一位头发花白的老妇人佝偻着走了过来，在他伸手欲往袋子里拾时，她已爬在了铁斗上。

　　那年轻人淡淡一笑，没有语言，转身就走开了。

　　时至今日，每每自己利欲熏心、急功近利，想和别人争抢什么时，就想到了那位年轻的拾荒者，想起他，就会脸红。

　　随时，随地，感动总包裹着滋润着我那尚未生茧的心，使它更为澄清，从而充实完美自己，并传递感动给他人。

美丽在途中

怕书桌上那盆水仙寂寞，想去桥头河拣些鹅卵石放在花盆里，骑上单车就出发了。

从没想到旱塬之上竟纵横着如此多的小溪小河，不大熟悉也没有向导，随兴沿沟沿河而骑，疑惑时逢人再问。李家河、刘家河、汉村河，就是没有找到桥头河。有点累了，就在一条不知名的小河边的草丛间席地而坐。

转身，是背阴的山崖，同一根藤蔓上呀，去年的绿叶骄傲地泛着青黑色，今年的绿点缀其间自信地张扬着。可不，小孩有着似锦的未来，老人同样有着辉煌的过去。

不远的对面，是向阳的山崖，今年的绿就旺盛多了，阳光因草势的高低起伏幻化成点缀的光斑，它们在绿叶间跳动着，打闹着。去年的绿已安然地退在了下面：既然已经拥有了昔日的精彩，就将舞台奉送给年轻的生命。

看着这些草草叶叶，我突然明白了：人言是简单的，择其善者而听之从之，物语呢，须用心用情去感来悟，若有灵犀能解读，其睿智绝不亚于圣人之言。

心念既已转到这里，桥头河便不再是我的牵挂。

俯身，清凉澄澈的河水抚过柔软的水草，手指上竟缠绕上了几丝抖落不掉。因为我是第一个抚过你的人你就难舍吗？还是你感知到了我喜欢破解自然就眷恋于我？或许前世

第七辑 靠近暖色向阳长——

的我也是寂寞多年的水草吧，今世的我同样喜欢固守内心的宁静。

浅浅的河底，色彩纷呈的，是石子儿。我觉得叫"石子儿"最恰切了：大的如核桃般吧，花生样，蚕豆状，豇豆，黑豆，小小的蔓豆，都可以在这儿找到的，同样的光洁漂亮。我是泥里滚过爬出的农家孩子，看什么都土气成老家地里的庄稼。

这些石子儿在我的掌心里随着我的手势而滚动，切肤的温润柔顺，在阳光的触摸下，色彩变幻多端，纹理深浅交替，风情万种。

一枚周身被打磨得如此光滑的石子儿，你在水里辗转反侧了多少个年头？那些被打磨掉的，原本也属于你呀，不得不割舍时你痛吗？有没有别的石子儿理会过你的感受？我能想象到你被打磨时的疼痛，我也一直遭遇着和你相同的感觉，为了追求完美，总得割舍。如同那要成形的花树，怎会不接受园丁那友善的剪刀？唯有如此，也才有了你今天耀眼的光洁。

石子儿，你这就随我给水仙做伴去。

我会不会惊扰了你沉睡千年的梦？

罢了罢了，你的美丽与永恒属于这条小溪，我又如何忍心带走你？

虽是空空地往回赶，却满心收获。行至途中，又遇一小溪，一问，方知是桥头河，一笑而过。

其实，人生的美丽，多半在路上，不是吗？

贴心陪伴最长情

在儿女的牢狱里，你何时刑满释放

灰暗的路灯下，你依旧守着摆着菜的地摊。

胸前挂着那个黑色的小包，鼓起来时你显得那么开心，是那种不加掩饰的响亮的笑，用"酣畅淋漓"也不算夸张。旁边是个大点的碎花布拼成的包包，装的是你的干粮，不是烧饼就是馒头。还有个罐头瓶，装着你就馍的菜，多是切碎凉拌的青辣椒、咸菜。紧挨着的，是个大水杯。

从我来到这个小城第一次遇见你到十八年后的今天，你的变化很小很小，我甚至都没觉得你变老，奔波着，风吹日晒雨淋的，或许你一直都显得很老气吧？

你知道我是教师后，喜欢和我说起你的两个女儿一个儿子。从上小学一直说到研究生毕业，说到工作，说到结婚，说到买房。说起儿女你满脸都是欢喜。还记得有一次你说得高兴，硬给我的菜篮子里搭了两把青菜。我一直分享着你做母亲的喜悦，在你的述说中，我甚至都看见了孩子们成长的过程。

你曾很骄傲，自己卖菜供了三个研究生；你很开明，你卖菜并不影响你的孩子假期四处旅游；你也很发愁，你卖菜到啥时才能帮儿子在北京交个买房的首付。

今天下了一整天的雨，时大时小，我一直躲在家里。出门是下了很大决心的，得买些必需的日用品。又碰见了你。

其实你是风雨无阻天天卖菜。我也就习惯了总买你的菜，说穿了，我买回的是一个母亲的骄傲。

说真的，我曾经很喜欢听你给问起的人说着你的孩子们：儿子在北京一家不错的单位上班，女儿们的工作也很好。

然而今天，已经八点了，在依旧下着小雨的灰暗的灯光下，远远地我就看见了你，突然觉得有种怪怪的感觉：我不再羡慕你有三个很有出息的孩子，我觉得你用浓浓的爱将自己牢牢囚禁，你何时能在自己的牢狱里刑满释放？

你总在唠叨，娃一月才挣多少，北京的房子便宜的也要一平方快三万……你说，你就是不吃不喝几辈子也攒不下那么多的钱……

就在此刻，我决定，不再见你了，我觉得我自己都无法面对你那份浓得化不开的令人窒息的爱。也不晓得你引以为荣的儿子是否想过你谋生的情形，你们母子连心，此刻，他应该有凉气袭身的感觉吧？

还有那个送煤气的，快六十岁了，还说自己扛煤气罐是锻炼身体。他也很骄傲：儿子研究生毕业，在深圳都买房了，日子过得红火着哩。

我也不羡慕他，四十多岁的我也不是研究生毕业，只是普通的中学教师，在我母亲半身不遂直到去世的几年里，我一直照顾着她。在我都舍不得给自己买件时尚的衣服时，我的母亲穿着我买的衣服，合不拢嘴笑着说："把我都打扮成城里老太太了。"这，就足够了。

我曾经很羡慕那些优秀的孩子，也因自己不曾给父母带来那种荣耀而惭愧。我也曾很羡慕那些子女优异的父母，希望自己的孩子像他们的孩子一样成功。而现在，我只想着父母子女能彼此关心疼爱。

父母啊，别把自己囚禁在儿女的牢狱里，即便再疼再爱，谁也不能彻底替代对方生活。

慢慢说，静静听

当听到有人说她想追问父母走过的路时，父亲已走了，母亲也已失忆得不认识自己时，我为之一震。

我，对自己的父母也没有多少了解啊。只是不同的是，操劳一生不堪重负的母亲先撂了挑子走了，而父亲，虽不至于失忆得不认识自己的女儿，却对什么都没有了兴趣，有一句没一句，有时正说着话，就起了鼾声。

总是忙得没有时间跟老父亲沟通，看着我们匆匆忙忙的身影，他也就学会了沉默。慢慢地，行动跟语言似乎达成默契，一样的少，一样的安静，安静到常常让我突然受到惊吓般会想：父亲还在那个房间吧？没事吧？推开房门，他静静地坐在窗边的椅子上。我喊一声，没回应，再提高声音喊一声，他才可能回过神，冲我笑笑，很客气很生分，礼节性的笑。

开始耐心地陪父亲聊天，哪怕他讲的全是自己年少时没有我参与的过往，我为的是在他糊涂前，让他记住唯一的女儿。

"你年轻时走南闯北做生意，跑了很多地方，给我说说。"我搬了个更小的凳子，坐在父亲旁边。

父亲脸上一喜，很快又消失了，回复道，说了你也不爱听，没意思，忙你的去吧。

我知道父亲心里很不快，我曾多次打断他的话，嫌他老说陈芝麻烂谷子的事，没一点新鲜味。于是有点脸红，对父亲说，还是想听你说说你的过去，那时很多家穷得都供不起孩子上学，你把我们兄妹都供得上了学，当然算很有本事的人了。

父亲似乎有了点兴趣，说事情多得都不知道从哪里说起。脸上，似乎还有点羞涩。

说吧，你说啥我都爱听。

其实我很想揽着父亲的肩或是靠在他身上，我身上流淌着这个男人的血，我生命中第一个最重要的男人，可是我没有，连他的手都不曾拉一下。父女牵手，那是电影里的镜头画面，我们彼此都不善于表达感情。年幼的我，多少次摇摇晃晃地在风里在雪里跟在他的身后，他都不曾与我牵手。父亲既不会说疼爱的话，也不会做出关爱的举动，必须交流时，也是以字、词的形式简洁对答。

父亲说起他不到二十岁从宁夏骑自行车回到陕西朝邑的黄河滩，断断续续，似乎是从记忆里努力打捞。父亲说起他跟母亲白手起家还得抚养自己奶奶的事，一声长叹就独自想象去了，忘了继续讲述。父亲说起我母亲的吃苦耐劳，又想到她的早逝，唏嘘不已无法继续。父亲说起我们兄妹小时因贪玩受到他的责罚时，还是满心歉疚……

更多的时候，父亲说着说着就起了鼾声。或许是长期被我们忽略屏蔽，原本少言的父亲，语言功能受挫后自动退化了。

现在，我更想多陪陪父亲，陪他有一句没一句地闲聊，陪他一起出神一起静坐，等他想说话时听听。

我的小，爸的老

"只要我娃想要，爸就给我娃买。"

这是儿时的我听得最多也最舒服的话。每每听到这话时，我就会得意地冲着母亲一撇嘴，母亲自会抛来一句"你就惯吧，惯到天上也是黄毛丫头。"

在四十年前的乡下，我身边的伙伴们都管自己的父亲叫"大"叫"伯"，没有叫"爸"的。只有城里孩子才管父亲叫"爸"，或是父亲在外面吃公家饭的，娃们也叫父亲"爸"。

我也管父亲叫"爸"。

长大后明白了人家叫"爸"的由来，就不大好意思叫了，我的父亲只是个木匠啊。再手巧的木匠，做的活再精致，即使做个飞机能飞上天，也只是个木匠，想想都沮丧。

听妈说，父亲觉得叫"大"叫"伯"生蹭冷倔，像锄头锄地，没有叫"爸"轻巧好听，执意让我叫"爸"。还说父亲觉得叫"爸"叫"爸"，就会把我叫成洋气的城里人。父亲的想法真古怪。

"我娃就是要天上的星星，爸也能摘下来。"这是我爸很自信的一句话。不过没要过星星的我，所有的愿望都在爸那里得到了满足。

我是巷子里第一个穿裙子的，是第一个拥有课外书的，是第一个考得好就能得到家里奖励的，是小学班里第一个用上红芯铅笔的，是初中班里第一个拥有皮文具盒的……

爸让我时时觉得自己与众不同，像个骄傲的小公主。我的童年也因了这些点点滴滴的不同，激荡着快乐与幸福。

我拥有自己的小书柜，是爸专门给我做的，漆成我喜欢的果绿色。每次去小镇还是进城，爸都会带我去书店，只要我想要，就可以拥有，哪怕那一次我们少买点必须要买的东西。母亲曾很不理解爸的行为，用她的话说："不能吃也不能喝，钱花得多亏。"爸笑她，吃了喝了，拉了尿了，才不合算，哪能比得上娃高高兴兴地看书？

爸说这话时，我就紧紧依偎着他，一脸骄傲。

因为有书，我曾经是很多孩子讨好巴结的对象，给了我一个孩子的虚荣与骄傲。又因为看书多，我的作文一直被老师表扬。即使数学总是不及格，也自信满满。

上了初中，数理化我学起来很费力，成绩也很糟糕。挣扎了三年，勉强考上高中，文理科的差距越来越大。好在文理分科拯救了我。我一直想不明白的是，既然文理分科，干吗不彻底分开，也将数学从文科中剔除掉，多好。语文总是第一，数学比倒数第二还差一截，我的尴尬处境可想而知。

考试成绩不理想，在走跟复习间徘徊时，爸说：考试是一年的事，工作是一辈子的事，想好就不要后悔，放心，爸支持我娃。

似乎在每一个阶段，不折不扣支持我的，都是我爸。

我的小，无忧无虑，因为有爸为我逢山开路遇水搭桥，一路畅通。

当我发现必须跟他吼着说话他才能听清时，当我看到筷子上的汁汁水水滴落到他胸前而不被他察觉时，当他跟别人正说着话突然打起鼾声时……我才意识到，我爸，真的衰老了。

爸，您在女儿没注意的时候，以滑翔的速度奔向了衰老，让我措手不及。

您真的老了，倘若我再以忙东忙西为借口，再将孝顺您放在一切停当之后，我想，我就会像妈走后那样，被铺天盖地的遗憾愧疚所淹没。

给爸报了个老年旅行团，他竟是满脸羞涩，说那都是城里人才享的福。我笑了，说我都叫了您多少年爸了，您早就是城里人了。回来后爸说什么"好出门不如歹在家"，再不出去了。

瞒着爸在健身房给他办了张会员卡，想借此督促他锻炼身体。爸感慨道，现在的人多幸福，把活动、出汗都当成了锻炼身体，变着花样折腾自己，还得给人家出钱。在农村，活动出汗都是挣钱的事。他同样拒绝去健身房。

爸拒绝再次出游，拒绝去健身房，其实只是怕花钱。觉得在城里走步路喝口水都得花钱，女儿花钱的地儿太多了，自己咋能再奢侈？他忘了在那个缺衣少穿的年代，木匠的他让女儿享受了城里孩子的待遇，穿裙子，有书看，有奖励，给了她满满的自信。

爸，长大了的我，已经如您所愿地走进城市，当然得把您这个思想洋气的老头带进城里，享受城里老头所能享受的一切。

爱的游戏

"来，给妈妈拔白头发，一根一毛钱。"

露天阳台上，我靠在椅背上，冲房子里一喊，那个小家伙就端着小凳子乐呵呵地跑过来。

小家伙踩上小凳子，伏在椅背上，拨动着我的头发，很是用心搜寻。他拨动头发很轻柔，很舒服。拔一根就放进我的手心里，就念叨一句"一毛"。一根，一根，我手心里的白发似乎在阳光下还发散着暖暖的光。

小家伙已经四岁了，很健康，很快乐，我们母子生活得很幸福。白发再多，也值。看着白发，想到那双尽职尽责的小手儿，眉里眼里都是笑。

"21根，21毛!"小家伙会举着他拔下来的所有白头发围着我兴奋地转几圈，而后他会喊道："妈，给我两块一毛钱，我自己挣的。"

"妈，我给你拔白头发。"

于是我就很听话地走到阳台上，坐在小椅子上，小家伙站着就可以给我拔白头发了。阳光倾泻下来，将我们母子暖暖地包裹起来。偶尔，他也会拔下一两根黑发："拔错了，黑头发不要钱。"

"来，给妈妈拔白头发。"小家伙没动，只是看着我，满脸不高兴。"快点，一根一毛钱。"我又喊了一遍。

“我不给你拔了，也不要你的钱了。”小家伙噘着嘴巴，嘟哝着，“白头发也是头发，拔了你疼。”

“拔吧，白头发难看，你不想让妈妈变得漂亮？”我更喜欢的，是他拨弄头发时轻柔的动作，我们在一起的那种感觉，似乎空气里都弥漫着温馨、幸福。

“我不嫌你有白头发，有白头发的妈妈才漂亮。”

那一刻，有泪，从我眼角滑落。

十年后。

那个小家伙已经高出我大半头了。一天从外面急匆匆地赶回来，拉开椅子正儿八经地坐在了我的对面，开口说话时还气喘吁吁：“再不准你焗油，我不嫌你头发白。”他开始变声了，嘶哑，却显得很固执，“我同学他姨妈焗油得了皮肤癌，真的，不哄你，不信你可以打电话问问。”

“我想焗油。”我显得很随意。

“不行。”他不假思索地拒绝了。

“我还是想焗油，通融一下，让妈妈焗一次油吧。”我好像真的特别特别想焗油。

“坚决不行，没商量！”他的语气很强硬。

周而复始。

呵呵，这，也是一种游戏，我独自乐在其中的幸福游戏。

成为妈妈才做起女儿

儿子太小太小了，细皮嫩肉的让人都不敢摸摸，总是小心地抱着不忍心放下；母亲太老太老了，不尽的操劳已将母亲风干成了皮包骨头，坐着躺着都硌得难受。

儿子没长牙齿，可见啥都抓起往嘴里送，咬着扯着一副绝不妥协绝不罢休的坚决样；母亲的牙齿都已掉光，筷子夹起试着咬咬，满是遗憾地慨叹岁月的无情。

儿子的小眼睛骨碌碌地转，因无知而充满好奇；母亲昏花的眼睛一直瞅着我进进出出忙碌的身影，行动不便渐已衰老的她同样想能弄明白屋外发生的事……

稚嫩和苍老，生命的两个极端如此鲜明而生动地摆在了我的眼前。殷勤地照顾着儿子遂想起自己的儿时，再看母亲时，忽然就明白了"养儿抓女为防老"的道理，于是成为妈妈的我才真正做起了女儿。

母亲的床铺厚弄蓬松，冬天厚重的棉花被子换成羽绒被，母亲没力气也就怕压得慌。又给母亲缝了几个厚软的坐垫，走到哪里随手带到哪里，坐着方便舒服。

老年人原本和孩子一样缺钙，又容易骨质疏松，炖骨汤，吃钙片，母亲和孩子一个样。劝母亲吃东西，也得软硬兼施既讲方法又强迫。

母亲的衰老不是没有了味觉，而是觉得什么到了嘴里都是苦的，没食欲什么都不想吃。

糖果摊位前，糖果们身着漂亮的彩色衣裳，扭动成不同的身姿，好像都想成为最惹眼的尽快"出嫁"。我挑着拣着不同口味不同形样的糖果，母亲含在嘴里自然会除掉苦味。母亲嘴里说着"我又不是小孩子吃什么糖"，手下却扒拉着糖果，一脸如小孩得到向往已久的礼物般欢喜。

"瞧，全'对外开放'了，都没有把门的了。"母亲很幽默地给她的老姐妹们说着她的牙，"真是'有牙没锅盔，有锅盔没牙'，咱这一辈人，就没享过多少口福……"

我正好打那经过，说者无心听者有意，出门近访远行，不论到哪儿，我都尽可能带回些她老人家没见过又能咬动的酥软食品。炒菜做饭，也尽可能炒熟焖透煮软熬烂，没牙照样吃着香。

常常边干活边陪母亲聊天，给她讲自己在外面遇到的人发生的事，回忆我们共同经历的苦难日子，回忆起来，觉得一切都是那么美好！有时还刻意邀请那些和母亲熟识的好朋友来家里看望母亲，那时的母亲就很兴奋，一种被人重视的幸福感浮现在脸上。

一有闲暇时间，我和爱人就推着婴儿车和轮椅出门晒太阳散心，看着满头白发的母亲和手摇脚踢的稚子，心里因充满爱和责任而尽是踏实。

我一直不明白，为什么人们经常无奈地说老年人是"老小老小活成颠倒"？做了妈妈的我才恍然大悟：母亲的固执不亚于小儿的任性，母亲的糊涂如同小儿的瞎闹，让我在"可笑""无奈"之余多了份对生命的洞察及理解。

看着儿子，我时时想起自己的成长给母亲招惹来的麻烦，看着母亲，又让我常常慨叹岁月的无情并敦促自己去回报这个至亲的人，成为妈妈才做起女儿！

梦里梦外都是爱

昨晚，梦到自己的牙齿松动了，梦见牙掉亲人亡故，一睁眼，就赶忙拨打了老家的电话。

"夜梦不祥，画到南墙，太阳一照，变为吉祥。"听了我打电话的缘由，母亲赶忙给我说破解的方法，"妈没事，大门不出二门不迈，你自家注意身体，把娃照顾好。对了，今儿个出门就少说些话，免得和人磕磕绊绊……"母亲叮咛起来就没完没了。

八年前，一场中风，母亲瘫在了床上，手脚一刻也闲不住总是帮着别人做这干那的母亲从此时时处处都离不开别人的照顾。而我，她唯一的女儿，为了生计，奔东跑西以至于一两个月都没时间回家看望她一次。"娘拉儿小，儿养娘老"，母亲给了我幸福快乐的童年，我却不能使她的晚年过得安适，一个电话，牵扯出满心的负疚……

一个梦，一个电话，我几乎整个早晨都心绪不宁。

手机响了，是母亲。

"好了，没事了。"听得出母亲声音里的高兴，"今日个天气不太好，太阳出来迟。我让你大（爸）把我挪到南墙下，画了一个'十'字，用圆圈了，——你从小就不相信，其实很灵验的。你忙，妈挂了。"

身体不便的母亲，只因担心我不会那样做，烦劳父亲将她挪到南墙下，仅仅为了我一个所谓的"不祥"的梦。在我，那是幼稚可笑的做法，而在母亲，却是那么虔诚。在母亲眼里，凡可能牵扯到儿女的，就是天大的事，即使不经意间的一个梦！

下午时，侄儿打来电话，让我这个周末没事的话回家一趟。我心里咯噔一下，忙问发生了什么事。侄儿说没什么大不了的事，就是院子里的雪没有化开，爷爷把奶奶往墙根下挪的时候不小心滑倒了，摔了一跤。侄儿在那边还说着什么，而我，已泪雨滂沱：发什么神经打哪门子电话凑什么热闹，仅仅是自己一个荒唐的梦，却惹得父母遭了那么大的罪。

赶忙就让侄儿把电话给了母亲，问她情况怎么样。

"哎呀，看把你吓的，能有多大的事？摔一摔筋骨就活动开了。我和你大，都老胳膊老腿，零件都不好使唤了。"记忆里，母亲一直最会安慰人，"你今个没啥事吧？"她很关切地问，见我说一切都很顺利，就高兴起来，"我和你大一摔跤，就把我娃的晦气摔跑了，你就没事了……"

他们倒霉了我就不会再倒霉？多荒唐的想法，只有母亲才会产生这种奇怪的念头吧？

我不再给母亲说自己的梦，不再！我不想再让她、再让她因为担心我而伤害她自己。

母亲的阳台

我喜欢说"母亲的阳台",好像那个阳台单单就等着我飞离母亲后填充她孤寂的日子。

在我敲击键盘的此刻,母亲再也不会出现在那个阳台上了,而那个阳台一出现在我的视线内,就惹得我泪水模糊了双眼。尽管如此,我还是固执地说着"母亲的阳台"。

有些往事,随着时间的流逝,反倒愈加清晰,就像母亲和她的阳台。

不论我何时回家,站在门坡下,抬眼,母亲就伏在阳台上微笑着向下看着我。

那一刻,我像个刁钻的坏孩子,并不急着回家,而是长久地仰着脸看着阳台上的母亲,迎着母亲的目光,我就笼罩在一种很温暖很温暖的感觉里,好像仍是个需要她呵护的婴孩。

该回城了,在门坡下等班车是件既麻烦又幸福的事。等了好一会儿,满心欢喜地喊着"来了来了",却常常因已满员而呼啸而过。回头,总能看见母亲伏在阳台上微笑着的神情,她自然一直陪着我等车。

常常是边等车边同母亲有一句没一句地聊着,不外乎我嘱咐她"腿脚不利索就不要挪动""经常开窗通风换换空气"之类的话。有时,我一句话还没说完,她已经点了几次头

"嗯"了几声。那时的母亲，像极了我那只是口头答应却不付诸行动的孩子。

一次从相反的方向路过家门口，我就顺便下了车。站在门坡下，抬头，看见的是母亲斜斜地靠在阳台玻璃窗上望着东面的身影。我没有喊，轻轻地推门上楼，来到阳台。

母亲坐在凳子上，整个身子、头都靠在阳台的玻璃窗上，一动不动地瞅着东面的大路，纵横着岁月犁过的沟沟壑壑的脸上没有一丁点儿表情，如雕塑般。我刚喊出声，笑意立马在母亲脸上荡漾开了，母亲依旧软软地靠着窗玻璃。"我一直瞅着，咋就没见你下车？"

我说刚好路过，从西面下的车。母亲便像获胜的小孩般，欢喜而自信地说："我就说，我天天都瞅着哩，从我眼皮底下过我还能没瞅见？"

那一刻，我鼻子发酸，母亲"天天都瞅着"，等女儿回来看她。而我，总是忙忙碌碌，跟母亲说好的回家的日子一再往后推，实在推不过去了就干脆以种种借口"省略"掉。母亲也就习惯了一厢情愿地呆坐在阳台上，瞅着我回家的方向。

十年前母亲因中风而身体不便后，她活动、行走的范围就缩小到了阳台。即使在我回家的日子里，一旦没待在她身边，她就挪到阳台上，看着东面。我总是从东面回来，等我回来，在她，已经成了一种习惯。

每每回家时碰到左邻右舍，他们就说起母亲一整天呆坐在阳台上的事。我知道他们没有责怪我的意思，可每每听到这些话，我心里总是酸酸的，很难受很难受。母亲，只是我思念的一部分，而我，却是她所有的牵挂！

　　我不在她身边的日子里，母亲将她所有的牵挂注满阳台，最终定格成一个个东望的剪影。

　　而今，一回家，我就会坐在阳台上，坐在母亲曾天天坐着的板凳上，恍惚间，就看到了母亲的形容……

　　曾经呀，母亲的阳台上尽是母亲重重叠叠的身影；而今，母亲的阳台上却密集着女儿悲痛而无望的守候！

秋叶之静美

生如夏花之灿烂，死如秋叶之静美！

—— 一种生活

好不容易才抽身回趟老家看望体弱多病的母亲。

饭后，她将我唤至里屋。从衣柜里取出一个包袱，中风后落下手脚不便后遗症的母亲，包袱上绾的一个结，她打开都得好半天，里面整整齐齐叠了好些崭新的衣物。

母亲拿起个黑缎子的小瓜瓢帽，旁边还装饰着本色的莲花。"这是妈走时戴的帽子，"母亲开了口，指着莲花说，"这花将来戴的位置大概和耳朵差不离，你干啥总是毛手毛脚，不要让妈走得邋遢。"

母亲一脸沉静，如想象中赴一次盛宴般，即使谈到死，母亲也忘不了展示她爱美、利落的本性。我鼻子一酸，不让她再说下去。

"妈走时洗身穿衣都靠你了，给你说清讲明，心里也就踏实了。"她又拿起一个绣着花的粉色手帕，"这个要顶在帽子上，在去的路上，要过鬼门关，恶鬼要抓头发，手帕给了他，头发就不乱了，想想披头散发的样子，自家都难过。"

母亲又说，过了鬼门关就是奈何桥，人都说喝了"孟婆汤"啥都忘了，那我到那边还能不能找到你二哥、外婆、外公还有其他人？

走和不走都好，母亲说。不走，和你们在一起，太阳红红的，房子宽宽的；走了，就能和那边的人在一起，多少年都没见了，还真的很想见呀。

母亲摩挲着为自己选的"老衣"，眯缝着眼睛，一脸沉静。莫非实实在在地走过后，死，也是件轻松的事？我试探着和母亲交流起"死"的话题，母亲淡然一笑，说，该做的事都做完了，手一拍，就走了。

"凌子呀，"母亲还是不放心，"你要听清记准，不要慌慌张张，丢三落四，叫人笑话妈，清清爽爽了一辈子，走得窝窝囊囊。"

我突然想起十多年前，外婆走时的情形。

母亲给外婆擦洗完身子，慢慢地修剪每一个手指甲、脚指甲，生怕一不小心弄疼外婆似的，还仔细地打磨了好几遍。记得母亲当时跟陪在一边的我说，你外婆最讲究了，马虎不得，她会不舒服的。母亲说罢想捋起头发，头发却被泪水沾在脸颊……

清楚地记得母亲当时给外婆"带"了好些零碎东西：一副花花牌，母亲说外婆就爱摸"花花"，不能让她在那边不舒心；还有好几个漂亮的发套和一双二百多块的真皮鞋，母亲又说外婆其实很爱美的，只是顾不上自家罢了，活了一辈子还没有穿过一双像样的皮鞋；大大小小一些鞋样，说是外婆做过的活计，让外婆到那边也能骄傲骄傲……看得出，母亲是尽力让外婆走得心安！

"妈，"快四十的人了，我突然第一次自己想下保证，"我一定会送好你的！"我也是第一次拉过母亲的手，枯瘦苍黄，连青筋，也是那么若隐若现没蹦起的力气似的。

总是替我们兄妹操心我们还贪婪地觉得母亲的"爱"播洒得不够匀称似乎有厚此薄彼的嫌疑，我们闹矛盾，伤害最深的总是母亲！她常常说起孩提时我们兄妹相互关爱的事儿，说"手背手心都是娘的肉""一条儿女一条心"，说得她自己眼泪汪汪，说得我们脸红。

我扶母亲坐在院子里的梧桐树下。"妈要是走了，长兄比父长嫂比母，你不要总耍小娃脾气……"说话间母亲就像要走的样子，对我不放心地叮咛起来。

兴许是说得太多，累了，倦了，母亲坐在藤椅上，垂着的头深深地埋在胸前，一片叶子飘落在她的肩头，是没感觉到，还是无力拂去？夕阳将余晖大把大把地洒向母亲，变幻着的光影也惊扰不了她……

母亲曾慨叹道，人呀，要像树一样多好，花开花落，熬过严冬又是一春。我笑了，说，每年的叶子可都是不一样的哟。母亲淡淡地说，人要像树一样多好，几十年、几百年待在一个地方也不觉得厌烦。

那，人活着不就太单调太乏味了？年轻的我反驳道。

一年后，二哥因车祸猝然而去。每每忆起和他在一起的日子，母亲和我未语泪成流！母亲就开始唠叨，人要像树多好，齐刷刷紧挨地面砍断，还能冒出新芽，还有长成大树的一天！人咋就……彻彻底底地走了呢？

是去年一个秋日的黄昏吧，母亲瞅着院子里那棵梧桐又开了口，人不像树也好呀。我疑惑地看着她，母亲解释道，过几年我就能见到你二哥、外婆、外公了，要真像树一样再活上几十年，多难受。

母亲捡起一片落叶，突然问我，叶子走得是不是无牵无挂？

一片叶子一个世界，兴许和人一样吧。

记忆里，母亲总是一刻不闲地忙碌着，忙得累得都不愿多吐一个字。恐怕真是"树老根多，人老话多"吧，比起过去，母亲是话多了。可人又怎能像树呢？树的话可以说给一群叶儿听，母亲呢，大多是自言自语……

"我今天到花圈店帮了一会忙，"母亲一瘸一拐地拄着拐杖回来了，一脸小孩子般的欢喜，"给人家糊就要糊好看，最后一场了。"母亲说时竟是一脸向往。

平和、宁静地走向衰老，也该是女人极致的美丽吧？

秋叶飘落，是不是也算很美的舞姿？

让爱别寂寞

母亲真的老了，老到一出门就忘了回家，想起回家时又记不起回家的路。我说了她多少次，母亲总是很委屈。她说，我记得巷头有棵大柿子树，门口有个大石头墩子……

母亲记得的是乡下老家，也许，那里，才是她真正的家。

为了自己的工作，又不想负疚于她，是我硬留她在城里在我的身边，我表面上是落下了"孝顺女"的好名声，却让老母亲迷失了自己的家。

几天前，已经七点多了，连午饭都没吃就出去散心的母亲还没回来，我和儿子还喊来几位朋友帮忙找。直到晚上12点多，才在西五路购物广场的雕塑下发现了她，她坐在那里，像个无助的孩子般抹着泪。

除非和我们一起出去，我不再让母亲出门了。我也知道她一个人待在偌大的家里没个说话的伴儿一定很寂寞，可她一出门就像断了线的风筝，行踪就不由她自己更不由我们。

于是，母亲就一整天一整天地待在家里。我也很是放心。

"咱们都出去了，外婆一个人待在家里肯定没意思。"一天，正在做作业的儿子突然抬起了头，冒出了这么一句。"你看，外婆看电视，边看边睡，开电视是因为她连睡觉都觉得寂寞。"儿子看他外婆的目光里尽是担忧，"要是把我一个人扔在家里，我也不干。"

儿子的话让我的鼻子发酸：即使回到家里，忙不完的家务，照看儿子写作业，也很少有时间静心陪陪母亲。

我欠母亲的实在太多太多了。

小时候，还是生产队几百号人在一块劳动干活挣工分，家里没有老人照看的孩子，都被锁在家里。有的孩子太小，大人害怕到处乱爬出事，就和院子里的树绑在一起。而我，被瘦小的母亲用围巾绑在身上。母亲一直背着我干繁重的农活，而没有将我锁在家里。

在我懂事后，还是别的大人拿这件事来嘲笑我母亲傻时，我才知道。母亲笑着说，那有啥？你不愿一个人留在家里，一个劲地扯破嗓子似的狠哭，妈就走到哪都背着你……

我要上学了，为了凑足我的学费，母亲东挪西借山穷水尽之后，把外婆留给她的在箱子底压了多少年的银圆都拿去卖了。记得外婆知道后狠狠地骂了她："我死了，你好歹有个惦记，你就那么缺钱，连妈留给你的东西都拿去卖？"母亲也抹着泪："我也舍不得，我知道是我外婆留给你的，你为了你娃，我也得为了我娃呀！"

我工作了，母亲好不容易也清闲下来了。没几年工夫，我又让她进城帮我照看孩子。母亲二话不说就来了，默默地帮衬我。

那时，母亲从没说过想回老家，尽管我都没时间没心情陪寂寞的她说会儿话。

儿子的话，让我的心再一次在苦难的回忆中浸泡，很是难受。

儿子又说，叫我外婆出去转转吧，要是怕再走丢了，就挂个牌牌，像我在幼儿园一样，标出咱家的地址，你的姓名，联系电话，不就解决了？

会不会有人借此敲诈？

我刚一开口，就伤害了儿子。他说，敲诈有啥好怕的？比我外婆还重要？我只是想叫外婆高兴点。

干吗要想到"敲诈"？或许因为母亲挂了牌牌，别人才会给她更多的关照。

我开始动手设计起牌牌，不能太委屈了母亲。

父亲的柿子树

老家的沟底，有棵柿子树，是土地承包到户那阵子分给我们家的。

父亲年龄大了，上不了树，有一年他在树下举着竹竿晃了两下，柿子没打下来，还闪了腰。那棵树便成了父亲眼里的难题。

弟弟长年在外打工，很少在家里待，即使偶然碰巧赶上柿子熟了，父亲再唠叨，他也不愿理会，他看不上那点收入。

"妮儿，咱沟底下那棵柿子树都三年没管了。"电话里，父亲很认真地给我说着柿子树，好像那是一件很重要的事情，"前些年，我和你妈下（摘）柿子，磕不着半个柿子，全都是浑浑圈圈（方言，即'完完整整'）的好柿子，温柿子，晒柿饼，烙柿子饼，冬天还能吃上软蛋……"

可不是，先不说煮的硬柿子有多好吃，门框上那放了一个冬天的软蛋最最泻火，着好霜后白生生的柿饼吃法更多。就那树柿子，让我们的冬天过得有滋有味。

由柿子树扯开去，父亲开始唠叨自己力不从心，自己已经没用到柿子挂在那儿却收不回来的份儿了……听得我鼻子发酸。

我是不愿意让父亲不开心的，再说了，现在家里也不缺柿子树上的那点收入。我便安慰道，那柿子树摊到咱家，真成了一棵幸福的树，没负担，结不结果子全凭自己的心情，多自在。

我原本是为了逗父亲开心的，殊不知，父亲却显得更不高兴了。他说，这树真恓惶（方言，即"可怜"），把满树柿子结好了挂在那儿都没人要，像野树，表现再好也没人搭理，心里该多难过。唉，父亲在长长的叹息后又说，就像那些唱歌跳舞的，台子搭得再好，身姿再俊，嗓子再亮，没人看没人听，有啥意思？那树，再不管的话，就不会好好结柿子了……

父亲还在说，亏了树就等于亏了地，庄稼人得有庄稼人的样子，亏了地就是造孽！

我笑笑，没有继续他的话题。即使和父亲的看法有再大的冲突，我也不会直接理论的。我现在颇有些父亲过去的样子：小时候，不管我说什么大话、废话，父亲都不直接驳斥我，他总等着鲜活的结果来给我深刻的教训。只不过现在的我不理论，是怕一不小心伤害了父亲的情感。父亲太保守了，庄稼人应该是什么样子？进城打工的，在城里乡下之间穿梭着做买卖的，将责任田都变成私人小工厂的，庄稼人不是越来越不靠庄稼的谱了？

只是父亲自己，依旧守着他的庄稼地，他已经年迈到奈何不了一棵同他一样苍老的柿子树了。

好在那棵柿子树对我们家的日子不会有什么实质影响，扩足了，就一百块钱而已。

可是，一入十月，父亲电话里说的最多的，就是那棵柿子树。

父亲说，一沟底的柿子树都分到各家各户了，就咱家的树像没妈的娃一样恓惶，树分给咱家算倒大霉了。

父亲说，我老了，连自己都照顾不了，还想那棵柿子树干啥？人要知道自己几斤几两，老了，连自家的娃都使唤不动了。

父亲还说，人老了在娃娃眼里，就像柿子树，经常想不起，一想起就心烦……

我知道，父亲又在惦记那棵柿子树，一个实实在在的庄稼人的惦记。

我是该陪父亲好好摘摘柿子了，我得记着，我是一个庄稼人的女儿。

心是最美的花园

别失信于自己

你一拍胸脯道，我这个人，说出的话是板上钉钉，一个唾沫一个坑。你说时眉头一挑，似在向我们求证。大伙都嘻哈着附和，说你这人，没得说，杠杠的。

我看着你，心里在笑：其实啊，你说出的话未必是板上钉钉，许多唾沫还没掉在地上就风干了。

记得你曾重重地拍着我的肩膀说，叫老哥给你说，这一周，就是天塌下来我都不管，必须回去看看老妈，老妈七老八十了，真的是有今儿没明儿了。

你说时嗓门很大，看着老家的方向，好像是隔着一百多里给老家的母亲下保证。

周一我问你回家的感觉时，你却一摆手道，再甭提了，事多得很，根本抽不出时间。你说话的语气里还带着焦躁，似乎还没有从杂乱的事务中抽身出来。

失信于自己，能说你说话板上钉钉？

记得你说，我太想吃小时候的剪刀面了，城东有一家，做得特正宗，有我妈做的味儿。今天下班后一定过去享受享受。

你说时舔着舌头，似乎那剪刀面就在你嘴边，垂涎三尺地想啊。

第二天我问你，找到儿时的感觉了？你竟一脸茫然，问我啥意思，在我的提醒下你才想了起来。你显得很随意，说，就那么随口一说，哪有闲工夫娇惯自家？

失信于自己，能说你为人"杠杠的"？

其实，你常常以种种理由失信于自己。那些所谓的目标，追求，理想，给你带来了许多应酬，让你忙得晕头转向，忙得忘了自己也是需要安顿的肉体凡身，忘了自己身后有至亲至爱的人儿望眼欲穿地盼着与你团聚。

一直记得我们一起出门游玩的那次。你发现手机快没电了，就烦躁异常，就想马上回去。那是个周末啊，出发前你还信誓旦旦，说："要把自己彻彻底底交给自己。"为了让你安心，我将你的手机卡安在了我那电池满满的手机上。

你何曾对自己守信过？哪怕一个小小的承诺？

你经常疲惫不堪，疲惫不堪还强挂笑容，还要表现得幸福饱和洒脱万分。你呀，真不知该怎么说你好呢？

看一次年迈的老母亲，吃一次怀旧的饭，睡一个自然醒的踏实觉，在你，都变得那么奢侈。只是因为那个承诺是给自己的，就不需要恪守吗？

不求你说出的话是板上钉钉，一个唾沫一个坑。只愿你别忘了给自己的承诺，别失信于自己。

镜前思绪

清晨，站在镜子前，无意的一瞥：白发不是隐约可见，而是肆无忌惮张牙舞爪地飘舞！一刹那，我好像被什么深深地击中了，先是恐惧，铺天盖地的恐惧席卷而来，而后是疼痛，入骨的疼痛。

岁月，就是这般无情，不等你意识到人生短暂、没等你下决心扎扎实实好好活，很多光阴就已悄然滑过。

不知道自己还能结结实实地奋斗多久，不知道还能有滋有味地生活多久，不知道成功距离自己还有多么遥远，知道的，只是实实在在地看见了肆意招摇的华发。

看白发看得我很是慌乱。好像一切原本安排得停停当当，无须思考只需按部就班，前面有大把大把的美好光阴等着自己享受呢。而那一刻，却感觉到那些还没有触摸到的美好光阴已被阴冷乖张的白发刺得千疮百孔，以致我被汹涌而来的绝望淹没。

觉得镜前的自己，急于想抓住什么，却不知道该抓住什么又能抓住什么。只觉得过去了的所有日子都不曾尽心打理好，只觉得所有的往事都不曾留下深刻印象，只觉得自己真的怕是亏欠了岁月……所有的感觉最后一起消失，只留下白发龇牙咧嘴地冲着我喊着"匆匆""匆匆"。

自己无所适从，自己惊慌不已。

曾经真的挥霍了好些时光，真是造孽。似乎此刻才彻底明白：跟时间躲奸溜滑，受伤的永远是自己。而那种伤口永远无法愈合，那种伤痛永远无法缓解。

觉得以前自己只是独自瞎摸着跌跌撞撞地前行，看似尽力尽心地努力，却没有明显的进步，以至荒废了许多时日。而今终于有了可以请教的众多的良师益友，觉得可以铆足劲地奋起了，却已华发飘舞。

抬头，又笑了，我怎么被一些白发模糊了眼睛？白发下面还有那么多那么多依旧乌黑的头发，我只为白发感慨，会不会伤了黑发的心？我只沉浸在白发惹起的伤感中，会不会伤害了自己曾经的努力？

突然觉得，我是幸运的，我读出了白发是警示，黑发是支持。

看父亲吃饭

父亲准备吃我从几十里外的县城拎回来的羊肉泡馍。他撕馍块的手看上去是那么无力，是馍不软和，还是他已经衰老到不能利落地征服一个馍？

我鼻子一酸，从父亲手里接过馍，一小块一小块地撕了起来。他手上已经没有多大力气，牙齿的咀嚼肯定同样无力，应该撕成小块的。

馍泡好了，父亲将碗往自己跟前挪时，汤水扑溅了出来，洒在了桌子上。父亲不好意思地笑了，随手就抬起衣袖准备抹去，我赶忙拉住了他的袖子。我用抹布擦时，不能自已地落泪了。人说"老小老小"，此刻的父亲多像小时的我，做错事唯恐受到责骂，为了掩饰小错误便无意识地犯下了更大的错误。

父亲吃时很费力，咀嚼得很慢，似乎是进行一场拉锯战般艰辛。汤水洒落在他的胸前，馍渣渣掉在桌子上，我突然就想起自己小时候吃东西的情形。

父亲将舍不得吃的东西带回家，用很夸张的语气无比骄傲地喊我。"丑蛋蛋，快过来，看大给我娃拿回来啥好吃的？"

我就不客气地埋头猛吃，甚至都沾在脸蛋上，抬头时，看见的总是父亲乐呵呵地瞅着我的笑脸。

每每这时，母亲就训斥我：瓜女子，都不让你大一下？父亲就拍拍我的小脑袋说：我娃吃了，她大就饱了。是不是，丑蛋蛋？

我就一脸骄傲，嘴角一撇：就是，我大才不和我争呢。

小时候，父亲看着我贪婪的不雅吃相，脸上洋溢着满足与骄傲；而今，我看着父亲颤颤抖抖地往自己嘴里送东西，心头涌上的只有岁月不饶人的酸楚。

父亲还在慢慢地吃着那碗泡馍，一筷子夹下去，馍块滑向了一边。父亲笑了，说道：是大手脚不利索了，还是馍馍都灵性了？

就像此刻，我在家里时，父亲偶尔也冒出一句幽默。说"偶尔"，是因为在更多的情况下，听嫂子说，父亲是沉默着的。

还记得那次，我无意间发现邮局旁边的学巷，竟然成了早点一条街。山东果子、杂粮煎饼、鸡蛋葱花饼、水煎包子、菜合子、武汉包子……长长的一条街，早点的花样几乎不重复。于是，从最西头开始，我一样一样买，挨个过。到了东头，手里已经拎了快二十种早点了。叫了辆出租，直奔几十里外的乡下老家。

因为还得赶时间上课，只给父亲说了句"见样尝尝"，就又赶了回去。

那是在上班时间偷偷溜出去的一次，最后查人时还被发现了。可我心里一直觉得很值得，我让自己的老父亲尝遍了学巷里卖的早点。

如今想来，即使品尝一下成堆的它们，对苍老的父亲来说，都是一种负担！

眼前的父亲吃得很慢。或许一个人的衰老，就是从牙齿开始的：连吃都成了困难，一切的一切不都是虚幻的？

我一直觉得自己应该算个孝顺的女儿。常常一拎一大堆所谓的好食品让父亲尝，我何曾静静地看父亲如何吃？我总埋怨父亲宁愿把东西放坏都不吃，我何曾想到他吃起来是如此艰难？

看着父亲吃这碗羊肉泡馍，看得我满心愧疚。

他是看着我长大的一个人，我也该是看着他衰老的那个人。

迷 恋

我只是一个小女子，瘦小柔弱，甚至，从来都没有坚持过什么的念头。只是一见文字，就眼睛发亮，一股难耐的亢奋如燃烧着的火苗在体内让我无法平静。

我迷恋文字，是那种沉溺其中难以自拔的忘我的迷恋。

今天，我很开心，开心得有点夸张。独自想着想着，笑意就浸润了整个脸庞。

"自由行走的花""长歌笃行""有梦的小草"，这是我昨晚刚刚加上的 QQ 好友。小小的三个网名，却给了我大大的欢喜，不，是铺天盖地的欢喜。

"自由行走的花"，看着这个名儿，再想想，你是不是皱起了鼻子？对，对，芬芳的味儿已经飘了过来。

女人如花，娇美，多姿，风情万种。花瓣般光洁柔软的肌肤，花香般在风中扩散的体香，花蕊般娇小隐秘的心事儿。一个"花"字，她的形、色、香、情，都在你的眼前铺展开来。"自由行走"则给了你她内心的不羁或愉悦的方式。

这是一个何等美艳又自我的女人，仅仅"自由行走的花"这几个字，就让我不舍让我着迷让我神往！

"长歌笃行"，长歌当哭，依然笃行。天哪，这，又是何等沧桑何等隐忍何等负重，甚至，何等心酸？

一个女人，欲"长歌"的心情该是经历或遭遇到了什么。我无从知晓，却按捺不住地胡思乱想起来：她可否梨花带雨般哭泣？如刺入骨般疼过？心碎欲裂般痛过？可就是这样一个女人，她收拾了糟糕到无以复加的心情，安抚了绝望的自己，连缀起前行的路程，慎思，明辨，而后笃行。

只是一个虚拟的名字啊，却让我疼得揪心。或许，只有这个名字才能代表最最真实的她吧？

"有梦的小草"，看着这几个字，我的眼前已浮现出一株摇曳的小草儿。

我感觉到了卑微，我甚至情不自禁地想去呵护柔弱的她。一个女人，将自己定义为小草，定是她已经彻骨痛心地感受到了周遭力量的强大与自身的柔弱。无奈如风，不顺似雨，风吹雨打，可她依然把持住了自己。只因怀揣梦想，哪怕只是梦想的胚芽，也滋润着她的心田不至于干涸，温暖着她的心儿不至于陷入绝望的泥沼。

小草也罢，因为梦想可以使一切变得强大起来！我喜欢这个名字，我祝福隐于网中的那个她。

今天，我因为收获了三个网名很是欢喜。

昨天，同事"白雪貌"这个名儿一直萦绕在我的心头。姓与名，和谐而完美的结合。我见识了她的清雅，我感受到了她的坦荡，我更被她的冰雪聪明所折服。"白雪貌"，在我眼里心里，已不再是一个简单的人名，而是一幅有情有义的画。

前天，正在街上走着，突然听见一个老奶奶在训斥她的小孙子："你就是爱逞能，能得脚尖尖在瓮沿儿上跳舞！"听得我绷不住笑出声来。真如这位老奶奶的表述，那么这个小家伙还真不可小觑。"脚尖尖"能在窄窄的"瓮沿儿上"站立已是困难，他还可以在上面"跳舞"，这小家伙实在太能干了！

也是前天吧，打开孩子们的作文本。"惨白而忧伤的太阳看上去心事重重，她不情不愿又百般无奈，就很随意很心不在焉地照在我身上。我没有感觉到温暖，只感到了距离的遥远……"我当时觉得开心得很，出声地读了好几遍还觉得不过瘾。

……

每天，我似乎都能感受到那些小方块经历的风尘或取得的荣光，心里就溢满欢喜，仿佛自己偷偷地沾了天大的便宜般。

以后的所有岁月，我会不会沉浸在文字中长醉不醒？

呵呵，快乐地迷恋，迷恋着快乐，全因了那些浑身散发着灵性的小方块儿。

母亲的细节

"妈，妈"，挟着课本裹着满身雪花一推开房门，刚过周岁的儿子就攀着床头手舞足蹈地以他的方式向我表示满心的欢喜，"妈"还叫不真切呢。我赶紧奔向火炉，烘烤着冻得僵硬的双手，唯恐冰冷了我的宝贝！

一刹那，我想起了自己的母亲。

小时候，我体弱多病，母亲又坚信"中药治根"，我最发愁的就是看见母亲煎中药：先是苦苦的药味在空气中肆虐地恐吓着我，接着便是母亲好说歹说"喝药的重要性"并身体力行地做示范，最终是捏着我的鼻子强行往下灌。

如今想来，也真够难为母亲的。她总是自己先喝给我看，意在告诉我"真的不苦"。可往往话音未落，就转身吐苦水，"怕苦"，兴许是母亲给我的"唯一"遗传吧。

上小学了，每到冬天，母亲总坐在家门口，边做针线活边等我放学。"妈，冻死我了！"我常常边喊边跑到母亲怀里，那两只僵硬冰冻得像小铁锤头似的手就被母亲拉进自己衣襟里，贴着母亲热热的肌肤，一会儿就活动自如了。

母亲这才拉我回家，让我坐在热炕上，还用被子将我围上那么一圈，才去端饭给我吃。

儿时的冬天，因为母亲的疼爱与呵护，回忆起来依旧温暖异常。

目光一旦落在儿女身上，母亲满眼满心都是儿女，心也是最柔软最细腻的。搬家那天的情景常常萦绕在我眼前。

近60多岁的母亲佝偻着身子，上7楼帮我搬东西。"咱要有多的钱给娃添上，娃也不用上这么高了。"母亲说给父亲的话听得我心里发酸，将自己从牙缝里省出的全部积蓄给了我还觉得愧疚于我的母亲。

准备吃饭时，"凌娃，等一下。"母亲开口的同时拉住了我，"你后肩上蹭了一点点土。"母亲赶忙替我拍打，"还有一点下不来，叫我看是啥东西。"母亲在手指上抿了点唾沫试探着擦，"好了，走吧。"一转身，却看见母亲胸前尽是土。

哪怕一点点尘土都要替女儿拂去却不理会自己，总想让女儿时时都展示最美丽的一面。

因为有爱，在母亲看来，就没有解决不了的难题。

"这几天就是有点冷，凉气从裤腿往上钻。"看望母亲时，我随意说了句。第二天下午，母亲就搭车进城来看我，带来了她的"发明"：长条形，两边有粘片，里面垫着暖和的兔毛，从脚腕向上裹得瓷瓷实实再一粘，凉气进不去了，脚脖子也不冷了。

许多细节，独属母亲。

很冷很冷的一个冬日，陪姐姐给外甥女在商场买衣服，看见一个女的不停地试来试去。见我们一脸疑惑，她笑着解释道："我在家里把娃的衣服试好了，心里有尺寸，冬天叫娃脱脱换换容易感冒。"

也总忘不了那次宴席上发生的事。两个左撇子，看起来与大家格格不入，竟是一对母女。看样子母亲显然不习惯用左手，女儿嬉笑着指指画画教给母亲。那母亲看我们大家的目光里充满歉意，我明白，那是一位很细心的母亲，害怕左撇子的女儿感到不自然或者被人嘲讽，自己宁愿出丑做女儿的陪衬。

我感受着母亲的宠爱，又宠爱着自己的孩子，再看着别的母亲们的付出，深深地明白了：许多细节，独属母亲！

你认识自己吗

认识自己需要一个过程，一个给自己比较准确的定位过程。

今天的我，似乎可以被认定是幸福的：物质上大约能算得上衣食无忧，间或还可以接济一下身边人，精神上借助文学天马行空自由驰骋，快乐自己温暖他人。

我常常，不，是我喜欢暂时地转换一下自己的身份。

我帮建筑工地的妇女一铁锹一铁锹地装满了一料斗细碎的沙石，我明白了自己并不强壮有力；我在卖夜市的妇人那里摊过两张失败的煎饼，我觉得自己的双手并不灵巧；我帮做生意的表姐卖了大半天却没卖出一件衣服，我知道自己不擅长说服别人……

一有机会，我就尝试着所谓的"辛苦生活"，我尝试辛苦是怕自己一不小心变得轻飘飘地失去重心。我也只有不断地尝试着诸多的"不能"，正确认识自己，才会愈加珍惜手头上这份别人并不看好的工作。

小时的一场疾病，我的右眼形同虚设而且留下与左眼明显有别的痕迹。自卑包裹着我，以致举目看不见天的湛蓝，低眉尽是满心哀伤。足以淹没我的自卑是纯粹的个人小感情，而愈来愈烈的来自别人的轻视则撞击着我脆弱的心。

仅仅一只眼睛的缺陷就打垮了我？我的人生就这样被别

人不屑地定义?

多少个无月的凄冷的夜晚,我不甘地叩问自己,脆弱的心被轻蔑与歧视腌渍得趋于坚强。

于是,三更眠五更起挑灯苦读,反复演练以求准确无误的草稿纸铺满我求学的日子。一旦有了目标就没时间想别人的闲言碎语,一旦奋起更不会自怨自艾怨天尤人。

20多年前的七月,千军万马过独木桥中,我成功跃过龙门,改写了自己的命运,至少当时是这样的。

蓦然回首,那个丑陋的小女孩应该感激那些轻蔑与歧视,也应该感激觉醒的自尊。

每个人的一生,也许都存在着不同版本:一个弯没有拐好,会偏离正道;一个结没有及时打开,会锁住明媚的阳光;一个踉跄却没人适时帮扶一把,会被推入万劫不复之地……

清楚地认识自己,度德量力,倾全力做好自己,自会少了盲目的攀比,也能安抚浮躁的心灵,更能把握好自己人生的舵。

转换角色,如同远距离地认识自己,会看得更清,定位更准。

女儿的花园

我买的住房是二手房，顶楼，背阴，狭小。从外面看，古怪的凹凸结构，自然东南西北四面都风吹日晒雨淋，里面的布局当然也难以合理，唯一能让我接受的是价格，也只是价格而已。

交了第一笔房款后，带女儿进去了一次。她在每个房间转了一圈后，满脸喜悦："妈，太美了，咱们马上就搬进来吧！"

我拍了拍她的肩，只有笑笑的份了。

搬进来第一个周末，我正在做家务，"嘭"的一声，门被推开了，呵，女儿身后跟着好几个同学。

"妈，我请我的朋友来看看咱的花园。"女儿一脸喜悦。

我愣住了，一把抓住她："你咋胡说？咱家哪有花园？你糊弄谁呀？"

"我的秘密，不告诉你。"女儿冲着我做了个鬼脸转过身对她的朋友们说，"走，跟我看花园去。"说着就推开东边书房的门，走到窗边指画着窗外，女儿滔滔不绝地描绘着。

哦，那是邮局的花园，的确很漂亮。

她再将朋友们带到北边的屋子，趴在床头看窗外，我也凑了过去。

竟然还是花园！我怎么没有注意到？对了，这应该是政府家属院吧。从高大的花树到小花木，俯视，姹紫嫣红的花儿，点缀在绿毯子上，层次感强，煞是好看！

女儿又将朋友领到南边的屋子，窗外，依然是一片大花园，看楼房结构，我想应该是私人别墅吧？

"我家厉害吧？花园里的家！"女儿一脸骄傲地对她的朋友们说着。

"你家真棒！我的家就没有花园。"

"我家院子才有一个小花园。"

"……"

小朋友们叽叽喳喳，女儿得意地撇着小嘴巴："最厉害的是我妈，我妈挑的房子！"

"可是，它们并不属于我们家呀？"我不好意思地解释道。

女儿很无所谓地接了句："那又有什么关系？能随时看就行了。"

是呀，那又有什么关系？花园就是为了赏花，天天观赏还不用打理，幸福得让人都不好意思。

我家有三个花园，我女儿的三个花园，真棒！

迁 就

我一直觉得，自己就生活在迁就中，没有迁就，就没有我的生活。

一打开报纸，就瞧见了自己的文章，却署了别人的名字，又被剽窃了，还是第一版的编辑精品推荐栏目。愤然打电话直接到责任编辑，要求严惩这种剽窃行为，并要求将此人的道歉刊登在报纸上。编辑回了电话，说"剽窃"这个词语太重了，要是真的将道歉刊登的话，那个人会不会很尴尬？编辑随后的其他解释已经不重要了，我开始问自己：我一定要让别人因为一篇文章而狼狈不堪吗？仅仅一篇文章我就要置人于死地？我是这么残忍的人吗？

我妥协了，甚至开始怪怨自己，又不是第一次遭遇这种事，怎么还这么冲动？只让编辑提醒那人，不要再做这样不劳而获的事情了。

那个极不讲理的女人，张扬着的浅薄，夸张着的愚昧，的确将我激怒了。当我准备和她好好理论一番时，却瞥见了她身边的小女孩，怯怯而又无助地紧紧地拽着那女人的衣角，眼睛里是遮掩不住的惊慌。

我动摇了，我倘使跟她理论，势必让她泼性大发。我不愿意让年幼的孩子看到妈妈的不雅，尽管它确实存在着。

当那个男孩公然在课堂顶撞我，仅仅因为作为老师的我给了他善意的提醒。一刹那，愤怒在心中燃烧，我皱起眉头，几乎失控！可他只是一个十六岁的孩子，自己家里的孩子不也经常与自己高喉咙大嗓门的理论吗？成长是个过程，有些孩子，总需要付出时间乃至代价才能学会一点做人的道理。倘若稍经师者指点人皆可成尧舜，还需要学校这个场所教师这个职业吗？

我控制了自己的情绪，下课后又和那孩子进行了交流沟通。

乘黄包车让人力车夫将我送到"世丰园"小区。那是我经常去的地方，两块钱，可以省去坐公交车的拥挤。"正街人太多太挤，咱走小巷道。"我依从了车夫。到了目的地他却要四块钱，理由是绕了道。我只让你送到三站路外的地方，你爱用飞机环绕七大洲四大洋一圈再回来，是你自己的事，凭什么要我多掏钱？心里有些不平是真的。他不是一直在蹬吗？还不是因为生意难做乘客太少，他才出此下策？

我体谅了他，也就原谅了他的小心眼。

要求儿子每晚睡前必须写篇日记，随时反省自己的行为整理自己的思想，以便让他更优秀。可看到指针已经指向11点，他已疲惫不堪，作业还没有完成。"作业做完赶紧睡，不写日记了。"儿子欢呼雀跃。我知道，在不强迫的情况下，我是不大可能将儿子培养成一个自律性很强的"完人"。

我同样一次次迁就了他，因为我知道，对儿子来说，健康与快乐更重要。

年老的父亲开始像小孩子般固执，再怎么引导他都不明事理。只要他这时候想干什么，就要马上去做，都不容你考虑，更不接受你认为他不能做的理由。在他愉快安全的前提下，我都迁就他。亲情是有期限的，最可怕的是，这个期限的失效期谁都不知道。人生如枣核，他已经走到了那端，属于我们共同的岁月又有多少呢？

我是欣然迁就老父亲的，即便家人都有些不理解。

似乎我的生活离不开迁就，似乎我就没有自己的主意。迁就，是一种无奈，更是一种安心。

让我插一句，孩子

我在听你说话，真的，一直在听。

你的语速很快，显得有点不耐烦或者是生气。你的喜怒哀乐从不掩饰，还跟小时候一个样。只是，让我插一句，好不好，孩子？

是该过马路了，我是没有紧紧地跟上你。你知道不，来来往往的车辆像几道梭子，晃得我眼花，眼一花心里就没底了，心里没底了就害怕，害怕得或许就像儿时的你第一次过马路。孩子，让我帮你回忆一下儿时的你第一次过马路的情形吧：

绿灯都亮了好一会儿，你就是撅着屁股使劲往后缩，我怎样拉你扯你都不顶用的，你就是拒绝自己走着过马路。最后，还是我抱着你走了过去。为了消除你的恐惧，我蹲下来跟你说尽了好话，鼓励了半天，才拉着你的小手再过了一次。而后又许以玩具鼓动你独自过了一次。

孩子，这就是你第一次过马路的情形。为什么你就不能或不愿意牵着我的手过马路？就像我帮你克服对马路的恐惧一样。

牵着我的手，我一定会觉得很踏实的，孩子。

瞧我现在，眼花了，腿颤了。消除恐惧是个过程，你得给我时间，或者帮助我，而不是不耐烦地大声训斥。

我是领着你长大的人，你是不是也该是陪我走向衰老的人？

孩子，你也不要指责我"越长越幼稚"，颤颤巍巍病病歪歪地还跟在人家后面扭秧歌，让你觉得难堪。

我知道我跟在她们后面不协调，让看的人也觉得别扭。我的手脚是越来越不利落了，还落下中风的后遗症。我走路的丑样子不用你瞪眼我自己也知道：腿跛着，身子颠着，手还抖着。可就是因为它们越来越不争气了，我才得好好锻炼锻炼，我不能因为身体不便成了你的负担啊，孩子。

我知道自己是快散架的机器，六七十年了，不保养，光磨损，肯定零件都不行了。可是，我还是不希望给你带来麻烦，多锻炼终究能好些。咱不为了面子伤了里子，难看就难看，不要嫌我锻炼啊。

还记得你小时候的腼腆，不敢或不好意思和别的孩子一起玩耍。为了消除你心里的胆怯，我陪你和别的孩子一起堆沙子、玩泥巴，直到你和她们很熟悉了，我才悄然退出。

我陪着儿时的你融入那个你向往的群体，你没时间陪我不要紧，可不要怪怨我"丢人""难看"啊。

你要知道，我就是不想早早地成为你的拖累，才会不嫌丢人现眼地活动着身子骨啊。

还有，不要大声地说出对我的看法，孩子。

你也知道，人都爱说"老小老小"，就是老人和小孩在很多时候是一样的：一样的脆弱，一样的敏感，一样的需要照顾。你只看见了我经历得多，却没看见年老给我带来的无助。

我真的不愿意手抖得拿不牢筷子，以至于饭菜撒满桌子或胸前。看到你不满的目光，我比你还难受。可让我更难受的是，你脸一拉，劈头盖脸就训我说，你看你，多大的人了，还到处撒饭菜像娃娃。

还记得你小时候，吃一次饭，撒在地上的饭菜能养活一窝小鸡。我就给你把碗端起来，凑到你的嘴边。你现在可不可以给我把远处的，我能咬得动的菜夹到我跟前的碟子里，孩子？

算了，不说了，待会儿你又得训我"树老根多，人老话多"，嫌我啰唆。

其实你看着我，也就看见了你自己的未来。你忍心对未来的自己没耐心吗，我的孩子？

让 座

关于让座，我听过两件事。

第一件事，是我的一位老同事说给我的，他已经退休了。

那次，我在想象中说到他"桃李满天下"的骄傲时，他笑了，不加掩饰的勉强，比哭还难看的笑。他给我说了一件事，听罢我也换上了他的那种表情。

他说他曾经坐公交车，上去时过道上已经站着几个人了，根本没空座儿。他也站着，过了一两站吧，或许是看见他一把年纪抓着扶手摇摇晃晃，旁边一个小青年站了起来，将自己的座位让给了他。

老师，你还记得我不？他刚一坐下，邻座的那个年轻人就很热情地问他。

他看着那个年轻人，笑着问，你刚才就认出我了？

那年轻人一个劲地点头，说："你一上来我就认出来了，变化不大呀。"

老同事问我，你说我当时该怎么回答？我没来得及思考他就直接给出了答案。他说他当时就摇摇头，说我不认识你。

这位老同事给我的解释是这样的：

我的学生连给老师都不让座，缺乏最基本的教养或者同情心，就不能算合格的学生，我真没脸承认自己往社会上送了一个次品。

其实老师不是苛求学生对自己有多好，而是学生对他的态度就是学生为人处世的折射！

第二件事，是我听朋友说的，朋友说时很愤怒。同样是发生在公交车上。

上来一位六十来岁的老人，车里已经没有空座了，已经有一个人站着了。结果，前后左右的人都将目光投向一个年轻的军人，他坐着。

先是含沙射影，继而冷言冷语，而后就直接辱骂军人素质差。

朋友说，我就是站着的那个人。我就对着那些只会喷溅唾液的嘴巴开了口：他的座位是我让的，他身体不方便。

于是车厢里安静下来，可依旧没有人站起来让座。

朋友跟我感慨道，坐着，就没有批评权。一个人只有先做好自己应做的事，才有资格开口说话。

似乎是条件反射吧，一上汽车，我就想起这两件事情，所以我一直在沉默中让座。

站着，心安理得。

云朵是天空的爱恋

云的断想

从小，我就喜欢仰面躺在山坡上静静地看云，直看着云儿飘离我的视野。

那时，看着云神奇地飘移，我满眼都是羡慕：自由的云，无忧无虑的云，做一朵云彩怕是世界上最幸福的事吧?!

想想看，想飘多高就飘多高，想飘到哪就飘到哪，想象中自己已经变成了一朵云，不再因为贪玩忘了割猪草而被母亲揪着耳朵训斥，不再因为写错一个拼音被老师打板子，不再……

我甚至怨恨母亲怎么把我生成人而不是云!

略大一点，接触了地理知识，才知道云不是凭空而生的：水在炙烤下得以蒸发才会形成云。

回想起过去对云的种种痴想，连自己也笑了：水倍受磨难冲破禁锢，才会化为自由之身，融入云的行列。没有风吹日晒，水就没有成为云的可能，只有磨难，才能提升自己!

前几天的一件事，云再一次飘进我的心里。

抬头，天很蓝很蓝，很蓝很蓝的天上云儿煞是好看：正撒开四蹄扬着尾巴欢跳的，是只"绵羊"，看上去毛茸茸的，你都想飞上天去摸摸；旁边是头"狮子"，前蹄腾空威猛无比，似乎还在抖着鬃毛。

我突然明白了，只要愿意，连云儿也会勾画出最美的画卷。

然而，也许因为好奇吧，"绵羊"和"狮子"彼此慢慢地走近，走近，直到合二为一。可能又觉得不合适吧，想要分开，努力地去分开……却已扯不开又分不明了。最终是分开了，而彼此，已不再如从前般美丽或威武。

两朵云，远远地欣赏，关注，甚至爱恋，谁说不可以呢？然而，靠得太近，却只有遗憾，看似无形的感情，也需要留下适当的成长空间。

欣赏甚或爱慕别人，只是别忘了守住自己。

而今，我依旧喜欢看云，云飘进我心里时，总会留下什么。

养　花

好友芳特别喜欢养花，我常取笑她是"花痴"，上辈子也许就是一朵花，一朵没灿烂过满心含冤的花，这辈子才这么投入地使花儿怒放。

我也喜欢侍弄花，已经很用心了但有些花儿还是蔫不拉叽甚至渐渐枯萎，已经无药可救，想必死定了的花被前来串门的芳端走，多日后，还给我的，是鲜活是灿烂。

芳养花。

又觉得，芳仅仅是会养花而已，会养花的未必真心爱花。别人上她家，只要有看上眼的，表现出喜欢开口讨要，她都会爽快地送给别人。我也喜欢养花，喜欢到恨不得将所有美丽的花儿据为己有，我就多次从芳那里搬花回来。

养花对芳来说，也许仅仅是一种消遣，一种高雅的打发时间的方式吧？

我问她，养花就好好养花吧，干吗还养了那么多杂七杂八的草儿？

芳很认真地说，草儿有籽才能长出来，不开花哪能结籽？每棵草都曾是花。她拨弄着那些草儿，又说，被叫作"草"的，是因为它的"花"开得太淡、太淡了，淡到咱们忽视了"花"的存在。而那些开得鲜亮能引起咱们注意的，就叫"花"了。

我戏谑芳，看来从"花痴"飞跃成"花精"了。

我又问，你不喜欢花干吗养得那么投入，喜欢花咋又舍得把花给人？你这个人，挺矛盾的。

芳笑了，只要是爱花的人，只要花能活得好好的，也没必要拘泥于在谁家了。再说了，人家满心欢喜地讨了去，时间长了，不喜欢了，或者忘了搭理了，干死了阴死了，就算是在我家，我也有水火事打扰顾不上的时候，那是花的命……

乖乖，你是在养花吗？我觉得你这个这家伙，已经修炼成"花仙"了。

芳说，她最高兴的就是看叶子泛绿，等花蕾绽开。芳爱花，也随花，不修剪不造型，任其恣意疯长灿烂怒放。

我总觉得，芳其实并不是在养花，她是在"养"人生：努力作为又顺其自然，可以制造机会却又无法控制命运。

把握住自己

人是最容易迷失自己的。

我从来没有怀疑过自己善良的品行，直到那天，在车站的候车室里。

在车站稍作停留时我看见了它：静静地躺在空无一人的连椅上，充满诗情画意的外表让人浮想联翩，很有诱惑的，似乎就等着我来发现它的存在。

环顾四周，它的附近或者更远一点，没有一个人，我就走了过去，装作很随意的样子，翻阅起来，精美的哲理散文，我最喜欢的风格。

我的欲望似乎已经超出了阅读，心里怦怦直跳：是因为它的主人不明？它主人不明管我什么事；是因为我等的车快来了？我的走它的留压根就没什么关系；还是因为怕明珠暗投留下遗憾？我拥有它同样不会心安理得……

好不容易压稳了怦怦直跳的心，放下它，转身离开。我知道自己的不易，边走边回头，直到坐上了车，还透过玻璃望着它。

别人拿走是别人的事，即使被一个根本不接触文字的捡破烂的拿去卖废纸，也无关我的事，我不是它的主人，不应是它的所属。

我没有拿那本书，我跨越了"'窃书不算偷'况且仅仅是'收留'"的自我谅解；我推开了所谓的"资源共享"
"浪费就是犯罪"的贪念。我没有拿那本书，我任何时候翻
书时手都是干干净净的。

　　想想真可怕，一向以读书人自居，用犀利的笔鞭挞着阴
暗角落的我，竟然是如此脆弱，脆弱到一本书就可以轻轻摧
毁。可能仅仅因为是书本，才抓住了我的目光；可能因为我
是喜欢书的人，才对它感兴趣。不管怎么说，想想都是很可
怕的。

　　有眼睛注视时，我们的身份、地位、面子都在隐隐地提
示着我们该如何行动。当我们只与自己的灵魂独处时，别忘
了把握住自己。

别被优势羁绊

那次下乡，抽空和同事去了他姑爹家。

我知道他姑爹是远近闻名的木匠，在别人家见过他做的衣柜：紧贴地面的草儿似乎在随风摇摆，花蕊正努力地扭动着身子即将绽放，花枝上那只鸟儿觉得站立不稳了，正振翅欲飞。

我说给同事时，他一脸不在乎，说道，那有啥稀奇的？一块丑不拉叽的木头，一把小孩削铅笔的小刀，叫我姑爹刻来雕去，就有了生命。他常常能因势造形，将木块上的瑕疵变为最美最招眼的，裂纹眨眼就荡漾成水面的微波，节疤也因被修饰为鸟兽的斑纹而无比亮丽。

既然离那个村不远，我就纠缠着同事上他姑爹家，他家的木制家具一定是最独特最漂亮的！

院子里放着几个"简易"凳子，没经过刨光的一个面三条腿。他姑爹抱出西瓜热情地让我们坐到树荫下。

"这种凳子，很少见呀。"我是藏不住话的，就说出了自己的疑惑。

"噢，拿边角废料凑合的，咱带着手（方言"有手艺"），啥时需要了，啥时就能做出最好的！"姑爹一脸的不在意。

家具我都看了，没有看到自己想象中的精雕细琢出来的精品极品，都是朴实得有些粗糙甚至还有修补。

我明白了：因为自己"带着手"，随时有需要可以随时满足，随时出现问题可以随时解决，远近闻名的木匠没有也不需要当然更不能享受像样的家具。

我突然想到了一个朋友，省级教学能手、特级数学教师，数学却是她孩子最薄弱的学科。

她曾无不遗憾地说，总觉得自己可以说是数学权威，孩子的数学有自己辅导，没什么担心的。即使考得再差，也不太上心，总觉得自己就在身边，有问题随时就可以解决。忽视的结果是，孩子的数学一塌糊涂，孩子没基础没兴趣自己也无从抓起。

优势？优势是什么？可以是成就你的基石，也可以是陷你于尴尬的羁绊。

不要伤害善良

有位朋友，逛商场时捡到一个钱包。在原地等了一会儿，没看到有人回来找，急于找到失主的他就打开了钱包，恰好有个证件，朋友就赶到商场的广播室。

匆匆赶来的失主看起来很是着急，钱包里有一千多块现金不说，还有几个证件。朋友是个爽快人，一向只做好事不留名，在那人打开钱包的一刹那，朋友觉得自己的脸都红了。

那人取出所有的钱，当着朋友的面点了起来，点了两遍，还抽出几张在手里捻摸着判断真假，"检查"完后才想起该说"谢谢"。

讲完这件事，朋友愤愤道，以后再不丢人现眼了，拾到东西还是"要昧"，或者干脆直接扔掉！

那失主的行为伤害了朋友的心，还因此冻结了他的善良。

突然地，我就想起了我的母亲，一位已经66岁的老人，斗大的字不识几个的文盲。

和母亲一起坐车回老家，扶着母亲上了车才发现人已经坐满了。下一趟车还不知啥时走，只有将就着了。

"姨，"旁边一个女孩拉了拉母亲的衣襟，站了起来，"坐我这里。"

我和母亲忙不迭地说着"谢谢"。

乘客，越上越多，站在过道上的女孩被挤到了后面。

该买票了，母亲竟抢在了我的前面掏钱，和我们兄妹一起出门，母亲从来是不掏钱的，她也没那个习惯呀。"三张，还有过道后面那个穿紫衣服的女娃。"

我有些糊涂了：干吗要给那女娃买票？仅仅因为坐了她的座位？我疑惑地看着母亲。

"多好的娃，知道照顾别人！我这是鼓励，娃就还会做好事。"母亲想用车票来表达她对女孩的谢意，更希望车票能带给女孩继续行善的动力。

一位 66 岁的文盲老人，都知道善良需要呵护才能得以延续，我们又怎忍心轻易地就伤害善良？

就在几天前，我乘车去西安。车主说着"一路查得严，不让超载"的话，在小孩都得买票的情况下，还是超载。

坐在我前面的是一对母子，看穿着像乡下人。那位母亲看身边站了个姑娘，就把买了半票的孩子拉进自己怀里："我娃坐到妈腿上，叫那个姨姨坐上。"

那是个时髦而高傲的姑娘，她瞥了那女人一眼，站着没动不说还一脸轻蔑。后排的我见此情形，站起来坐到了那个母亲的身边，和她搭讪起来。

我一点儿都不遗憾自己的座位被一个行动更利索的小伙子占了去，我压根对那姑娘就没多少好感，我只是怕那姑娘的冷漠伤害了那对母子。

其实，在众人都漠然时，行善事也是需要勇气的。善良的心既敏感又脆弱，它更需要我们用心呵护才会持久地延续下去。

在我们尚且没有做到或者不能做到善良时，至少得呵护善良，在善良蔚然成风之时，我们也定是受益者。

读旧书

每每外出，我都喜欢打听哪里有旧书摊，去旧书摊淘书籍、杂志也算我的癖好吧。毫不夸张地说，每每捧起一本自己满意的旧书，心里的欢喜就从眉梢嘴角往外奔流。

读旧书，实则读的已经不是那本书了，读的是在我之前的阅读者的思想。上面的字迹，多出自书的前任主人之手，当然也可能是借阅者情不自禁留下的墨宝。

在我，书页上的批注似乎比书籍本身更具诱惑力。

读到一大段描写思念的章节，看得我的心海潮起潮落，看得我脸颊泛起绯红。突然，看见了旁批"爱如烈火，终化灰烬"，心儿被狠狠地砸了一个坑。那字迹，狂草，一笔一画都穿透了纸张。

这是怎样的一个阅读者？在他求而未果很是伤心时看到了此处？还是在他被爱伤害得遍体鳞伤时看到了此处？那一刻的他，是不是已被绝望淹没？

"爱如烈火，终化灰烬"，当他如此落笔时，是不是已经放弃了爱？一个心里没爱的人，会追到快乐拥有幸福吗？

就是那本书，就是那一页，我捧着，捧了整整一个下午，却感觉不到阅读的快乐。我想的，是我之前留下旁批的那个人。今天的他，是否找到了真爱？

那本 1984 年的《读者文摘》，也是我从旧书摊淘到的。

之所以买它，只是感动于每页都有大量的旁批。我买回来的，是多年前一个人读一本杂志的心情吧？

喜欢读这本杂志，我从批注的字里行间感受到了书主人的积极上进，他总是通过文章的感悟来勉励自己。旁批则是他被触动时想到的自己的琐事，而这些事情的讲述，从细节的再现、思考的角度上看，主人的文笔应该是很漂亮的。

也记得自己当时阅读文章，结合旁批，再加上自己的联翩浮想，写了好几篇文章，还发表了。如今想来，算不算一种剽窃？

《傅雷家书》也是旧书摊上购得的。一则日记，有蓝墨水的批注，也有红圆珠笔的书写，还有很随意的铅笔记录。看字迹，应该出自同一个人。一定是他（她）阅读了好几次，感受都不同的缘故吧。字迹看不出性别，不过从旁批里，看得出是教育孩子时的反省，一位对《傅雷家书》相见恨晚的妈妈或爸爸。

可如此珍贵的一本书，又是如何流落到旧书摊呢？呵呵，幸好有这么一个疏忽，才有了我的窃喜。

读得兴起，我也会在旧书上再写下自己的感受，每每那时，我就笑了。我似乎看见了一个人，他正微笑着看着我，似乎在问：跟我的感觉相同不？

读旧书，读的不仅仅是书，我喜欢。

歌是心的舞蹈

说真的，熟识的人都觉得我这个人挺怪的：天天爬格子写文章，在我眼里，文字、画、诗乃至大自然都是灵动的飘舞着的美，竟然不怎么喜欢听歌？

在我心里，一直固执地认为，激昂的歌缠绵的曲，尽是无病的呻吟技巧的卖弄！然而，我也有坠落"尘俗"的那一刻。

当从《读者》上看到《丁香花》那篇凄美伤感的散文后，才觉得满大街都是"你说你最爱丁香花/因为你的名字就是它/多么忧郁的花/多愁善感的人啊……"想着那个叫曾梦捷的苦命女孩，听着唐磊一字一顿深情地讲述式歌唱，一刹那，音质技巧所有歌唱要求都不复存在，我只是用心听一个凄美的似乎没有爱情却更显深情的故事。

那个瞬间，我打心底里喜欢上了《丁香花》，我清楚地知道：自己迷恋的是故事的凄美，被故事感染是因为故事中涌动着的爱，聪明的歌儿借故事之力站在了我的心尖。

尽管此后说法种种，证据颇多，甚至连"曾梦捷"也不存在，一切只是炒作只是做作。一直清醒着的我却异常犯浑，宁愿用双手捂紧耳朵只相信那篇文章，哪怕是虚假的。

我们需要被情滋润被爱感染。

我愿意行走在故事中想象着曾梦捷的善良与坚强，我不愿意去想达州一中（初中）的那个女孩能否说出：

"宋人有'雪似梅花，梅花似雪，似和不似都奇绝'之词。从诗词平仄来说，落雪飞花，仄仄平平，读来语音清扬，清壮顿挫……从词义来看，这名儿让人遐思翩跹……飞落雪花一片，捧于手中，待欲细看时，早化为莹莹水珠一滴。让人心悸，让人心伤……"

我愿意相信曾梦捷的善良与坚强，我不愿意去想故事脆弱到连时间也经不起推敲。

"1996年夏天她的右肺被全叶切除，成了一个地地道道的残疾人，每天只去学校上半天课……2002年9月4日，哥哥用暑期打工挣的钱给梦捷买了一台电脑……2001年10月的一天，在无意中，唐磊上网来到了'美文之声'，恰巧梦捷就在那里……从此，梦捷与唐磊成了无话不谈的朋友……"

不是我不明白，不是我宁愿相信虚假而拒绝真实，单调沉闷千篇一律的生活需要感动；不是我太糊涂，不是我宁愿被欺骗而不愿清醒，静止如水冷冻如冰不起波澜的心需要激活。

我选择了相信故事以确保听歌时心的纯净，纯净的心才会在歌声中飘舞，纯净的心才会被感染被熏陶！

后来张恒的《天堂里有没有车来车往》也是那样带着让人落泪的凄惨故事走进了我的世界。

"……你对我说起你死去的爸爸/你说你梦里时常会见到他/爸爸，我来了/爸爸，我来了/亲着我的小手，你不要太悲伤/孩子，你的书包在我的胸膛/你说你喜爱学校/喜欢课堂/匆匆你走了/匆匆你走了/那个世界里你要好好学习天天向上……"

我简单地整理了一下张恒的资料：当时的张恒叫张勇，在西安的一所中学教书。他的学生在车祸中遇难，他为她写了这首歌……小女孩叫车玫，走的时候上三年级……1994年7月张恒大学毕业，分配至一所大学任教……

有人戏谑道，只要脖子上不是橡皮管接的也不是乒乓球，都不会相信那个故事的。的确如此，只须睁眼不须头脑思考，就会看到百出的漏洞。

然而，我依然喜欢听《天堂里有没有车来车往》。

"月儿高高，黑夜很长／孩子睡着了我为你歌唱／你找到了你的爸爸／那遥远的地方没有车来车往／那安静的地方小河在流淌／那洁白的地方，命运没有方向！"

听的是善良的老师对不幸孩子的追忆，听的是为人师者关注每一个孩子的博爱。

——深情携手厚爱，不论以哪种形式也不管走到哪儿，人们都会打心底里喜欢。

喜欢，只因这类歌曲携着凄美感人的故事而来时，就已经化为心的舞蹈了。

想写一封信

很突然地，滋生出一个念头：写封信，在信里写尽自己的真实及对世界的一孔之见，自然而然地想起了十多年前自己写信的种种情形：

我的性格极矛盾，生活里是个很马虎的人，衣服穿反都是常事，可只要一握笔，就变得异常认真以至于有点洁癖。

写信也不例外。

一页快写完了，觉得有个字写歪了，撕了重写；感觉有句话表述不准确，撕了重写；意识到措辞不恰当，撕了重写……

一直奇怪的是，心里奔涌着的话，绝不会因为多次"撕了重写"就被打断，依旧那么汹涌地流淌。好像情感处有个闸，多次开关并不影响水势的滔滔。那是怎样的情形啊，像对方就坐在自己眼前，我们手拉手正絮叨着，突然想起了什么，或者觉得表述不准确，一摆手道"说错了，是这样的"，又开始唠叨。

写好信，折叠时很小心，盛满自己的深情厚谊，岂敢马虎？于长者，是跪拜式折叠，母亲教我的，式样宛如下跪行礼。与朋友，跟闺蜜，便有了很多花样好看或别致的折叠法了。花状或心形是常用的，还可以折叠出种种物象，宛如折纸秀。临了，必定会在折叠好的上面写一段或几句最温情最煽情的话。每每这时，心里莫名地就升腾起一种仪式感，好像对着收信人的耳朵来了个香吻，才恋恋不舍地放过信笺。

装进信封时也很小心，唯恐打折，影响了美观。

在信封上写字，一定要比信里的字大些，看着阔气漂亮有气势。因为里面装着折叠的信笺，有了凹凸，写字时一不小心就会划破信封，也不方便书写，几次下来，我改变了方法，先写信封。信封写好放在旁边，开始写信。

那样似乎更好，信封上的那个名字看着你，平添了对话的感觉，好像将收信人从百里之外千里之遥拉至眼前，看着你给其倾诉心声。你写着写着，用笔轻轻地敲一下那个名字，都会听到"咯咯"的笑声，真是美好。

封口也极为小心，糨糊绝不可以多，那样一压，就会溢出来，弄脏了信封。又怕少了粘贴不牢，封口开了，秘密外露了，不就更糟糕？真是轻不得重不得，轻不得重不得的其实是颗期待美好的忐忑心。

可笑的是，粘贴邮票，我从来不用糨糊，舌尖轻轻一舔，咸的感觉，就可以粘贴了。可以粘贴不等于随便粘贴，瞄准，一定要认认真真完完全全地贴在框内。好像收信人就在对面看着呢，看着我对她（他）很敬重的态度。

不过粘贴邮票时，我老躲在邮局没人的角落，怕被人看见笑话，傻得像乡下丫头。

每次去邮局寄信，都会带本书，用来夹信的，怕去的路上用手拿着捏着起了褶皱。只是有一次不知为何书落在了地上，雨后的地上，信封沾点泥水。用手绢擦拭了几次，还有隐隐的痕迹，遂换了信封。以至于邮局柜台前那姑娘看得烦了，信口道，你这信到了对方手里，不定变成啥了，都是扔来捡去的。

这话一下子击伤了我，遂想起自己收到的信件来，似乎还看见过浅浅的脚印。

尽管如此，每次，我还是很用心地对待。如何珍爱它是我的事，至少在我的手里，它是被珍视的。至于经我手之外的人，那就是信的命运了。

记忆里，最伤心的是在信里看到"上封信我给你说了去地坛看到的趣事……""坏家伙，我收到你最近的一封信还是去年深秋……""下雪了，上封信还是八月十八我生日那天写的……"我没有看到有地坛的那封信，我看着窗外的雪花也跟她分享了啊，我根本没有收到八月十八那封信。

直到今天，偶尔，我还会想起不知飘落于何处的那些信。那些信也曾是一颗颗饱满的心，却终究因无法抵达而风干。

记得我每次收到信时，并不急于打开，而是举着信封对着自然光打量。看着隐隐约约的信笺，想象着我们在一起的种种情形，她（他）可能说的事情……很是美妙。

我是用剪刀剪开封口的，手撕的不整齐太难看，却没想过用剪刀信封疼吗？

今天，此刻，铺开信笺，拿起笔，我要写一封信。

街头随想

你在吃街头小推车上的麻辣串时，旁边刚捡完废品的那个人走过来，也要吃麻辣串，还正好挤在你的身边，你会厌恶地走开吗？

你拎着袋子正准备扔垃圾，垃圾铁斗旁边正好有人在捡废品，你会走过去解开袋子说"我这里面还有几个饮料瓶"吗？

你正兴头十足地收获着自己的喜悦，一位老人走过来，他也想收获你的收获分享你的喜悦，你会潇洒地后退，照顾一下老人吗？

……

我走在街上时，这些想法常常就不可阻挡地冒了出来。因为这些事，就是我曾经亲见的，就发生在垃圾铁斗旁边。

那天阅完考卷，已是下午6点多，我很轻松地走在回家的路上。一个学期结束了，也该放松一下自己，准备过年了。

走到保险公司旁边的小路口，发现竟然多了个卖麻辣串的小推车，竟然也有人在津津有味地吃？斜过去不到五米，有个大垃圾铁斗，此刻，就有两个男子在拾荒。冬天天冷，气味儿不像夏天那么夸张，也不至于一点都不影响食欲吧？该不会是天冷了，人的各种感觉都趋于迟钝？

此刻，我已经行走在小推车和垃圾铁斗的中间，撇嘴一笑，准备加快脚步。突然发生的一件事，又使我放慢了脚步，最终停了下来。

垃圾铁斗旁的一个男子走向小推车，他要吃麻辣串？他插了个空贴近了小推车，旁边是个女孩，正吃得有滋有味。一旁的我，等着故事发生。

那男的，很小心地给自己盘子里拾着，都是青菜。那女孩扭头，看了看男子和他的盘子，说："价钱都一样，一毛三串，你想吃啥就拾啥。"

女孩的声音很清脆，很好听。该不会是冬天了，人的声音都仿佛提纯了般分外响亮、悦耳？

她没有厌恶地挪开，而是善意地提醒，这，就是最最美丽的故事！

一个老太太拎着一大袋子垃圾走了过来，大垃圾铁斗敞着，三四米外就可以扔进去的。可老太太还是走了过去，走到另一个正在拾荒的男子身边，弯腰，打开塑料袋，说："我这里面还有饮料瓶子，废报纸，你找找。"

那个男子很感激地点点头，开始从中寻找自己需要的。看样子，收获还不少啊。

我站在那儿，竟然有种舍不得离开的感觉。今天日子真不错，天寒心暖。那女孩那老人，真好啊。同时又心生惭愧：我能做得像那个女孩那个老人吗？

就在这时，从对面走来一个老人，拎着蛇皮袋子，看样子也是拾荒的。是的，他径直走向垃圾铁斗。弯腰，从袋子里拿出铁钩，在铁斗里扒拉着。

那个男子看了一眼老人，直起腰，放下手里的铁钩，走到绿化带旁，看着人来人往的大街。

　　一个拾荒者，都不忍心和一个老人"竞争"，就是那一刻，我在自惭形秽的同时，对那个拾荒者肃然起敬。我甚至想到了"职评"：在职评时，多少年轻人紧紧咬着自己微不足道的成绩，既忽视了年长者的成绩，更不会想到他们已先于自己奉献了多少年。

　　2012年1月8日下午，6点多，从学校回家途中，经过保险公司旁边的垃圾铁斗，我被种种事情深深感动。

　　至今，还常常想起那一幕幕情形……

"金贵" 的棋子豆

棋子豆，在我的记忆里，留下了难以抹去的痕迹……

——题记

对比，不幸的棋子豆

儿时，老盼着过年，只有过年时才可以敞开肚皮吃棋子豆。平时呀，不是玉米糕就是糜面馍，更多的是让人想想胃里都泛酸的红薯馍。

母亲做的棋子豆，面团里揉进了清油、鸡蛋，还撒着芝麻、茴香，酥香可口，吃棋子豆时的我是最幸福的。

记得七岁那年的初二，姑父给了我几块奶糖，浓浓的香，黏黏的甜，从舌尖直到心窝里！那几块奶糖，我实在挡不住诱惑了，剥开，舔几口，又裹起来，直甜到正月完。

那以后，棋子豆在我心里再也没有了诱惑力。记忆中也没有第二个人送给我那样香甜的奶糖，我童年的乐趣因此少了许多。

幸福，其实很脆弱，一旦有了参照物，就荡然无存。

替代，快乐的棋子豆

上小学了，课间十分钟，女孩们就聚在一起玩"抓五子"，磨得光滑的小石块就是"五子"。有五子的都掏出来，和在一起，一大堆五子十几个人围着抓。就我和胖丫没有，只好可怜兮兮地站在旁边看着别人玩。

嗨，我兜里硬硬的，一摸，棋子豆，心里痒痒着就用棋子豆玩起了抓五子。棋子豆落在手上的感觉和石块自然是不同的，轻飘飘的难以把握，游戏的难度当然就增大了。一时半会不适应，惹得我们俩哈哈大笑起来。

用棋子豆玩五子？觉得新鲜的人都凑了过来，嚷着闹着要试试，我们玩得更开心了。

没有什么是不可替代的，学会替代，就拥有了幸福。

炫耀，伤心的棋子豆

前几天吧，来了几个朋友，都慨叹岁月不饶人，才四十多，身体状况就大不如从前，就连牙齿，也是这儿不好那儿不妙。

记得姥姥说过，人的衰老是从牙齿开始的。而我，依旧劲头十足地熬夜读书写作，从来没感觉到老。

"我倒没觉得'老'，心老了人就老了！"说着我就抓起一把棋子豆，往嘴里丢了几个。

"咯嘣"，一阵刺骨的疼痛，牙齿断了！

别轻易炫耀，咬棋子豆也会折了牙齿。

眨眼，已入不惑之年，记忆里小小的棋子豆，都成了金贵的棋子豆。

还有什么，不能让我们借鉴思索呢？

| 第十一辑 |

走过的路花香满径

谢谢你美丽了我的世界

在我已经做了十余年老师后，你成了我的学生，如此说来，是可以称你为"孩子"的。然而在某些时候，你扮起的角色却是"我的同龄人"甚或"长辈"，这真是一种很奇特又很真实的感觉。我便又不知道该如何称呼你了。好在我实实在在地比你年长二十岁，还是叫你"孩子"吧。

孩子，迄今为止，我除了相信自己双眼看到的真善美外，从不笃信什么。然而，你的出现却让我坚信：做你的老师，是上天赐予我的最为华美的礼物。

根植于记忆深处的事情是永远忘不了的：

教师节，你托人给我捎回一份礼物，那时的你已经进入高中两年了。是一副相框，你在便条上留言：

老师，您总是忙着照顾别人，没有时间看看自己。把您的照片放进去，放在您觉得最显眼的地方。老师，再忙再累，都别忘了疼爱自己！

知道吗，孩子，读着你的留言，我鼻子一酸，有泪滑下。就在我为生活所累，忙得焦头烂额、迷失的太多太多时，你的话让我想起了已故的老母亲。她总是满脸焦虑地瞅着我匆忙的身影唠叨，好娃哩，你心再焦性再急，一天也是24小时，把你挣得不好了，世上再就没个"好你"了！

你是我的学生，现在还被我称作"孩子"，可每每看到那张便条，温暖，不，是"被人呵护"的幸福感就泛上心头：我是最幸福的老师，我被我的学生疼爱着！

高考结束后，你将去沿海旅游，你说"没有一个熟人相伴，权且当作锻炼自己"。我心里装满担心，一个女孩子出门，总是让人放心不下。

终于，你回来了，你到家的当天就从 Q 上给我发来旅途中的随笔见闻，你的好学与勤奋一直是我肯定的，你昔日勤奋的点点滴滴总是被我反复讲给你的学弟学妹们。

手机上的小饰物，精美的书签，别致的项链，是你给我带回来的礼物。

手机上的小饰物，是一个小女孩给一个大女孩的朋友式馈赠；精美的书签，是偷着乐的书呆子们喜欢搜集的；而别致的项链，则是你希望我在爱学生爱文学的同时，别忘了爱自己的叮咛。

是闺中密友？是文友？抑或是长辈？

孩子，你的礼物，又让我模糊了我们最初的师生关系。

当两个书呆子手牵着手相互照顾着穿越马路时，当你自豪地说用稿费请我吃夜市时，当我们一边喝着果啤一边很随意地聊着家里琐事时……孩子，我真的能将我们的关系定义为"师生"吗？

每每忆起，往事历历可见。你订了"每天给花圃浇水"，来惩戒小组里违反纪律的同学，你们小组各方面的表现出奇的好。看着你们小组，我彻底明白了，温和的教育更容易流淌进心灵深处。孩子，这件事上，是你在给我暗示着一种很好的教育趋势。

"弟子不必不如师"，说得真好，的确是这样的。

孩子，因为有你和关于你的记忆，我的教学生涯便芬芳
四溢，我的世界也因此更为美丽。

谢谢你，孩子，是你美丽了我的世界。

孩子， 感谢你打乱了我的课堂

上课前我的确做了很精心的设计：

先疏通课文，通过分析判断教会孩子们掌握故事情节开端、发展、高潮、结局四大部分的划分；语言描写夸张渲染很到位，让孩子们分角色朗读感受；思想上突出孩子的无私无欲才会说出真话……

起初，教学如设想中的那样顺利进展，进入了欣赏构思阶段：

"……而且缝出来的衣服还有一种奇怪的特征：任何不称职或者愚蠢得不可救药的人，都看不见这衣服。"

这句话既支撑起了骗局的大框架，也决定了只要有自私虚荣存在，骗局就一定会顺利进行，我正准备就此谈谈"思维暗示"的巨大影响时，雷璞同学举起了手。我点头，示意她发言。

"我觉得这篇童话有问题。"她语出惊人，我一愣，让她继续说，"课文说的是'缝出来的衣服还有一种奇怪的特征：任何不称职或者愚蠢得不可救药的人，都看不见这衣服'，是'缝出来的衣服'，并没有说是'布料'具有这种功能，那么在织布机上时两个大臣为什么要假装看见呢？就没有必要假装看见！"

对呀，文字上的表述的确是"缝出来的衣服还有一种奇怪的特征：任何不称职或者愚蠢得不可救药的人，都看不见这衣服"而不是说"布料"。

雷璞同学的问题让我想到了一篇文章，讲的是在美国上《灰姑娘》这一课的情形：

……老师问，这个故事有什么不合理的地方？学生的回答是，午夜12点以后所有的东西都要变回原样，可是，辛黛瑞拉的水晶鞋没有变回去。老师于是赞叹说：天哪，你们太棒了！你们看，就是伟大的作家也有出错的时候，所以，出错不是什么可怕的事情。我担保，如果你们当中谁将来要当作家，一定比这个作家更棒！

于是，我没有按常规思维给她讲童话可以夸张渲染甚至具有思维的跳跃性，更没有以牵强附会的解释来维护安徒生这位童话大师的形象，而是就字面分析肯定了她发言的正确性，从而将教学的目标转到了另外一个方面，敢于质疑，才有超越。

"不仅仅是读文章，在任何时候，我们都要带着自己的理解和认识，而不能盲目崇拜大家，就像雷璞同学那样，带着自己的思想去阅读去学习，那样才能真正提高自己！"

我又问同学们，哪些人曾经挑战过伟人并取得了很大的成就？

他们七嘴八舌，交流争论而后举出了事例：

伽利略挑战亚里士多德，关于重物下降的"比萨斜塔实验"；哥白尼挑战托勒密，提出日心说；爱因斯坦挑战牛顿的经典力学，提出相对论；罗巴切夫斯基推翻传统几何学……

"名人伟人也并不是字字珠玑"，下课时，同学们在愉快的谈论中得出了这么一个结论。

　　这节课的确没有按照计划完成教学任务，但是，我觉得这同样是很成功的一节课，引导孩子们的思维远比传授知识更重要！

　　我感谢我的孩子们，感谢他们打乱了我的课堂！

你真的感动了我

孩子，我站在你身后看你做作业。你书写规范、格式漂亮、思路清晰，考虑得也很全面。我觉得你写得已经很认真了，打心底里为你骄傲。

突然，你撕掉了那页。

"为什么？"我很纳闷，这孩子怎么了？

你看了我一眼，笑着摇了摇头："我不能把这种作业交给老师。"

这种作业？这作业难道不够好吗？我难以置信："这作业已经很好了，这作业还会有问题？"

你又解释道，"字迹深浅不一样，不好看。"

原来，写着写着，墨水快用完了，笔尖有点干，字迹就越来越淡，重新吸了墨水后，笔尖很流畅地书写，字迹深而清晰，字迹前后差异就很明显，的确不是很美观的。

有一点点缺陷都不能拿给老师看，拿给老师就是对老师的不尊敬，你就不能原谅自己！

一刹那，孩子，我被你深深地感动了：有这种尊重他人的心态和这种精益求精的精神，还有什么做不成功的？

不错，我只是一个普通的教育工作者，距离教育大家十万八千里，可我一直固执地认为：尊重他人的同时自己尽最大的努力，是决定一个人走向成功的首要因素。

孩子，我看好你，携手这种心态这种精神继续前行吧，你一定会成为一流的最优秀的自己！

"老师，该收摘抄本了。"又有一天，你突然对我说，我问你为什么想起这事，你脸红了。"咱们班好多同学都不写了，老师再不收的话，我怕我也坚持不下来了。"

你是感觉到自己也可能出现问题，便自觉地寻求督促。

一个孩子，意识到自己可能出现问题时，马上主动找老师督促自己，这种对自己高标准严要求的态度，不也值得我们大人学习吗？孩子，在你心里，就没有"下不为例"，你是那么谨慎地杜绝可能出现的"第一次"啊！

我又一次被你所感动：时时监督自己，觉得自己无力监督自己时，马上寻求援助！

孩子，虽然成长过程是漫长的而且充满了变数，可在一次次被你感动中，我敢断言：如果你守住此刻的自己，将成为最富有的人！

对不起，孩子

还有几天就中考了，我眼前是最后一次模拟试卷。《对不起，老师》，这是一个学生的作文题目。

他似乎想在作文里表达对我的负疚。我的目光很快地扫了两段，就有种看不下去的感觉，因脸红而不好意思往下看的那种感觉。

"我从来没有想到自己会这么喜欢一直很讨厌的语文，我喜欢看您上课的神情，听您说话的语调，有人说您是纯正的'合阳普通话'时我还跟他动了拳头。可是，我做了很多对不起您的事情，老师。"

"您叫我回答过两次问题，一次叫我'第二组第三排最右边的男生'，一次叫我'中间第四排唯一没戴眼镜的男生'，呵呵，两周换一次座位。我真的想让您记住我的名字，因为您是我最喜欢的老师。就因为这个小小的心眼，我做了很多对不起您的事情。"

虽然脸红，我还必须看下去，他到底做了什么对不起我的事情，我咋就没印象呢？

"为了让您记住我，我故意把物理作业加进语文作业里交了上去。可您讲评作业时，只是说，'还有学生粗心交错了作业，下次注意点啊'，并没有对我点名提出批评。或许，您觉得交错作业只是小马虎，是可以原谅的。可我，沮丧到了极点。"

"为了让您记住我，我上课故意大声说出荒诞不经的话。您走过来，拍了拍我的肩，摇摇头，笑了。我能感觉到您笑里面的无奈，可您不知道，我，更无奈!"

"……"

"老师，我最喜爱的张老师，还有十几天就毕业了，我真的希望您记住我的名字——雷明哲。为了这点小自私，我做了很多对不起您的事情，请您原谅我吧。"

看完这篇作文，我有种很难受很难受的感觉，在雷明哲的试卷上写下了：

对不起，明哲。要说"对不起"的是我，你的不称职的语文老师。我记住你的名字了，雷明哲。白白净净的脸，总是满脸带笑，一次课间跑到我的跟前，一脸正经地说："一日为师终生为母，妈，我想吃香蕉。"

我写下了或清晰或朦胧的关于雷明哲的点点记忆。也就是那一刻，我给自己布置了一项作业：看着试卷上的名字，能想起多少关于这个学生的印象或事情。

遗憾的是，一个班88名学生（严重违规的大班啊），我竟然有19个印象模糊或没一丁点记忆。换句话说，一年了，两个班就有将近40个学生在我心里没留下痕迹! 看来，不只是雷明哲遗憾自己的名字没有被带了一年的老师记住。

我试图原谅自己：毕业班，学习紧张，升学压力大，多少会分散一些激情。可只是注重知识的传授、埋头"培优"，终究不是称职的老师，我还是无法原谅自己。

我的孩子们，该说"对不起"的人是我，你们的老师。

每一棵草，都能开出自己的花

2013 年 9 月 1 日，当我作为班主任站在成材面前时，并没有被他挑衅的目光、怪异的发型、有意剪得破破烂烂的裤子所吓倒，涌起的却是一种酸楚的感觉：这是个一直在苦苦地等着我来打磨的孩子！

不满 14 岁刚上初二的他，不交作业，经常迟到，在他身上都不算问题，厕所抽烟，惹是生非，聚众打架斗殴，他出问题的方面之多频率之高，真是让人瞠目结舌。

凭着多年班主任工作的经验，我努力说服自己：只要是发生在学生身上的事，就没有解决不了的！于是，我决定主动出击，走近他了解他，从而影响他改变他。

通过一段时间的观察，我发现，总是高喉咙大嗓门语言粗俗地嚷嚷着的成材，在内心深处其实很自卑，他只是想以"另类"的姿势吸引他人注意到自己的存在而已。

如何开导他，让他认识到每个人都有巨大的潜能，从而走出不自信并开始朝着积极乐观的方面发展？这个问题一直困扰着我。

入秋的花坛里开满了月季、万寿菊、一串红、蝴蝶兰、海棠花……三叶草如绿毯子般铺满整个花坛。一刹那，我明白自己该怎样去做了。

我将成材带到了花坛边，直奔主题地问他："花坛花坛，原本是花的世界，为什么周围还要种上草？"

他歪着头略微想了一下说，红花需要绿叶陪衬呗。

"错了，我从来不那样认为，花坛里种的确是三叶草，可你没发现它也开出了自己的花？"我指着那些零星分布的点点白花提醒道："我查了有关资料，草籽就是草的'果实'，没有'花'就不会有'果实'！"成材惊讶地瞪大了眼睛，满眼的疑惑。我继续告诉他："也就是说，每一种草都能开出自己的花！花坛原本是花的世界，周围为什么要种满草？我觉得是在告诉大家，花和草是平等的，只要愿意，都可以绽放。只要开出自己的花，就会有人欣赏有人喜欢。而我自己，就很喜欢安安静静又开满整个坛子的三叶草的花。"

聪明的他马上就意识到了什么，看着我问道："你肯定不只是想告诉我花和草的知识？"

"你很聪明。我在想一个问题：你是不是一直将自己错误地看成了天生就不会开花的'草'，而将咱们班那些各方面都很优秀的学生看成了'花'，所以才放弃了开放？只要愿意，只要竭尽所能，每个人都可以成为最优秀的自己，开出自己独特的'花'！"

他笑了，笑声里流露出自嘲："就我？还能开花？我学习那么差，能赶上来？怕是瞎子点灯，白费蜡。"

"我最喜欢李宁运动服的广告词'一切皆有可能'，说得真好。"我似乎没有正面回答他的问题。

"我爸天天忙着做生意，我妈连小学的功课都不会辅导……"成材的理由说起来还真没完没了。

我打住了他的话："是你学习，不是要你爸妈陪你上课！为什么要把你自己不懂的知识带回家为难他们？为什么不在学校问老师问同学彻底搞清楚？好了，不要找那么多的理由，我让你认识一个比你更糟糕更倒霉的孩子。"

接下来，我给他讲了一个故事。

"在老师眼里，他是个令人讨厌的学生。逃课、欺负小同学、搞恶作剧，坏事做尽。其实，他并不是糟糕透了，他的作文写得很好，想象极为丰富语言更是优美，然而这一亮点却被他糟糕的行为掩饰了，没有人对他说过一句赞赏的话，直到他遇见巴拉克老师。巴拉克老师在这个孩子的作文评语中写道：'孩子，你一定能成为像歌德一样伟大的诗人！'"

"那个孩子惊呆了：要知道，歌德是世界闻名的诗人，是整个德国的骄傲，自己能成为那样的人吗？他跑去找巴拉克老师，问他的预测会成为可能吗？'当然，你能！不过，你必须记住，要像歌德一样伟大，必须向歌德学习！'他第一次那么专注地听老师说话，听得那么投入。"

"从此，他完全变了一个人：老师说歌德文明，他再也没有说过一句脏话；老师说歌德听讲认真，他的专注超过了任何一个学生；老师说歌德和善友爱，他积极主动地帮助身边每一个人；老师说歌德勤奋，他一学期写了六大本子作文……多年之后，他被公认为德国文学史上继歌德之后最伟大的诗人，他就是伟大的诗人海涅！"

其实在给成材讲的时候，我尽量发挥自己的想象，用很夸张的语言来表述。意在告诉他，比他更糟糕的人都有很好的未来，何况他自己。

我说，成材，咱们今天聊的真不少，你成不成材，还真与别人无关，完全取决于你自己！一个人最重要的，是要明确自己想成为怎么样的一个人，像故事里的海涅，一旦有了方向和目标，走起路来就浑身是劲。

转身离开时，我大声地告诉他："除非你甘于糟糕的现状，拒绝寻找优秀的自己，没有谁可以阻止你变得出类拔萃！"

上个学期的期末考试，成材在我们班六十四名学生中处于三十八名。在此之前，他一直是后几名的。

成材的变化真的挺大，我知道，他还会有更大的变化，因为他已经找到了前进的方向。

你应该有所畏惧

孩子，今天，妈妈办公室里的一位同事给我们很愤怒地痛斥着她那九岁的儿子，事情是这样的：

她儿子用石头砸破了小朋友的头，人家爸妈找上了门。同事那七十多岁的老母亲正好在她家做客，就说了小家伙几句。他就不乐意了，竟然扑了上去，一把将老人家推倒在地，后面刚好停了辆自行车，老人的后脑勺也磕破了。

"那家伙，我真没办法，就没有让他害怕的，连哄带吓也不起作用！"同事满脸愤怒，似乎那惹事的小家伙就在跟前，"我一回去就把那小子压在床边，狠狠地打了一顿，嘴还硬，不服气，嫌他外婆说了他。"看那神情，好像恨不得立马回去再收拾一顿。

孩子，妈妈听到这件事的第一个反应就是：必须让我孩子补上这么一课，尽管你并不是不可一世的"小霸王"。孩子，妈妈今天要告诉你的是，一个人必须有所畏惧，才不至于偏离正道太远！

"交通规则是个蛋，路就是为人走的，想过咱就过。"

"就是的，咱哥儿几个怕过谁呀，活人都不怕还怕红绿灯不成？"

"……"

这是妈妈在等红灯时从几个小青年的嘴里听到的话，听得妈妈心里害怕：无视交规就是漠视生命，连自己的生命都漠视的年轻人能好好生活吗？

孩子，不畏惧什么漠视什么就可能受到来自什么的伤害，不，不能说是"伤害"，用宿命的话说，应该叫"报应"吧。

不畏惧诚信漠视诚信的人，言行不一出尔反尔，他们是使着性子得到了一时的高兴，却会因此而失去朋友的信任成为孤家寡人。

他们践踏诚信，必将受到诚信的惩戒！

不畏惧责任漠视责任的人，得过且过地打发日子，做和尚连钟也懒得撞，是可以得到一时轻松，却会因此远离成功的喜悦而饱饮遗憾。

他们蹂躏责任，必将受到责任的惩处！

不畏惧法度漠视法度的小偷大恶，他们想不劳而获坐享其成，伤害良善作奸犯科，或许真的满足了一时的贪欲，却会因此被自由拒之门外，在铁窗里悔恨不已。

他们欺凌法度，必将受到刑律的制裁！

孩子，世间大大小小的万物，都不容我们无所畏惧地恣意放肆。

地表的林木河流，会因为人类的过度毁坏而以环境的恶化告诫我们；地下的金属矿物，会因为人类无节制地开采浪费而以存量有限来警示我们……孩子，妈妈真的找不到我们可以高高在上无所畏惧地去漠视的品行或者事物！

一个心里总存有畏惧的人，会因为那份畏惧而事事努力做到最好。是不是这个道理，我的孩子？

知道吗，我的孩子，妈妈此刻有个奇怪的想法：希望你是个事事畏惧的人，果真那样的话，你定是个事事尽心事事努力的人！

一袋小米

　　严格地说，不是一袋小米而是一塑料袋小米。只是，我一直将它定义为"一袋小米"，一袋督促我静心安心专心于教育工作的小米！

　　郝云龙，名字很霸气，云中蛟龙。然而名字与人却极不相符：安静，少言，见人就露出小心又短暂的笑，参加什么活动都藏在其他同学的后面。作为与他们朝夕相处的班主任老师，我感觉到的，是他那同样深藏着的自卑。

　　一次，我以"母爱"为话题让学生写一篇作文，发现云龙写的是奶奶，像妈妈一样疼爱自己的奶奶。于是，我找了他，显得很随意地跟他聊起家庭，聊起家人，才知道他没有妈妈。确切地说，他连妈妈的模糊的印象也没有，至今也没有继母。

　　云龙很努力，是那种憋着劲的努力，好像自己跟自己或跟一切较劲的努力！我看着心疼，因为他不是那种很聪明的孩子，又给自己定了较高的目标，他的努力使得自己很辛苦。我常有意无意地跟他交流，我想给他传递的信息是"尽力就是最好的"。我害怕他有太多的压力，因为我一直觉得，对一个孩子来说，朝着目标快乐前行才是最重要的。

　　学校举办歌咏比赛，班里统一着装，每个学生服装费五十块。云龙的钱我没收，我给他的解释是：老师奖励你的，因为你的勤奋。

他给了我几次，我都没要。我觉得，我应该帮助他。

后来，我也找种种理由给了他一些书及学习用具，小而不张扬，不至于让他觉得欠了我什么而增添心理负担。

一天，我正在房子里做饭，听到院子里有人喊"张老师"，赶紧出去。云龙站在院子里，怀里抱了个塑料袋。"张老师，我奶奶给你拿的小米，我家地里的。"说话间云龙就上楼了。他走得很急，结果脚下一绊，踏空，摔倒了。袋子破了，黄澄澄的小米撒了一楼梯。

他一下子蒙了，呆立在那里。我说"没事没事"，就拿了个盆赶过去跟他一起捡拾。我说，你看，咱俩一粒一粒地捡小米，意义就非同小可了。老师还没收到过这么金贵的礼物，替老师回去谢谢奶奶。那天，我跟云龙捡了很长时间小米。我们边捡拾边聊天，在我面前，他还从来没有那么放松过。

云龙后来考上了高中、大学，也参加了工作，一切都很顺利。

只是，我常常想起跟云龙在楼梯捡小米的情形。作为老师，我只是做了自己该做的事，而家长、学生的感激之情，却像小米般膨胀了一地！

一袋小米，每每想起，就觉得心里很是温暖，也一次次饱满了我做老师的热情与信念。

我教的，尽是我的"老师"

昨晚，静下心来，梳理我的认知世界，才发觉，我教的，哪是我的学生，分明尽是我的老师！

那次，全班学生几乎各科都考砸了，总评由全年级第一退至第六，我显然被愤怒淹没了。一进教室，就板着脸，批评这个，训斥那个，反正满心都是倒不完的不快！直到我看了学生仵琳，每次都是全级第一而这次却考了我们班第二的日记，才脸红到了耳根！

"……以前，我每次都考全级第一的时候，胸前时时挂着一面'镜子'，对照着自己的言行是否配作第一？第一应在各方面为学生起到表率作用！而这次，胡尧博考了第一，我在祝贺他的同时也将这面'镜子'交给了他，我希望也相信胡尧博会像我一样珍惜它……"

仵琳，我的学生，让我明白了如何看待"第一"，不是面子而是责任！

学生张翔，也如我的老师般引导我看淡名利。

全县举行"中学生古诗文朗诵赛"，每校选一名学生参加。经过"班级推荐""年级预赛""全校决赛"三轮淘汰，就剩下张翔和一名教师的子女。说好了两人再赛一场最后决定，也许是时间紧迫，也许是……结果是直接送那名教师子女赴县参赛。

当我很愧疚地对张翔说"对不起"时，他坦然一笑："没事，老师，就当我比大家多背了篇课文。"我呢，还为了自己班的荣誉同教导主任红了脖子翻了脸。

还有一次，我没布置具体作业，只说本周学过的词，没有次数限制写会为止。

周一检查作业时，问谁没有写完，全班只有一个学生举手，"贾雨"，一个基础极差的学生。我接过他的练习本，16开纸足足写了14页！我疑惑地看着他，有谁比他写得更多？"写了这么多，我还没全记住。"他诚恳地解释道。

我的学生贾雨，他只在乎与目标的远近，一点也不计较中间的付出！

对了，还有聪颖又善良的党小晶。

对于优秀的学生，老师大多总有意无意地给予照顾。坐在教室最中间的她有一天跑来找我，"张老师，我想坐到教室后面。后面学习气氛没有学习好的同学就带动不起来，我想坐过去。"她要求坐到差生中间来影响他们。

我又一次被我的学生所感动，至真至纯的孩子！

讲授知识也是教师知识体系及思想的自我完善过程，我永远都忘不了乔凯，一个学习很认真的孩子。

"临近中考，七月流火，天气的炎热可想而知……"我正在开班会，一个叫乔凯的学生举起了手，我点头示意他站起来说话。"老师，'七月流火'不是那个意思，"他似乎怕伤害到我的面子，停住了，"它的意思好像和'凉'有关系，出自《诗·豳风·七月》。"

晚上回到家里，我打开了《诗经》："七月流火"一词源于《诗·豳风·七月》，"七月流火，九月授衣"。《辞海》释义：火，星名，即心宿。每年夏历五月间黄昏时心宿在中天，六月以后，就渐渐偏西，时暑热开始减退。由此可见，"七月流火"虽与节气、气候有关，但并不是指炎热的天气，而是指天气逐渐转凉。

我的学生乔凯，他的不盲从让我走出了知识的误区。

面对这一群学生，不，我的"老师们"，站在讲台上的我，更得时时叩问并严格要求自己！

假如孩子们都敢说出心里话

我经常想，假如孩子们都敢说出自己的心里话，我们做老师的，听到的，绝不仅仅是赞美。

要承认，有一部分孩子最容易被忽略。说实话，我们目前一个教学班绝不是四十多个孩子，大班或超大班，一个班六七十个学生不是稀奇事。一年下来，会有老师叫不上名字的孩子吗？

有，绝对有，而且不会只是两三个。

这些孩子学习中等，老师印象不深；纪律自然也不是最差，老师也不会天天提防他们捅娄子。安分守己的中间孩子最容易被忽略，不表扬不批评，连名字，也很少有机会被老师叫响。而这些，大多遵规守纪，遇见老师，他们会很有礼貌地问好。而遇到实诚的老师，总会殷勤地问你叫啥名字，哪个班的，那才是最有杀伤力的。

这些被忽略的孩子，如果允许他们说出自己的心声，一定会说：我们不给老师添麻烦，可麻烦老师像记住捣蛋鬼一样记住我们吧！

我没说错，因为此刻，我就拿着纸跟笔，在写着我能记下来的孩子的名字。最早冒出来的是品学兼优的孩子，其次是那些让我有点头疼的。对于中间的孩子，真的没有多少记忆，至少记不全。所以，我一直不敢说，我是一个称职的老师。

还得承认，还有一部分孩子有意无意地受到歧视。这些孩子或许是家庭教育跟不上的因素，或许家长孩子一直都很努力还是跟不上，或许生性调皮难以静心学习荒废了很多时日。不管什么原因，结果只有一个：目前就是学习困难。

　　很多时候，他们面对老师的提问很茫然，偶尔有个能回答上来的问题，手便举得老高老高，却总被老师的目光忽略或屏蔽。或许在提问的同时，老师已经有了期待回答的人选，或许老师压根就没想到他们会回答。

　　如果允许受歧视的孩子说出心里话，他们一定会说：我们在努力，老师，给我们留一点时间吧！

　　我这样说，是因为我自己也有过纠结：一个问题抛出来了，优秀生回答了，可以检测；后进生回答了，可以提升；而这些学习很吃力的孩子……所以，我实在不敢说自己是个好老师，好老师不会有这些纠结！

　　更得承认，还有被老师无意间伤害的孩子。老师真的只是一个普通人，可一进学校，怎么就端起自己不容置疑的权威放不下呢？知识方面，讲授错了，孩子提出疑问被你粗暴地否定；孩子间有了纠纷，应该主持公道的老师却判断失误，孩子不服还依旧坚持；一个班规，制定得明明不合理，孩子们反映却充耳不闻……

　　为什么不可以跟孩子们交流探讨？没处理好为什么不能给他们道歉重新处理？为什么班规不能公平民主而后制定出最合适的？莫非天天给孩子教导自己却忘了"知过不改是过也"？

　　如果允许受到伤害的孩子们说句心里话，他们一定会说：我们不怕被冤枉，我们只怕老师不知对错！

　　我之所以这样说，是因为我也没做到最好。有时，那可恶的面子阻碍了我跟孩子们的进一步沟通。所以，我真的不是个好老师，好老师应该是极为坦荡的。

　　我经常想，假如孩子们都敢说出自己的心里话，会说出什么呢？每每想到这一点，我就越发小心，唯恐做出让自己后悔让孩子们伤心的事。